E-Z DICKENS SÜPER KAHRAMAN KITAP DÖRT:

BUZUN ÜZERİNDE

Cathy McGough

Stratford Living Publishing

OKUYUCULAR NE DIYOR...

BEŞ YILDIZ - AMAZON YORUMCUSU

"Üçüncü bölümü okuduktan sonra hemen bu bölüme dalmak zorunda kaldım. Çok aksiyon doluydu. Yeni insanları ve ekibe getirdikleri eşsiz yetenekleri çok sevdim. Ayrıca önceki karakterler hakkında daha fazla bilgi edinmek de harikaydı. Son bölümde olduğu gibi, beni gülümseten pek çok zarif dokunuş vardı. Fury'lerle olan şarkıya ve kayalarla olan hikayeye bayıldım. Ve sonsöz beni çok duygulandırdı."

İçindekiler tablosu

Günlük Süper Kahramanlar için.

"Asla pes etmeyen bir insanı yenemezsiniz."

Babe Ruth

PROLOGUE

Ertesi gün okul günüydü ama dünyanın sonu yaklaşırken ne E-Z ne de Lia gitmeye niyetliydi.

"İçimde çok kötü bir his var," dedi Lia.

Kahvaltı saatiydi ve o ve E-Z yalnızdı. Sam ve Samantha hâlâ uyuyorlardı, ikizler Jack ve Jill de öyle.

"Ne tür bir kötü his?" diye sordu, ağzına biraz daha mısır gevreği atarken.

"Dün gece bir şey duyduğumu sandığım zamanı hatırlıyor musun?"

"Evet, ama yanlış alarm olduğunu söylemiştin. Sesler kesildi ve her şey normale döndü."

"Hem öyle oldu hem de olmadı. Açıklaması zor. Rosalie'nin beni çağırdığını duydum, sonra durdu. Tekrar denemedi, ben de her şeyin yolunda olduğunu düşündüm. Ama şimdi endişeliyim çünkü ona ulaşmaya çalıştım ve ulaşamadım. Mesajlarıma cevap vermedi. Bence gidip onu kontrol etmeliyiz. Her ihtimale karşı. Bilmek içimi rahatlatacak. Aksi takdirde bugün hiçbir şey yapamayacağım."

"Belki uyuyakalmıştır? Ya da telefonunun şarjı bitmiştir." Portakal suyu bardağını bitirdi ve masadan kalktı. Bulaşıkları bulaşık makinesine koydu.

"Olabilir. Ama yine de onu görmek istiyorum."

"Hadi gidip onu ziyaret edelim, için rahatlasın," dedi bir taksi çağırırken. "Umarım bizi içeri alırlar. Ne de olsa akraba değiliz."

Şehrin öbür ucuna doğru ilerlediler ve resepsiyona Rosalie'yi sordular. Kadın, "Siz ikiniz aileden misiniz?" diye sordu. İkisi de olmadıklarını söyledi. "Oturun lütfen," dedi kadın.

"Bakın," diye fısıldadı Lia. "Ketum görünüyordu. Sanki bir şey saklıyormuş gibi."

"Evet, ben de öyle gördüm. Ama belki de Rosalie için endişelendiğimizden hayal ediyoruzdur. Tek yapabileceğimiz beklemek ve meşgul olmaya çalışmak. Buradayız ve onun iyi olduğunu görene kadar yerimizden kıpırdamayacağız."

Otuz dakika sonra hâlâ bekliyorlardı ve zaman ilerledikçe daha da huzursuz oluyorlardı.

Lia ayağa kalktı. "Daha fazla bekleyemeyeceğim."

E-Z, "Oha! Bir dakika bekle." Tekrar yerine oturdu. "Onlara saldırmadan önce bir otuz dakika daha bekleyelim."

"Çıldırmak ne demek?" Lia sordu.

"Senin buralı olmadığını unutup duruyorum. Bir şeyin üzerine bütün silahlarını ateşleyerek gitmek demek. Son çare olarak. Lafın gelişi tabii. Gerçi bazı posta çalışanları bunu gerçek anlamda kullanmış."

"Eminim yetişkin olsaydık şimdiye kadar bizimle konuşmuş olurlardı. Bazen çocuk olmaktan nefret ediyorum."

"Faydaları da var," dedi E-Z. "Telefonunuzda bir oyun oynamayı ya da kitap okumayı deneyin. Hem zaman geçer hem de sabırlı olursak bize daha çok yardımcı olurlar."

"Keşke kulaklığımı getirseydim. Taylor Swift'in yeni şarkılarını dinleyebilirdim."

"Al," dedi. "Benimkini ödünç alabilirsin."

Bir otuz dakika daha geçti ve E-Z sakince tezgâha döndü. Lia geride kalmış, müzik dinliyordu. Arkasına baktı. Lia gözlerini kapatmıştı. Adamın gittiğini fark etmemişti bile.

"Rosalie'yi ne zaman görebileceğimize dair bir haber var mı?" diye sordu.

"Üzgünüm, biri sizi görmeye geliyor. Burada beklediğinizi biliyor." Kadın klavyesini tıkladı. E-Z hareket etmeyince onu cesaretlendirmek için ikinci bir girişimde bulundu. "Müdürümle bizzat konuştum. En kısa zamanda sizinle konuşmak için dışarı çıkacak. Lütfen arkadaşınıza katılın." Elini telefonuyla meşgul olan Lia'ya doğru salladı.

E-Z isteksizce Lia'nın yanına döndü. Etrafta dolaşan insanları izledi. Bazıları yürüteçlerini iten sakinlerdi. Birkaçı tekerlekli sandalyedeydi ve görevliler tarafından itilirken diğerleri tekerleklerini kendileri tıngırdatıyordu. Sakinlerin çoğu ona doğru gülümsedi, birkaçı el salladı. Kaç tanesinin düzenli ziyaretçisi olduğunu merak etti. Çoğunun geldiğini umuyordu.

Kapılar açılıp kapandıkça burnuna öğle yemeği kokusu geliyor ve midesi gurulduyordu. Sakinlerin bugün hangi lezzetleri yediğini merak etti. Belki balık ve patates kızartması. Belki küçük bir turta a la mode. Lia kulaklıklarını geri verdiğinde daha büyük bir kahvaltı yapmış olmayı diledi.

"İşleri hızlandırma şansımız var mı? Açlıktan ölüyorum!"

"Ben de ama pek sayılmaz. Müdürün yakında bizimle olacağını söyledi ama Rosalie'nin neden gelip bizi bizzat görmediğini anlamıyorum. Bunda büyütülecek ne var?"

"Burada onun varlığını hissetmiyorum," dedi Lia. "Sanki bağlantımız kopmuş gibi. Müzik bir süreliğine dikkatimi dağıtmama yardımcı oldu ama şimdi yine onu düşünüyorum ve açım. İyi bir kombinasyon değil."

"Seni anlıyorum," dedi E-Z, Genel Müdür kimliği taşıyan uzun boylu bir kadın onlara doğru yürüyüp kendini tanıtırken.

"Adım Eleanor Wilkinson ve buranın Genel Müdürüyüm." Ellerini sıktı. "Anladığım kadarıyla ikiniz Rosalie'nin arkadaşısınız. Onu daha önce burada ziyaret ettiniz mi?"

"Hayır, buraya hiç gelmedik," dedi Lia. "Ama onunla arkadaşız, yakın arkadaş. Ve onun için endişeleniyoruz. Mesajlarıma cevap vermedi ya da telefonunu açmadı."

Bayan Wilkinson, "Bunu söylediğim için üzgünüm ama Rosalie gece saatlerinde öldü. Yakın akrabalarının gelmesini bekliyoruz. Yakınlarda oturmuyorlar.

"Sizi bu kadar beklettiğim için özür dilerim. Ama sizinle konuşmadan önce onlarla konuşmam gerekiyordu. Anlıyorsunuzdur. İzlememiz gereken politikalar var."

Lia tekrar sandalyeye çöküp hıçkırıklara boğulurken, E-Z onun elini kendi elinin içine aldı ve "Ona ne oldu?" diye sormadan önce birkaç saniye sessizce oturdular.

"Soruşturma altında," dedi Wilkinson. "Üzgünüm, size daha fazla bir şey söyleyemem. Tabii aileden değilseniz. Kaybınız için üzgünüm."

"Benim için dünyalara bedeldi," dedi Lia.

"Onunla nasıl tanıştınız?" Wilkinson sordu. "Harika bir hanımefendiydi. Herkes tarafından sevilirdi." 'Bir arkadaş aracılığıyla tanıştık,' diye yalan söyledi Lia.

"Wilkinson, "Aranızdaki yaş farkını düşününce ilginç," dedi.

"Yani ben çocuk olduğum ve o olmadığı için mi? Yani değil miydi?" diye sordu Lia öfkeyle. Ayağa kalktı.

"Özür dilerim, sizi üzmek istememiştim. Elbette buradaki pek çok sakin sohbet edecek arkadaşları olmasını ister. Özellikle de sizin gibi ilgi alanı olan, yaşadıkları hikâyeleri anlatabilecekleri çocuklar. Böylece onlar gittikten sonra da unutulmamış olurlar."

"Rosalie'yi her zaman hatırlayacağız," dedi E-Z.

"Veda etmek için onu görebilir miyiz?" Lia sordu.

"Korkarım böyle bir şey söz konusu değil. Prosedürlerimiz var. Ama bilgilerinizi ve telefon numaranızı masaya bırakırsanız sizi arayabiliriz. Ziyaret ve cenaze töreninin ne zaman olacağını bildirmek için."

E-Z telefon numarasını resepsiyona bıraktı. Bir taksiye binmek üzereydiler ki aklına kitap geldi.

"Burada bekleyin," dedi. "Hemen döneceğim."

Resepsiyona yaklaştı.

"Üzgünüm ama arkadaşımız Rosalie'nin ölümünü kabul edemeyiz. En azından birimiz onu görmeden olmaz. Bayan Wilkinson içeri giremeyeceğimizi söyledi ama kafamı odaya sokabilir miyim? Uzun süre kalmayacağım. Yani arkadaşıma Rosalie'yi gördüğümü ve artık bizimle olmadığını doğrulayabileceğimi söyleyebilir miyim? Gözlerini kaybettiği için çok şey yaşadı. Tanıdığı ve güvendiği biri tarafından kesin olarak bilinmesi onu rahatlatacaktır."

"Ah, zavallı küçük şey. Anlıyorum. Benimle gel," dedi kadın. Masanın diğer tarafına geçtiğinde, bir iş arkadaşından onun yerine bakmasını istedi. "Hemen döneceğim," dedi.

E-Z onu takip ederek yaşlılar yurdunun derinliklerine doğru ilerledi. Aydınlıktı, bu tür evlerin olabildiğini duyduğu gibi iç karartıcı değildi ama çok sessizdi. Muhtemelen herkes kafeteryada öğle yemeğinin tadını çıkarıyordu. Midesi yine guruldadı.

Kadın onun ne düşündüğünü biliyormuş gibi, "Herkes yemek salonunda," dedi. "Bugün balık ve patates kızartması günü, yanında da kırmızı jöle ve krem şanti var. Herkesin katılmak istediği son derece popüler bir yemek. Başka bir gün olsa sizi içeri almak imkânsız olurdu çünkü etrafta çok fazla insan olurdu."

"Kesinlikle güzel kokuyor," dedi E-Z. "Ve yardımınız için teşekkürler, gerçekten minnettarım."

Durdu ve kapıyı açtı.

"Burası Rosalie'nin odası. Ben burada bekleyeceğim. Biri beni fark ederse iki dakikanız var ya da daha az."

"Tekrar teşekkürler," dedi E-Z, kapı arkasından kapanırken. Sanki şenlik ateşi yakılmış gibi tuhaf bir koku vardı. Odanın içinde kamera olup olmadığına baktı. Bildiği kadarıyla hiç kamera yoktu.

Beyaz çarşafın altında arkadaşları tepeden tırnağa örtülüydü. Kaçma dürtüsüyle savaşarak yaklaştı ama emin olmak, kendi gözleriyle görmek istiyordu. Çarşafı geri çekti ve bir hayalet gibi yere düşmesini izledi.

Hemen burun deliklerine bir koku saldırdı. Barbekü gibi. Yanmış et. Ve Rosalie'nin yanık ve kabarcıklarla kaplı, aşağı sarkan kolunu gördü. Ona ne olmuştu? Bu korkunç şeyi ona kim ve neden yapmıştı?

Sandalyesini itti ve yangın izi olmayan, tertemiz odaya baktı. Burada olmuş olamazdı. Eğer değilse, o zaman nerede? Onu bu odaya sonradan mı taşımışlardı?

Kapıdaki kadın kapıyı çaldı. "Lütfen acele edin!" dedi.

Komodinin çekmecesini açtı. İşte oradaydı. Rosalie'nin onlara bahsettiği kitap. Diğer çocuklarla ilgili bilgileri kaydettiği kitap.

"Zaman doldu," dedi kadın.

E-Z kitabı arkasına yerleştirdi. Kapının açılması için düğmeye bastı ve resepsiyona döndüler.

"Teşekkür ederim," dedi. "Arkadaşım ve benim adımıza. Bize huzur verdiniz. Lütfen cenaze töreninin ve ziyaretin ne zaman yapılacağını bize bildirin. Bir şey daha, vücudunda yanıklar olduğunu fark ettim. Yangında yaralanan başka sakin var mıydı?"

"Aman Tanrım," dedi kadın. "Bilmiyorum. Yangınla ilgili bir şey duymadım. Cesedi görmedim; yani Rosalie'yi bizzat görmedim. Bana sadece öldüğü söylendi. Detaylar hakkında hiçbir şey bilmiyorum."

"Sorun değil," diye onu rahatlattı E-Z. "Hiçbir şey söylemeyeceğim. Yaptığın her şey için minnettarım. Teşekkür ederim."

"Burada yangın çıkmadı," dedi. "Bildiğim kadarıyla alarm çalmadı. Hiçbir itfaiye aracı çağrılmadı. Aman Tanrım."

E-Z el salladı ve tezgâhtan uzaklaştı. Kadın hâlâ kendi kendine konuşuyordu. Oradan çıkmanın kendisi için en iyisi olduğunu düşündü.

Şoför E-Z'nin arka koltuğa, bekleyen Lia'nın yanına oturmasına yardım etti, sonra da tekerlekli sandalyesini aracın bagajına yerleştirdi.

"Çok uzun sürdü," diye yakındı Lia. "Bu da ne?"

Kitabı almaya çalıştı ama E-Z kitabı tuttu. Taksimetredeki ücretin zaten yanında olandan daha fazla para olduğunu fark etti.

"Elimden bir şey gelmezdi. Rosalie'ye gizlice baktım. Ve bunu aldım. Bize bahsettiği kitap bu. Eve gittiğimizde bakarız." "Hiç paran var mı?" diye fısıldadı.

İkisinin arasında taksi ücretini karşılayacak kadar para yoktu.

Şoför evin önünde durduğunda, "Annenden ya da Sam Amca'dan bize yardım etmelerini istemen gerekecek," dedi.

Şoför E-Z'nin sandalyesine oturmasına yardım ederken, Lia içeri koştu. Ücreti karşılayacak kadar parayla dışarı çıktı ve şoför uzaklaştı.

"Parayı bana Sam verdi."

"Ne için olduğunu sordu mu?"

"Hayır, ama soracağını umuyorum."

İçeride Sam ve Samantha mutfağın etrafında dolanıyordu. İkizler açlık çığlıklarıyla onlara serenat yaparken aceleyle kahvaltı hazırlamaya çalışıyorlardı.

"Neden okulda değilsiniz?" Sam sordu.

"Sonra açıklarım. Yardım edebilir miyiz?"

"Hayır, ama teşekkür ederim," dedi Samantha. Jack'i beslemeye başladı.

Sam başıyla onayladı ve Jill'i beslemeye koyuldu.

E-Z ve Lia onun odasına girip kapıyı kapattılar. Alfred gazete okuyordu.

"Rosalie öldü," diye ağzından kaçırdı Lia, sonra dizlerinin üzerine çöküp hıçkıra hıçkıra ağlarken, E-Z kolunu ona doladı ve Alfred hemen yanına koştu. Üçlü birbirine sarıldı ve gözyaşları tükenene kadar ağladı.

"O elindeki de ne?" Alfred sordu.

"Kitabı aldım."

Lia kitabı aldı, sonra ayağa kalkıp arkadaşına sarılır gibi göğsüne bastırdı, ama her şeyi gördü. Rosalie

Beyaz Oda'da. Fury'ler de onunla birlikte Beyaz Oda'da. Yanan kitaplar. Raflar düşüyordu. Her yerde ateş vardı.

Lia dizlerinin üzerine çöktü.

"Çok cesurdu. Çok cesurdu."

"Yangını gördün mü?" E-Z sordu. "Ne oldu?"

"Yangını biliyor muydun?"

Başını salladı.

"Neden bana söylemedin?" Bu sorunun cevabını zaten biliyordu. Onu gerçeklerden koruyordu. "Kitaba dokunduğumda her şeyi gördüm. Rosalie Beyaz Oda'daydı. Ve Öfkeliler de onunla birlikteydi. Onlara bizden ve diğer çocuklardan bahsetmesini istediler. Ona işkence ettiler ama o teslim olmadı."

"Neden bizi aramadı?"

"Denedi. Ölüm kalım meselesi olduğunu bilmiyordum. Geçti gitti, ben de her şeyin yolunda olduğunu düşündüm."

"Bu senin hatan değil," dedi E-Z.

"Yalnız başına, kitap raflarının altında, etrafındaki kitaplar yanarken öldü. O şekilde ölmeyi hak etmedi. Hiç kimse böyle ölmeyi hak etmez." Ellerinin içine hıçkırarak ağladı.

"Zavallı Rosalie," dedi adam. "Beni çağırabilirdi. Bunu daha önce de yaptı. Neden beni çağırmadı?"

"Çünkü seni tehlikeye atardı. Bizi korurken öldü."

"Yani, Öfkeliler bizim ve diğer çocukların isimlerini ondan almaya çalıştı ve o da bizi kurtarmak için kendini feda mı etti? Sırrımızı saklamak için. Rosalie ne muhteşem bir kadındı. Onu asla unutmayacağız - asla," dedi Alfred gözyaşlarına hâkim olurken. "O bir madalyayı hak ediyor. Bir onur madalyası."

"Bir dakika, belki de bizi aramasını engellemişlerdir?" E-Z söyledi.

"Bana bir SOS mesajı gönderdi ama bunu daha önce de yapmıştı. Bir keresinde evde çay bittiğinde bunu yapmıştı ve içini dökmek istemişti. Bu SOS'in hayatının tehlikede olduğu anlamına geldiğini bilmiyordum."

"Bilemezdin. Hiçbirimiz bilemezdik. Kendimizi suçlayamayız." Üçü de sessizdi. "Bir dakika, kitaba bakalım."

"Bize söylediği her şey var. Bizim gibi olan tüm çocuklar hakkında ayrıntılar içeren eksiksiz bir liste. Tanrıya şükür Öfkeliler bunu ele geçiremedi!"

"Hey, durun bir dakika!" E-Z dedi ki. "Biz ve diğerleri hakkında bilgi edinmek için ona işkence ettikleri fikri bile Öfkeliler'in hepimizin varlığından haberdar olduğu anlamına geliyor. Bu da demek oluyor ki bu çocuklar dışarıda, yapayalnızlar ve başlarına geleceklerden haberleri bile yok!

"Önce onlara ulaşmalıyız. Çünkü bizi nasıl öğrendilerse, onların da nerede olduklarını öğrenmeleri an meselesi."

"Ya bu, Öfkeliler'i doğrudan onlara götürmemiz için bir tuzaksa?" Alfred sordu.

"Bizi nerede bulacaklarını bildiklerini sanmıyorum, aksi takdirde burada olurlardı, değil mi?" E-Z sordu. "Yani, sürpriz yapma şansları vardı. Rosalie'yi öldürerek ellerini güçlendirdiler. Bir şeyler bildiklerini anlamamızı sağladılar... Muhtemelen kafamızı karıştırmak için, çünkü sorumlu biziz." "Peki ya diğer çocuklar?" Lia sordu. "Kendi ellerimizle ipucu vermeden onlara nasıl ulaşacağız?"

"Hadz? Reiki?" E-Z seslendi. "Eğer beni duyuyorsanız, görüşlerinize ve yardımınıza ihtiyacımız var."

POP.

POP.

"Rosalie hakkında bilginiz var mı?" diye sordu.

Hadz gözyaşlarını kanatlarıyla silerek, "Evet, biliyoruz ve bu anlatılacak çok üzücü bir hikâye," dedi. "Burada, Beyaz Oda'da işkence yaptılar. Ve eğer bu yeterince kötü değilse, onu ve içindeki her şeyi tamamen yok ettiler. Tüm o güzel, kanatlı kitaplar gitti. Rosalie, gitti. Gitti." Hıçkırıkları yüzünden artık konuşamıyordu.

"İşte, işte," dedi Reiki. "Hepsi bu kadar da değil. Rosalie'nin ruhuna ne olduğunu bilmiyoruz."

"Bekle, bedeni şehrin öbür ucundaki yaşlılar yurdundaki odasındaki yatakta. Belki ruhu da oradadır?" E-Z sordu.

Reiki, "Mühürlü, kapalı, havadan, her şeyden uzak bir şeyiniz var mı? Eğer varsa, lütfen hemen gidip getirin - sonra gidip Rosalie'nin ruhunun onunla olup olmadığına bakacağız. Ruh Yakalayıcısının nerede olduğunu bulana kadar onu geçici olarak konteynere girmeye ikna edeceğiz. Umarım o Öfkeliler onu almamıştır."

E-Z aceleyle Sam ve Samantha'nın ikizleri beslemekle meşgul olduğu mutfağa gitti. "Hâlâ o büyük termosumuz var mı?"

"Evet, buzdolabının üstündeki dolapta," dedi Sam, sonra da oğluna mırıldandı.

E-Z odasına dönerken "Teşekkürler," dedi. "Bu olur mu?"

Kabı taşımak ikisinin de zamanını aldı.

"Bekle!" Alfred, Hadz ve Reiki dışarı fırlamadan önce onları yakalamak için tam zamanında bağırdı. "Belki ben yardım edebilirim? İyileştirici güçlerim var. Beni de yanınıza alın. Bırakın deneyeyim. Lütfen."

POP

POP

FIZZLE

Ve üçü birden Rosalie'nin odasına inerek gözden kayboldular.

"İşte orada," dedi Alfred, perdeli ayaklarıyla ona basmamaya dikkat ederek yatağın üzerine zıpladı. Hadz ve Reiki yakınlarda gezinirken, gagasını kullanarak çarşafı kaldırdı.

"Ne yapacak?" diye sordu Reiki.

"Şşşşt," dedi Hadz.

Alfred gagasını Rosalie'nin alnına koydu ve kanatlarından biriyle kalbine dokundu. Hiçbir şey olmadı.

"Başka bir şey deneyeyim," dedi kuğu. Bu kez Rosalie'nin bedeninin üzerinde durdu ve alnını Rosalie'nin alnına dayadı. Yine bir şey olmadı.

"Elinden geleni yaptın," dedi Hadz, "şimdi onun ruhunu güvence altına almamız gerekiyor. Dışarı çık, her neredeysen dışarı çık."

Ve böylece Rosalie'nin ruhu onlara doğru sürüklendi.

"Burada güvende olacaksın," dedi Reiki, ruh kabın içine çekilirken, sonra kapak sıkıca kapatıldı.

POP.

POP.

FIZZLE.

"Ona yardım edebildin mi?" Lia sordu ama Alfred'in gözlerindeki ifadeden cevabı zaten biliyordu. Ona sarıldı, "Eminim elinden gelenin en iyisini yapmaya çalışmışsındır."

"Gerçekten de öyle," dedi Hadz.

"Yine de ruhu burada güvende... kimse onu açmamalı. Ruh Yakalayıcı onu almaya hazır olana kadar güvende tutulması gerekiyor."

"Belki de onu yanında tutmalısın?" Alfred dedi ki. "Ve denememe izin verdiğin için teşekkürler."

E-Z'nin odasında, Üçlü diğer çocukları bir araya getirmek için bir plan hazırladı. E-Z'nin, Kutudaki Çocuk olarak da bilinen Lachie için Avustralya'ya gitmesine karar verildi. Alfred, ormanda terk edilmiş olan Haruto'yu almak üzere Japonya'ya doğru yola çıkacaktı. Son olarak Lia, tekrar hayata dönebilen kız Brandy'yi almak için ABD'yi baştan başa dolaşacaktı.

Görevleri belliydi ama oraya vardıklarında ne yapacakları belli değildi. Diğerleri farklı yaşlarda, farklı kültürlerde ve farklı dillerdeydi. Bazılarının ailelerinden izin alması gerekiyordu, bazılarının ise gerekmiyordu.

"Acaba Rosalie onlara bizim hakkımızda ne söyledi?" Lia sordu.

"Onları gördüğümüzde sorabiliriz," diye önerdi Alfred.

"Bu arada bavullarımızı toplamamız ve plan yapmamız gerekiyor. Ben oraya sandalyemle gideceğim, ama ikinizin de seçenekleri var. Sizin için en uygun olana karar verin ve planınızı uygulamaya koyun. Doğru kararı vereceğinize inanıyorum ve zaman daralıyor."

"Bunu söylediğine sevindim" dedi Lia, "çünkü oraya uçakla gitmek isteyip istemediğimden emin değilim. Küçük Dorrit'in en iyi seçenek olabileceğini düşünüyorum ama onun buna sıcak bakıp bakmayacağından emin değilim. Bir yolcuyla uçacak ve iki yolcuyla geri dönecek."

"Ben de emin değilim," dedi Alfred. "Kendi isteğimle oraya uçabilirim ama Haruto oldukça genç olduğu için uçakta ona eşlik etmem gerekir - tabii ailesi de gelmezse. Ayrıca, kötü hava koşulları konusunda da endişelenmem gerekecek - ve yolumuz çok uzun."

"Dediğim gibi, sizin için en uygun olana siz karar verin. Alfred, eğer uçakla gitmeye karar verirseniz Sam Amca'dan detayları sizin için halletmesini isteyin."

Üçlü, tüm çocukları bir araya getirmeye hazırlandı.

BÖLÜM 1
AVUSTRALYA

E-Z Kuzey Amerika'dan ayrılan ilk ekip üyesiydi. Tekerlekli sandalyesiyle gökyüzünde uçarken, açık havanın sağladığı özgürlüğün tadını çıkardı.

Tekerlekli sandalyesini uçakta bir yere koyma fikri bile onu ürkütüyordu. Ya kaybolursa? Ya da yok olursa? Alınmaya değer bir risk değildi. Batman Batmobil'ini terk eder miydi? Asla.

Yine de Lachie'yle birlikte bir uçağa binmek zorunda kalacağından emindi. Çocuğu tek başına uçurmak doğru olmazdı. Belki onun için bir istisna yaparlar ve tekerlekli sandalyesiyle uçmasına izin verirler? Araştırmaya değerdi. O köprüye geldiğinde geçecekti. Ayrıca, havayolu yemeklerini DÜŞÜNMEK bile istemiyordu. Neyse ki artık yanında paketlenmiş bir öğle yemeği vardı.

Bulutlarla yakamoz oynadı - ve bir ya da iki kez doğrudan bulutların içinden geçti. Ama odaklanmak zorundaydı. Ne de olsa Avustralya dünyanın öbür ucundaydı.

Rosalie'nin kutudaki çocukla ilgili notları umduğu kadar yardımcı olmamıştı. Onun hikâyesini internetten okumuştu. En çok dikkatini çeken şey, çocuğun artık hayvanları insanlara tercih etmesiydi. Yaşadığı onca şeyden sonra bu çok mantıklıydı.

Zavallı çocuk onu bulduklarında o kadar kötü durumdaydı ki konuşmayı bile unutmuştu. E-Z dünyada zalimliğin var olduğunu biliyordu ama bu anlatılamazdı.

E-Z'nin cevap bulmayı umduğu pek çok soru vardı: Lachie'nin ailesi neredeydi? Kafesini kim besliyor ve temizliyordu? Onu oraya kim koydu? Neden?

Makalede, çocuğun fotoğraflarını çekmek ve nasıl olduğunu görmek için muhabirleri gönderdikleri, ancak hayvanların yaklaşmalarına izin vermedikleri yazıyordu. Telefoto lens kullanmaya çalıştıklarında bile. Saksağanlar onlara saldırmış ve bombardımana tutmuş. Saksağan saldırılarının birkaç videosunu izledi - Hitchcock filmi Kuşlar'dan fırlamış gibiydi. Sonunda saksağanlardan biri muhabirin objektifiyle birlikte uçup gitti. Ondan sonra çocuğu yalnız bıraktılar.

E-Z çocuğun güvenini kazanabileceğini umuyordu. Ve hayvan dostlarının da ona güveneceğini. Aksi takdirde, yolculuğu anlamsız olacaktı. Çocukla tanışır ve konuşursa pek de anlamsız sayılmazdı. Kendisine yapılan muameleden sonra başkalarına yardım etmek isteyecek miydi? Bunu ancak zaman gösterecekti.

Atlantik Okyanusu üzerinde uçuyordu. Bu rotada daha önce de uçmuştu ve Alfred'le ilk kez burada tanışmıştı. Cebindeki telefonu titredi - bir göz attı ve Lia'dan bir mesaj vardı.

"Küçük Dorrit'le seyahat edeceğimi bilmeni istedim."

"Sonuçta uçağa binmemeye mi karar verdin?"

"Küçük Dorrit ortaya çıktı ve benim programımda yer alıyor."

"Kulağa bir plan gibi geliyor." Bir başparmak yukarı emojisi gönderdi.

"Neredesin?" diye sordu.

"Atlantik'in hemen üzerinde. Su, su ve daha fazla su."

Bağlantıyı kestiler ve adam hızını artırarak Afrika'yı geçti ve Robben Adası'nı gördü - Nelson Mandela'yı yaklaşık otuz yıl boyunca tuttukları hapishane.

Midesi gurulduyordu; sırt çantasındaki sandviçten hoşlanmamıştı. Bu yüzden Cape Town'a indi ve banka kartını kullanarak bir şeyler yiyebileceğini umdu. Üzerinde İngiliz Bayrağı olan ve banka kartı kabul eden "Geleneksel Balık ve Cips" satan bir yerin tabelasını gördü. Hazırladığı yemeği götürdü ve Lion's Head'in tepesine uçtu. Lezzetli olan yemeğini yedikten sonra bir selfie çekti ve ardından yolculuğuna devam etti.

Titreyen ve sonra hızlanan tekerlekli sandalyesine "Beni iki saat sonra uyandır" dedi. Tekrar uyandığında Hint Okyanusu'nu geçiyordu. Etrafındaki devasa yıldız nüfusu ona bir şekilde kendini daha az yalnız hissettirdi. Yoluna devam etti, ufukta güneşin yeni günü başlatmak için gökyüzünde ilerlediğini gördüğünde neredeyse varmış olmanın zaferini hissediyordu.

İşte tam karşısındaydı - Avustralya kıyıları görülüyordu. Kendi gözleriyle görmek için heyecanlanarak hızını artırdı ve oraya doğru ilerledi. Çok susadığını fark edince sırt çantasına uzandı ve bir şişe su çıkarıp içti. Boş şişeyi daha sonra atmak üzere çantasına geri koydu ve daha önce yediği balık ve patates kızartmasından dolayı hala oldukça tok olmasına rağmen. Sam Amca'nın hazırladığı jambonlu ve peynirli sandviçi yemeye karar verdi.

Batı Avustralya'nın üzerinde uçarken artık sıcağı hissedince kazağını çıkarıp sırt çantasına koydu. Kuzey Toprakları'ndaki Taşra'ya doğru devam etti ve tam olarak nereye inmesi gerektiğini düşünürken, boynunda siyah bir halkayla vurgulanmış mavi tonlarında tüyleri olan küçük bir kuş ona doğru uçtu.

"Beni takip et, E-Z," dedi. "Seni izliyordum."

"Uh, sen nesin?" diye sordu.

"Ben bir peri çalıkuşuyum," dedi kız. "Haydi, bekliyor."

Bir grup akbaba onlara eşlik etti.

"Merak etme," dedi peri çalıkuşu. "Onlar bizim eskortlarımız."

Kara göğüslü akbabaların beyaz çizgilerinin aldığı eşsiz biçimi gözlemledi. Hareket halindeki şiir hakkında bir şeyler duymuştu, şimdi bu deyimin tam olarak ne anlama geldiğini biliyordu.

Sonra çocuğu fark etti. Altlarındaydı ve el sallıyordu. E-Z de el salladı. Son derece büyük bir kuşun sırtında oturuyor olması dışında, herhangi bir çocuk gibi görünüyordu.

"Avustralya'ya hoş geldiniz," dedi. "Yakında hava kararacak, o yüzden beni takip edin. Bu arada bana Lachie diyebilirsiniz."

"Tanıştığımıza memnun oldum Lachie! Muhteşem ülkenizi daha fazla görmek için sabırsızlanıyorum. Keşke daha uzun kalabilseydim."

"Burası Savanna Ormanları," dedi çocuk. "Derin nefes aldığınızda okaliptüs kokusunu fark edeceksiniz."

"Evet, harika kokuyor," dedi E-Z.

Yollarına devam ettiler, taşlık araziden, sel yataklarından ve billabonglardan geçtiler. Sonunda The Outliers'daki hedeflerine ulaştılar.

"Burası benim yaşadığım yer," dedi çocuk. "Kakadu Ulusal Parkı 20.000 kilometrekarelik alanıyla Avustralya'nın en büyük karasal ulusal parkıdır. Ben burada bitkiler ve hayvanlarla birlikte yaşıyorum." Peri çalıkuşu onun başına kondu. Çocuk gülümseyerek, "Ah, yine yorulmuşsun," dedi. Sonra E-Z'ye, "Sık sık bir araca ihtiyacı oluyor."

Kamp alanına benzeyen bir alana geldiklerinde çocuk, "Evime hoş geldiniz," dedi.

"Teşekkür ederim," dedi E-Z. "Bir duşa ya da banyoya ihtiyacım var ve işemem gerekiyor."

"Şurada, ağacın arkasında bir tuvalet kazdım. Yeterince güvende olursun. Sonra sana şelalenin yerini göstereceğim, böylece temizlenebilirsin."

"Bir şelale, ha? Orada hiç timsah var mı?"

"Etrafta timsahlar var... ama şelaleyi kullanmama alışkınlar. İstersen ilk seferinde seninle gelebilirim?"

"Hayır, benim kanatlarım var, sandalyemin de öyle. Eğer şiddetli bir su sıçraması duyarsak uçar gideriz!"

"Goodo," dedi en genç olanı. "Sadece düşen suyun üzerinde durun - yere inmeyin - ve iyi olacaksınız. Bu arada ben de akşam yemeği için biraz yiyecek toplayayım. Yardıma ihtiyacın olursa bağır, koşarak gelirim."

Şelaleye yaklaştığında, üzerinde TEHLİKE ve UYARI yazan bir sürü tabela fark etti. Bir tanesinde hem tuzlu su hem de tatlı su timsahları olduğu yazıyordu. Eyvah.

"Yukarı, tepeye!" diye sandalyesini yönlendirdi. Doğruca suya girdi, yüzü suya dönüktü ve su üzerine ve etrafına düşerken orada oturup tadını çıkardı. İlk başta soğuktu ama alıştığında iyi hissetti.

Etrafına bakınırken, çocuğun onunla tanıştığı emu'yu düşündü. Onun büyüklüğünde bir kuşun - o kocaman kanatlarla - uçamaması garip görünüyordu. İnternette uçamayan kuşlar hakkında bir şeyler okudu. Listede emular, devekuşları, penguenler, cassowaryler ve rhealarla birlikte kivileri de görünce şaşırdı. İnternette Ratitlerin DNA'larının değiştiğini ve artık uçamadıklarını okumuştu. O güzel kuşlar uçamazken bir çocuk olarak kendisi uçabildiği için kendini biraz suçlu hissetti.

Temizlenip yeni kıyafetlerini giydikten sonra, yemeklerini hazırlamakla meşgul olan çocuğun yanına döndü.

"Bu bir teke eriği."

E-Z bir ısırık aldı. Tadı harikaydı.

"Bu bir kırmızı çalı elması ve bunlar da siyah kuş üzümü."

E-Z her şeyi yedi ve bayıldı.

"Bu bizim tatlımızdı, şimdi ana yemeği hazırlamam gerekiyor." Çocuk kazdı, kazdı, sonra eline alamayacağı kadar sıcak bir tencere buldu. Kapağı bir çubukla kaldırdığında, pişirdiği şeyin kokusu E-Z'nin ağzını sulandırdı.

"Bunlar midye," dedi çocuk, bir yaprağın üzerine biraz koyarak.

"Gerçekten çok güzeller. Daha önce hiç midye yememiştim."

Güneş gökyüzünden kayboluyordu. "Uyku vakti," dedi çocuk.

"Beni bu kadar iyi karşıladığınız için tekrar teşekkürler." E-Z esnedi. O ana kadar ne kadar uzun süredir uyanık olduğunu fark etmemişti.

"Şurada uyuyacaksın," diye yukarı, içinde bir ağaç ev ve aşağı inen bir ip merdiven bulunan bir ağacı işaret etti. "Yukarı uçabilirsin, uykunda hareket etmemek için frenini tak. Benim odam şurada," diyerek aşağıya inen bir ip ve tepesinde bir ağaç ev olan başka bir ağacı işaret etti.

"Şimdi uyu," dedi Lachie. "Her şeyi sabah çözeceğiz.

BÖLÜM 2

JAPONYA

Alfred Avustralya'ya giderken E-Z tarafından bırakılabilirdi. Bunun yerine, geleneksel insan yöntemiyle uçmaya karar verdi - bir uçakla.

Havayollarını trompetçi kuğuya bir koltuk vermeye ikna etmek için Sam'in biraz pazarlık yapması gerekti. Hem de birinci sınıfta. Sam, Alfred'in şık bir yolculuk yapmasına yardımcı olmak için iş yerindeki bağlantılarını kullandı.

Kulaklıkları ve şanslı papyonuyla kabinde Alfred kendini evinde gibi hissetti. Rahattı ve kabin görevlisi de çok ilgiliydi. Yine de Japonya'ya varmak için sabırsızlanıyordu. Ve Haruto adındaki çocukla tanışmak için.

Alfred sırt çantasını yakınlara yerleştirmişti ve içinde birkaç atıştırmalık vardı. Yabani pirinç ve yabani kereviz torbalarını karıştırmadan önce gerçekten acıkana kadar bekleyecekti. Yiyeceklerin yanı sıra telefonu için bir yedek batarya ve Sam'in kredi kartıyla birlikte kullanması için bir onay mektubu da vardı.

Bulutlar geçip giderken pencereden dışarı bakarken Haruto'yu düşündü. Rosalie'nin notlarına göre, diğer çocuklardan çok daha küçüktü. Ve güçlerinin ne olduğu hakkında hiçbir fikri yoktu - güçleri olduğunu varsayarsak.

Alfred'in planı, her şeyi önce Haruto'nun ailesine açıklamak ve umarım onları da ikna etmekti. Ardından, uzmanlık alanını, yani hangi güçlere sahip olduğunu doğruladıktan sonra Haruto'nun nasıl yardımcı olabileceği konusunda daha fazla ayrıntıya girmekti.

Zor kısım, genç oğullarının denizaşırı seyahat etmesine izin vermeleri için onları ikna etmek olacaktı. Ödemeyi yapmak sorun değildi - Sam bunun için kredi kartını kullanması gerektiğini söylemişti. Ama bir kuğunun çocuklarını Kuzey Amerika'ya götürmesine izin vermelerini sağlamak, işte bu biraz ikna edici olacaktı.

Koltuğa yaslandı ve koltuk geriye doğru yattı.

"Bir şey ister misiniz?" diye sordu güzel görevli.

İnsanların artık onu anlayabilmesi iyi bir şeydi. Tercümana gerek kalmadığı için hayatı çok daha kolaylaşmıştı.

"Bir fincan çay iyi gider," dedi Alfred. "Bir kâsede," diye ekledi. "Bu gagayı çay fincanının içine sokmak zor."

Görevli gülümsedi. Birkaç dakika sonra bir kâse, bir poşet çay, şeker, süt ve bir kâse daha soğuk suyla döndü. "Çay çok sıcak olursa diye," dedi.

"Gerçekten de çok düşüncelisin," dedi Alfred.

Çayın soğumasına izin verdi ve pencereden dışarı bakmaya devam etti. Arkasına yaslanıp manzaranın tadını çıkarabilmek çok güzeldi. Büyük rüzgârlar, kar, yağmur ya da yırtıcı hayvanlar hakkında endişelenmek zorunda kalmadan.

Sonunda çayını biraz süt ve şekerle içti, sonra da uyudu.

Görevlilerin yolcuları iniş için hazırladıkları anonsuyla uyandı. Bütün uçuş boyunca uyumuştu!

Pencereden Haneda Havaalanı'nı tam olarak görebiliyordu. Etrafında yemesi için bir sürü taze ot gördü. Biraz tadına baktı ve pirinçle kerevizi sonraya sakladı.

Daha uzakta, Japonya'nın en yüksek dağı olan Fuji Dağı'nın ana hatları görünüyordu. Sam haklıydı, uçağın sol tarafında oturmak Japonya'nın kalbi olarak bilinen yeri görmek için en iyi yerdi.

"Beşinci katta bir gözlem güvertesi olduğunu biliyor muydun? Fuji Dağı'nı oradan daha iyi görebilirsiniz," dedi görevli Alfred'e.

"Keşke daha fazla zamanım olsaydı ama teşekkür ederim. Belki dönüş yolunda."

Görevliler uçaktan ilk onun çıkmasına izin verdi. Sanki bir rock yıldızıymış gibi vedalaşmak için sıraya girdiler.

Alfred'in yanında sadece el çantası olduğu ve kuğular pasaport alamadığı için havaalanından çıkıp bir taksi bulmaya gitti.

Yolculuktan önce Japonya'da nasıl taksi kiralayacağını öğrenmek için internete bakmıştı. Bilgilerde taksilerin ön camlarının sağ alt köşesinde kırmızı bir etiket araması gerektiği yazıyordu. Bu kırmızı etiket taksinin kiralanabilir olduğunu gösteriyordu.

Etiketi olan bir taksi bulduğunda çok mutlu oldu. Açık pencereye doğru uçtu ve gagasını kullanarak şoföre bir not verdi. Notta nereye gitmesi gerektiği yazılıymış. Şoför kibardı ve bir kuğu yolcuyu taşımayı sorun etmedi. Direksiyon simidindeki bir düğmeye basarak arka kapıyı açtı, böylece Alfred içeri girebildi. Şoför kapıyı kapattı ve yola koyuldular.

Haruto ve ailesi Japonya'nın ikinci büyük şehri olan Yokohama'da yaşıyordu. Ufuk çizgisi de dâhil olmak üzere etrafı seyretmeye çalışsa da tek düşünebildiği, Haruto ve ailesini Öfkeliler'e karşı verdikleri mücadeleye katılmaya nasıl ikna edeceğiydi.

Sırt çantasındaki telefon titredi. İçine uzandı; E-Z'den bir mesajdı.

"Şu anda Lachie ile birlikteyim. Japonya'da nasılsın?"

Japonya'ya tek başına seyahat ettiği için kendi kendine öğrendiği bir beceri olan gagasıyla yazıyordu. O da hızlıydı ve çok fazla yazım hatası yapmıyordu.

"Bir taksiyle Yokohama'ya varmak üzereyim. Yakında Haruto'nun evine varmayı umuyorum."

E-Z ona bir başparmak yukarı emojisi gönderdi.

Alfred'in oğlu Gundam robotları yapmayı çok severdi. Yokohama'da dev bir robot inşa ediliyordu. Tamamlandığında 59 metre boyunda olacağını internetten okuduğunda keşfetmişti. Oğlu bunu görmek için Japonya'yı ziyaret etmeyi çok isterdi. Öldüklerinden beri Alfred onları düşünmemeye çalışıyordu çünkü bu onu üzüyordu. Ancak bugün, burada, Japonya'da, ailesi yanındaymış gibi görebileceği her şeyi görmeye karar verdi. Hayat, bir kuğu olarak bile sürekli üzgün olmak için çok kısaydı.

Şoför, parmaklıkların her iki yanında çiçekler olan basamaklı bir bahçe evinin önünde durdu. Şoför kapısını açtı ve Alfred dışarı çıktı. Birkaç merdiven çıktı, durdu ve merdivenin her iki yanında bolca bulunan çimenlerden atıştırdı. Hava serin ve güzel kokuluydu ve evin önündeki özel bahçe çok güzeldi. Neredeyse tepeye varmak üzereyken, evin etrafını çevreleyen ön alanın çok davetkâr olduğunu fark etti, girişe yakın solda bir baykuş su özelliği vardı. Yine de evin tüm panjurları sanki evde kimse yokmuş gibi indirilmişti. Onu karşılayacak birinin orada olmasını umuyordu. Bir şeyler atıştırmak ve biraz dinlenmek istiyordu.

Gagasıyla kapıyı çaldı. Kapının ortasına yakın, uçmadan ulaşamayacağı bir kutudan bir ses yükseldi - ki uçtu.

"Benim adım Alfred," dedi.

Kapı açıldı ve yaşlı bir kadın onu içeri buyur etti. Onu takip etti, ekipten birinin gelişinden önce tanıştırmak için aileyle temasa geçip geçmediğini merak ediyordu.

Kadını takip etmeye devam etti, çünkü perdeli ayaklarının parke zemine çarpma sesi duyulan tek sesti. Evin içi ahşapla doluydu ve havayı mis kokulu orkideler dolduruyordu. Yaşlı kadın onu, çoğu deri olan mobilyalarla dolu oturma alanına götürdü. Evin arka tarafındaki panjurlar açıktı - arka bahçedeki yemyeşil manzarayı seyretti. Kadın bir sandalyeyi işaret etti ve adam sandalyeye oturmak için hareket etti.

Kadın elinde dumanı tüten sıcak çay ve keklerle dolu bir tepsiyle odaya döndüğünde daha yeni rahatlamıştı. Sanki onu bekliyormuş gibiydi - ya öyleydi ya da Japonya'da çaydanlıkların kaynaması çok daha az zaman alıyordu.

Arkasında, bacağına tutunup arkasına saklanan küçük bir çocuk vardı. Çocuk Haruto olmak için doğru yaştaydı ama bir Japon'a izin verilmeden ilk ismiyle hitap edilmemesi gerektiğini okumuştum. Çocuk arada bir Alfred'e bakıyor, sonra tekrar saklanıyordu. En fazla dört ya da beş yaşlarında görünüyordu ve üzerinde Optimus Prime tişörtü, kısa bir pantolon ve ayağında terlikler vardı.

"Optimus Prime'ı seviyor musun?" Alfred sordu.

Çocuk gülümsedi ve sonra saklandığı yere geri döndü.

Kadın çay servisi yapabilmek için onu uzaklaştırdı.

Alfred'in telefonunda bir çevirmen vardı. Ekrandaki merhaba kelimesini okudu ve "Kon'nichiwa" dedi. Telaffuzu kötü olduğu için özür diledi.

Çocuk, "O bir İngiliz," dedi ve bunu söylediğinde yaşlı kadın dudak büktü.

Alfred bu genç çocuğun ne kadar iyi İngilizce konuştuğuna şaşırmıştı. "Ah, İngilizce konuşuyorsunuz. Ve evet, öyleyim. Aksanımı fark ettiğiniz için zekisiniz."

Çocuk bu kez konuşmadan önce kadına baktı. Kadın başını salladı.

"Babam ve annem işte," dedi. "Bu benim Sobo'm" (Büyükanne anlamına geliyor) "ve benim adım Haruto."

"Merhaba," dedi kadın, yine İngilizce olarak. "Daha sonra tekrar gelmelisiniz."

"Benim adım Alfred. Size Haruto diyebilir miyim?" Çocuk başını salladı, sonra kadına 'Size nasıl hitap edeyim?' diye sordu.

"Sobo," dedi kadın, "Haruto'nun büyükannesi olduğum için herkes bana Sobo der, ben de herkesin büyükannesiyim. Beni paylaştığı için çok mutlu."

Alfred başını salladı, "İkinizle de tanıştığıma çok memnun oldum."

"Seni Rosalie mi gönderdi?" diye sordu çocuk.

"Rosalie'yi hatırlıyor musun?" Alfred sordu. Bu bağlantıyı kurdukları için çok memnundu - yine de Haruto'nun İngilizce konuşabildiğini önceden bilmek onu biraz endişeden kurtarabilirdi. Yine de kadının tavsiyesine uymaya karar verdi ve gitmek için ayağa kalktı.

"Babam yakınlarda çalışıyor," dedi Haruto.

"Kalacak bir yer bulmam lazım. Yakınlarda bir yer tavsiye edebilir misiniz?"

Haruto'nun büyükannesi Alfred'e bir adres verdi ve oraya yürüyerek nasıl gidileceğini tarif etti.

"Oteli işleten arkadaşımızı arayacağım. Yerleşmenize yardımcı olur ve daha sonra kafede oğluma katılabilirsiniz."

"Teşekkür ederim," dedi Alfred.

Otele kadar kısa bir yürüyüş yaptı ve temiz havanın tadını çıkardı. Hatta tadı oldukça güzel olan Japon otlarından tattı ve çeşmelerden de birkaç yudum aldı.

Oda küçüktü ama ihtiyacı olan her şey vardı ve son derece temiz ve iyi donatılmıştı. Komodinin üzerinde, tabanı baykuş şeklinde olan bir lamba vardı. Açıp kapattı ve gözlerinin nasıl parladığını fark etti. Duş aldı, farklı bir papyon taktı ve Haruto'nun babasıyla buluşacağı kafeye doğru yola koyuldu.

Telefonu çaldı; yine E-Z'den bir mesajdı.

"Japonya nasıl?"

"Güzel," diye cevap yazdı gagasını kullanarak. "Haruto ve büyükannesiyle tanıştım. İngilizce konuşuyorlar. Çok utangaçtı ama Rosalie'yi tanıyordu. Fark edilir derecede gençti - belki dört ya da beş. Ailesini Kuzey Amerika'ya gelmesine izin vermeye ikna etmek zor olabilir."

"Rosalie onun güçleri olduğunu biliyordu - ama evet, düşündüğümden daha genç," dedi E-Z. "İngilizce konuşmaları iyi bir şey. Şimdi neredesin?"

"Haruto'nun babasıyla buluşmak için bir kafeye gidiyorum. Bu arada, Rosalie'nin Haruto hakkındaki notlarını güncelleyecek veya tamamlayacak zamanı olduğunu sanmıyorum. Ondan bir bebek olarak bahsetti."

"Bu aşamada ne kadar endişelenmemiz gerektiğinden emin değilim ama internette okuduğuma göre Öfkeliler her şekle girebiliyormuş. Sadece bilgiyi paylaşıyorum. Onları tanıyamadığımız için, eğer bizi öğrenirlerse, dikkatli olmamız gerekecek."

Alfred bir başparmak yukarı emojisi gönderdi.

E-Z, "Şimdi gitmem gerek," dedi.

BÖLÜM 3
KÖTÜ RÜYALAR

E-Z hem uyuyor hem de uyanıktı. Yani yatağının üstündeki tavanı görebiliyor, sırtını destekleyen şilteyi hissedebiliyordu. Yine de kafasının içinde üç ölüm perisi çığlık atıyordu:

"Bize nerede olduğunu söyle!"

"Söyle bize!"

"Bize şimdi söyle!"

"Hayıııııııır!" diye bağırdı.

Sonra başının üstünde, tavanda bir ayna belirdi. Ama ona yansıyan kişi kendisi değildi. Onun yerine Sam Amcasıydı. Ve yansımada Sam Amcası çığlık atıyor ve acı içinde kıvranıyordu.

"Sam Amca inimizde!" diye bağırdı ilk cadı.

"Ve bir daha asla dışarı çıkamayacak!" diye bağırdı diğer ikisi hep bir ağızdan.

Sonra üçü daha önce hiç duymadığı türden bir kahkaha patlattı. Sesler sırtlana benziyordu, gırtlaktan geliyordu, hayvansı.

Kötü cadılar "Konuş!" diye bağırdılar ve Sam Amca'yı sanki pişirilmeden önce hazırlanan bir et parçasıymış gibi dürtüp dürttüler.

"E-Z," dedi Sam Amca, sesi vücudunun yansıması gibi titreyerek. "Ne isterlerse istesinler, onlara verme. Bana ne yaparlarsa yapsınlar, teslim olma."

"Eğer ona zarar verirsen," dedi E-Z, "ben, ben..."

"Bize nerede olduğunu, hepsinin nerede olduğunu söyle, biz de onu bırakalım," diye Hades'te bile duyulmayacak bir sesle birlikte şarkı söylediler.

"Tek ihtiyacımız olan bir ya da iki ipucu," dedi ikincisi.

"Kimin kim olduğunu bize söyleyin," dedi ilki.

"Yoksa kim olduğunu bildiğin kişiyi ortadan kaldırırız," dedi üçüncüsü.

Sonra gülüştüler. Kafasının içindeki sesleri canını çok acıtıyordu. Ama o sadece rüya görüyordu. Kendini uyandırması gerekiyordu - ŞİMDİ.

"Ahhhhhhhhhhhhhhhhhh!" Sam Amca ağladı.

Daha fazla kahkaha.

E-Z uyandı ve hemen Avustralya'da Lachie'nin yanında olduğunu fark etti, evinde kendi yatağında değil. Telefonunu kontrol etti ama sadece bir çubuk vardı. Sam Amca'yı aramaya yetecek kadar şarjı olana kadar kontrol etmeye devam etti. İyi olduğundan emin olmak için. Bunun bir kabus olduğundan ve başka bir şey olmadığından emin olmak için.

Ağaç evin altında Lachie'nin hareket ettiğini duyabiliyordu. Muhtemelen kahvaltı hazırlıyordu. Gencin hayatını görmek güzeldi. Yaşadığı onca şeyden sonra kendini nasıl toparladığını görmek güzeldi. İnsanlar oldukça dikkat çekiciydi.

Lachie her ne pişiriyorsa güzel kokuyordu ve ilk eğilimi hemen oraya uçup ona kâbusundan bahsetmekti. Ama aklının bir köşesi şimdilik bunu kendine saklamasını söylüyordu. Ne de olsa Öfkeliler onun nerede yaşadığını bilemezdi. Hepsinin nerede yaşadığını. Telefonunun şarjını tekrar kontrol etti - bu sefer tek bir şarj bile yoktu. Cebine tıkıştırdı ve aşağı uçtu.

"İyi uyudun mu?" Lachie ateşin üzerinde duran bir tencereden bir kâseye kaşıkla sıvı doldururken sordu.

E-Z kabul etti. "Garip bir rüya gördüm ama onun dışında evet. Orası çok güzel. Bu kadar misafirperver olduğun için teşekkürler."

"Endişelenme. Burada bir sürü ruh var. Ve sana tanıdık gelmeyen sesler. Rüya hakkında konuşmak istersen, çekinme," dedi Lachie.

"Belki sonra."

"Tamam, devam et ve kaz. Umarım mantarları seviyorsundur."

"Bayılırım," dedi E-Z, sıcak buharlı çorbadan büyük bir miktarı ağzına atarken. "Bu çok güzel."

"Oh, bir dakika, damperi unuttum - o ekmek." Ateş çukurunun ortasında duran alüminyum folyoyu açtı ve dörde bölerek ilk parçasını E-Z'ye verdi.

"Bu hayatımda yediğim en güzel ekmek! Böyle yemek yapmayı nasıl öğrendin?"

"Bazı yerliler öğretti. Beğendiğine sevindim."

Güneş gökyüzünden onlara gülümserken sessizce oturdular. E-Z kâbusu hakkında düşünmemeye çalıştı. Cebinden telefonunu çıkardı ve parmaklıkları tekrar kontrol etti. Sadece bir tane. Teknolojiyi seviyordu - işe yaradığı zaman.

"Artık karnın doyduğuna göre, neden burada olduğunu konuşalım," dedi Lachie. "En önemlisi, sana nasıl yardımcı olabileceğimi."

E-Z konuşmadı, onun yerine umutlu bir kalple telefonuna tekrar baktı. Lachie bundan rahatsız olmuş gibi görünmüyordu, çünkü bir parça daha damper koparıyordu. Sonunda kendini toparladı ve dikkatini elindeki konuya odakladı.

"Özür dilerim, düşüncelerim milyonlarca kilometre uzaktaydı."

"Sorun değil. Biraz daha damper ister misin?"

"Hayır, böyle iyiyim. Öncelikle Rosalie'nin sana üçümüz hakkında ne söylediğini bilmek istiyorum. Yani Alfred, Lia ve ben."

"Evet, bana üçünüzle ilgili her şeyi anlattı. Sanki yanımdaymış da bana masal anlatıyormuş gibiydi. O anlattıkça sizinle tanışmayı, size yardım etmeyi daha çok istedim."

"Yardım etmek istediğinizi duyduğuma sevindim. Ancak söz vermeden önce size detayları anlatmama izin verin. Önümüzdeki yol hiçbirimiz için kolay olmayacak."

"Zorluklardan korkmam," dedi Lachie. "Rosalie sana benim hakkımda ne söyledi?"

"Dürüst olmak gerekirse, bana pek bir şey anlatmadı ama internette senin hakkında bir şeyler okudum. Ailene ne olduğunu hiç öğrendin mi?"

"Hayır, öğrenmek de istemiyorum. Burada mutluyum, kendi kendime yetebiliyorum. Kimseye ihtiyacım yok."

"Herkesin arkadaşa ihtiyacı vardır," dedi E-Z.

"Belki."

"Rosalie sana The Furies'den bahsetti mi?"

"Hayır, ama bir gün kötülükle savaşmak için yardımıma ihtiyacın olduğunda beni çağıracağını söyledi. Ve zaten adını duyduğum The Furies'den bahsetti."

"Gerçekten mi? Ne duydun?" E-Z sordu.

"Onlarla her birlikte olduğumda yeni bir şeyler öğrendiğim Yerli halk, Öfkeliler hakkında her şeyi biliyor. Asılları hedef almışlar, onları cezalandırmaya ve topraklarından sürmeye çalışıyorlarmış."

"Lachie ayağa kalktı, ateşin üzerine biraz su döktü ve tamamen söndüğünden emin oldu.

"Ben kendi adıma, iyiliğin hayatta kalabilmesi için kötülüğün var olması gerektiğine inanıyorum - ama bir tür kural olmalı - ve onlar bir kurala uymuyorlar. Yaptıkları her şey kendilerini korumak için ve bu şekilde yaşanmaz."

"Bunlar senin yaşındaki bir çocuk için akıllıca sözler," dedi E-Z. Bunu söyledikten sonra biraz utandı, sanki ikisinden daha büyük olduğu için bilge olmak için çok uğraşıyormuş gibiydi. "Sanırım yedi ya da sekiz yaşındasın, haksız mıyım?"

"Sanırım öyle, ama gerçek yaşımdan emin değilim. Beni bulduklarında bunu kanıtlayacak hiçbir belge bulamadılar. Sanırım sesim değişmeye başladığında daha iyi bir fikrim olacak." Güldü.

"Bu arada, kendi yaşını seçebilirsin," diye önerdi E-Z.

"Tıpkı benim kendi adımı seçtiğim gibi," dedi Lachie. "Her neyse, ne yapmamı istersen, ben varım."

"The Furies'e olan şey, interneti kullanmaları. İnternetten haberin var, değil mi?"

"Biliyorum. Kütüphanede wi-fi var. Okumayı severim. Mitoloji çok güzeldir. Bilimkurgu da öyle."

"Öfkeliler çocukları tuzağa düşürmek için çevrimiçi çok oyunculu oyunları kullanıyor. Çoğu çocuk oyun oynar, ben de dahil," dedi E-Z.

"Oyunlar zaman kaybettirir," dedi Lachie. "Yerli öğretmenler bana bunu öğretti. Hayat amaçsız oyalanmalarla harcanamayacak kadar kısa."

"Yine de herkes oyunları sever," dedi E-Z. "Size dünya çapında rakamlar verebilirim ama asıl mesele şu ki, Öfkeliler bu fenomenden faydalanıyor. Sanki oyun oynayan her çocuk onlara kalplerine ve zihinlerine erişim izni vermiş gibi."

"Nasıl yani?"

"Oyunda seviye atlamak için bir görev listesini tamamlamanız gerekiyor. Oyunda ilerlemenin tek yolu bu. Eğer sizden isteneni yapmazsanız, oyunu oynamanın bir anlamı kalmaz. Oysa sizden istenen şey gerçek hayatta birçok kez yasalara aykırıdır."

"Yasalara aykırı! Ne gibi?" Lachie sordu.

"Öldürmek gibi."

Lachie başını salladı.

"Bu bir oyun, yani bir sonraki seviyeye geçmek için ne gerekiyorsa onu yaparsın."

"Tamam, sanırım anlıyorum. Furies'in görevi suç işleyip cezasız kalanları cezalandırmaktı. Hayali bir oyun oynayan çocuklara zarar vermek için bu görevi çarpıtıyorlar."

"Bu doğru Lachie. Aynen öyle. Ve çocuklar öldüğünde, ruhlarını çalıyorlar."

"Ne için?"

"Ruh Yakalayıcılar diye bir şey duydun mu hiç?"

"Hayır," dedi Lachie.

"Öldüğünüzde ruhunuzun ebedi istirahat edeceği bir yer vardır. Buna Ruh Yakalayıcı denir. Ama bu çocukların Fury'ler onları aldığında ölmemeleri gerekiyor, bu yüzden onları bekleyen bir Ruh Yakalayıcı yok."

"Bütün bunları nereden biliyorsun?" Lachie sordu.

"Başmelekler bana sadece söylemekle kalmadı, aynı zamanda gösterdi de. Birkaç kez Ruh Yakalayıcımın içindeydim. Beni oraya çağırdılar. Tüm bunlar ortaya çıkana kadar ona ne dendiğini bile bilmiyordum. Bu insanların ilgilenmesi gereken bir şey değil. Çoğu cennete ya da cehenneme gideceğimizi düşünür."

"Senin ruh yakalayıcın hazırsa ve sen daha çocuksan, onlarınki neden hazır değil?"

"Güzel soru. Daha önce düşünmediğim bir soru. Sanırım benim özel bir durumum olduğunu varsaymıştım," dedi E-Z. "Ama baş meleklerin bir şeyleri berbat ettiğini biliyorum. Hakkında konuşmayacakları bir şey. Belki de bu yüzden yardımımıza ihtiyaçları var, bu şeyi düzeltmek için."

"Peki bunu nasıl yapıyorlar? Anlamadığım şey de bu."

"Tüm Ruh Yakalayıcıların kontrolünü ele geçirmeyi umarak kuralları değiştirdiler. Öldüğümüzde ruhlarımızın bizi bekleyen bir ruh yakalayıcıya girmesi gerekiyor. Aktarılabilir olmaları gerekmiyor. Eğer hepsini kontrol ederlerse, o zaman her ruhun gidecek bir yeri olmaz. Bu da öbür dünyayı kaosa sürükler. Şimdi her şeyi duyduğuna göre hâlâ var mısın?"

"Evet, kesinlikle. Ayrıca, burada yapacak daha iyi bir şey yok. İlginç bir macera olabilir."

"Yüzde yüz dürüst olmak gerekirse," dedi E-Z, "kolay olmayacak. Ve sen de hepimizle birlikte hayatını tehlikeye atacaksın. Ama birbirimizin arkasını kollayacağız.

"Biz kazanacağız!"

"Umarım öyle olur, ama önce oraya nasıl gideceğimizi bulmalıyız. Sam Amca'nın bizim için beklettiği uçak biletleri var. Yapmamız gereken onları en yakın uluslararası havaalanından almak. Biletleri ayırtmış."

"Gerek yok!" Lachie dedi ki. "Benim kendi aracım var." İki parmağını ağzına götürdü ve ıslık çaldı.

Birkaç dakika boyunca hiçbir şey olmadı.

"R---R---R---RRRRRRRRRRRRRRRR." "O da neydi?" E-Z sordu.

Ağaçlar bir fısıltıyla yer değiştirip hareket ederken Lachie kıpırdamadan durdu.

Sonra E-Z kanat çırpma sesleri duydu. Sese bakılırsa, gelen şeyin devasa kanatları vardı.

Sonra yaratık ağaç yapraklarını yarıp geçti. Harry Potter filmlerinden herhangi birinde görülse yadırganmazdı.

"Bu bir ejderha mı?" E-Z sordu.

"O bir Aussiedraco," dedi Lachie. "Pterozor olarak da bilinir, yani buralı." Ejderhaya "İyi günler dostum," dedi ve onu selamlamaya gitti. Devasa pullu yaratık başını eğdi. Lachie onu okşadı, sonra da sırtına atladı.

"Hadi E-Z, ne bekliyorsun?"

"Benim kendi aracım var."

Lachie başını geriye attı ve güldü.

"HAR-HAR-R-R-R!"

yaratık da katıldı.

"Onun adı Bebek," dedi Lachie. "Atla çünkü Bebek seni gezdirmek istiyor ve Bebek ne isterse, Bebek onu alır."

"Ama benim sandalyem!"

Baby uzun boynunu uzatıp E-Z'yi kucağına aldı. Sandalye olmadan onu sırtına attı. Baby havaya sıçrarken E-Z de Lachie'ye tutundu.

"Ağaçlara dikkat et!" E-Z ağladı.

Lachie ve Bebek gülüştüler.

Kilometrelerce kızıl kumun üzerinde uçtular.

Çok geçmeden E-Z korkmadığını hissetti.

Birkaç kaya oluşumunun üzerinden uçtular, bunlardan biri Homer Simpson'ın uzanışına benziyordu. Sonra, devasa kırmızı monolit Uluru'yu gördüler.

Bütün günü Avustralya üzerinde uçarak ve manzarayı seyrederek geçirdiler.

"Geri dönsek iyi olacak," dedi Lachie. "Kuzey Amerika'ya gidip ekibin geri kalanıyla buluşmadan önce iyi bir uykuya ihtiyacımız var."

"Kulağa iyi bir plan gibi geliyor," dedi E-Z, artık yolculuktan giderek daha fazla keyif alıyor ve hiç bitmemesini diliyordu. Düşmeyecekti, ihtiyacı olursa kanatları vardı - ama kesin olarak bildiği bir şey vardı, Bebek'le uçmak hayatın ta kendisiydi.

Sadece eve döndüklerinde onu nerede tutacağını merak ediyordu. Ejderha garaja sığmayacak kadar büyüktü. O köprüyü geçtiğinde bu sorunu da halledecekti. Belki Küçük Dorrit'le arkadaş olurlarsa birlikte yatabilirlerdi.

"Benim için endişelenme," dedi Bebek.

E-Z bir kez daha baktı.

"Evet, zihin okuyabiliyorum. Her zaman ve herkesin değil," dedi Baby. "Kendi uyku düzenimi kendim ayarlarım. Küçük Dorrit'e gelince, Tek Boynuzlu Atlar ve Ejderhalar genelde pek anlaşamazlar - ama yine de bir denemek isterim."

Bebek onları bıraktı ve gecenin içinde uçup gitti.

Ez, Sam Amca'yı hatırlıyordu ama bu konuda bir şey yapamayacak kadar yorgundu. Onu sabah arayacaktı. Tabii ki her şey yoluna girecekti.

BÖLÜM 4

AVUSTRALYA'DAN AYRILMAK

Ertesi sabah E-Z ve Lachie seyahatleri için hazırlanırken sohbet ettilervebirbirlerini daha yakından tanıdılar.

"Telefonumu şarj etmem ve Sam Amcamı aramam gerekiyor. Avustralya'dan ayrılmadan önce her ikisini de yapmak için bir mola vermek istiyorum."

"Sorun değil, ben de birkaç malzeme almak istiyorum. Her şeyi aynı anda yapabiliriz. Ben alışveriş yaparım, sen de telefonunu şarj eder ve amcanı ararsın. Bilmem gereken bir şey var mı?"

"Sadece garip bir rüya gördüm. Gereksiz yere endişelenmemek için onu kontrol etmek istedim."

Lachie, o dönene kadar güvende olmaları için bazı yemek malzemelerini bir kenara koyarken, "Yeterince makul," dedi. "Burayı özleyeceğimden eminim."

"Biliyorum, arkadaşlarını da özleyeceksin ama yeni arkadaşlar edineceksin ve herkes seni evinde hissettirecek. Ayrıca, sen farkına bile varmadan geri dönmüş olacaksın."

"Beni endişelendiren de bu. Ya geri dönmek istemezsem? Ya etrafımda insanların olmasına alışırsam? Olanaklarla şımartılmaya?" İki saksağan omuzlarına birer tane konunca durakladı. Kuşlar kulaklarını hafifçe gagaladı, sanki ona fısıldıyorlardı. Lachie gülümsedi ve uçup gittiler.

"Ne dediler?" E-Z sordu.

"Aslında hiçbir şey. Sadece beni sevdiklerini ve özleyeceklerini söylediler." Bir kuzgun aşağı uçtu ve omzuna kondu. "Bu benim dostum Erroll."

"Tanıştığımıza memnun oldum Erroll," dedi E-Z. "Siz ikiniz nasıl arkadaş oldunuz?"

Lachie güldü. "Bunu sorman komik. Erroll'lar çok uzun zamandır buralardalar. Aslında, büyükbabası birçok kez sizin uzaktan akrabanız olabilecek birinin evcil hayvanıydı. Eğer Charles Dickens'la akrabaysanız tabii?"

E-Z başını sallayarak eğildi. Lachie şimdi kesinlikle tüm dikkatini ona vermişti.

"Charles Dickens'ın adı Grip olan evcil bir kuzgunu vardı. Yıllar boyunca anlatılan hikâyelere göre, Edgar Allan Poe'ya en ünlü şiiri Kuzgun'u yazması için ilham veren kişi Grip'miş."

"Vay canına, bu çok havalı!" E-Z haykırdı.

"Kuşlar süper zekidir. Tıpkı Outback'e ilk geldiğimde beni kanatları altına alan Yerli Yaşlılar gibi. Bana okuma yazmayı, yemek hazırlamayı öğrettiler. Ayrıca zehirli bitki örtüsü ve hayvanları nasıl tanıyacağımı ve bunlardan nasıl kaçınacağımı da öğrettiler.

"Karşılaştığım ve konuştuğum canlılardan her gün bir şeyler öğreniyorum. Eskiden herkesin hayvanlarla konuşabildiğini söylüyorlar - sadece ben değil - ama bir şeyler değişmiş. Bunun beynimizde olduğunu düşünüyorlar ama herkese ne olduysa bana olmadı."

"Farklı olduğunu nasıl anladılar?"

"Doğduğumda ve kutudaki çocuk olduğumda benim hakkımda bir şeyler duyduklarını söylüyorlar. Daha doğmadan önce, hakkımdaki söylentiler fısıltı halinde dünyanın dört bir yanında uçuşuyormuş. Uzun zamandır beni bekliyorlarmış, bana söyledikleri bu."

"Ne kadar zamandır?" E-Z sordu.

"Büyük konuşmak istemem ama Mozart'ın beni bildiğini söylüyorlar - onun evcil bir sığırcık kuşu varmış ve 17. yüzyılda yaşamış. Bu daha yeni. Ondan önce, M.Ö. 70 yılında Virgil'e kadar izlenebilir. Onun evcil bir sineği olduğunu biliyor muydun?"

"Gerçekten mi? Bir sinek - evcil hayvan mı?"

"Virgil'le akraba olan bir çalı sineğiyle konuştum - adı Leonard ya da kısaca Leo'ydu ve her şeyi doğruladı." Lachie bir saksı aldı ve başka şeylerle birlikte çalıların arasına sakladı. "Andrew Jackson'ın papağanının akrabasıyla da sohbet ettim. Jackson'ın kuşunun adı Pol'dü - karısına hediye edilmişti - ve erkekti, ama akrabası dişi olduğu için adı Polly'ydi. Tuhaf bir espri anlayışı vardı!"

"Kulağa öyle geliyor. Umarım daha fazla konuşabiliriz ama sana özel güçlerin hakkında bir şeyler sormam gerekiyor - ve eğer her şeyi güvenli bir şekilde sakladıysan yakında yola çıkmamız gerekiyor."

Lachie başını salladı, "Elbette. Neredeyse hazırım. Sadece birkaç şeyi daha güvence altına almamız gerekiyor. Bu arada, neden önce bana kendinden bahsetmiyorsun?"

"Beni ve sandalyemi çalışırken gördünüz zaten - evet, uçabiliyoruz. Sandalyemin özel güçleri var, uçmanın yanı sıra suçluları da yakalayabiliyor ve kandan zevk alıyor. Biz bir çiftiz, sandalyem ve ben, Batman ve Batmobil'i gibi."

"Harika!" dedi Lachie. "Ama şu kan meselesi biraz tuhaf."

"Boşa harcama, bunu kim söyledi bilmiyorum ama sandalyem de aynı fikirde gibi. Yere damlamasına izin vermek yerine, onu emiyor.

"İlk kurtardığımız küçük bir kızdı - onu bir aracın çarpmasından kurtardık. Sonra bir uçak dolusu yolcuyu kurtardık. Övünmek istemem ama eminim anladınız. Başkalarına yardım ederek artık çok güçlü olduğumu keşfettim ve sandalyem de öyle. Oh, ve kurşun geçirmez olduk."

"Yani insanlar size ateş mi etti?"

"Evet, silahlarla ilgili birkaç durum yaşadık. Şimdi sıra sende."

En şaşırtıcı gücüm, daha önce de gördüğünüz gibi, herhangi bir yaratıkla konuşabilmem. Aslında dün Bebek'le konuştuğunu sandığında bir bakıma konuşuyordun ama ben burada olmasaydım anlamsızca konuşuyor olacaktı. Benim aracılığımla seninle iletişim kuruyor. Ben bir ağ gibiyim, bir güvenlik ağı. Neye karar verdiğime bağlı olarak onu kapatabilir ya da açabilirim.

"Ben o kafesteyken hayvanlar dışarıda oturur ve gevezelik ederlerdi. Bazen benimle iletişim kurduklarını düşünürdüm ama sonra belki de delirdiğimi düşünürdüm. Bir keresinde bir hamamböceği kafesimin parmaklıklarından içeri uçtu ve eğer istersem dışarı çıkmama yardım edebileceğini söyledi.

"İğrenç, hamamböceklerinden nefret ederim. Uçan hamamböceklerini hiç duymamıştım."

"Aslında oldukça akıllılar ve hayatta kalmak için muazzam bir içgüdüleri var - yani her şeyi yerler."

"Seni o kutuya koyan insanları yememeleri çok kötü." E-Z bir an için düşündü. "Neden seni kurtarmaya çalışmasına izin vermedin? Yani kaybedecek bir şeyin yoktu."

"Ne demişler, bildiğin şeytan daha iyidir?"

"Anladım, yani seni tutan insanlardan korkmadın mı?"

"Aslında bir kutu değildi - bir kafesti. Ama kutu demeleri kulağa daha hoş geliyor. Ayrıca bana hiç zarar vermediler. Beni beslediler ve suladılar.

Gazeteleri değiştirdiler. Ve maske taktıkları için aslında kim olduklarını hiç görmedim."

"Seni en başta neden orada tuttuklarını anlamıyorum."

"Bunu asla bilebileceğimi sanmıyorum. Beni bıraktıklarında da cevap almak için etrafta dolaşmadım."

"Bu nasıl oldu?"

"Aynı evde benim için bir oda ayarladılar. Bana bakması için hoş bir bayan gönderdiler. Evin dışına hiç çıkmadım. Benim için çok korkutucuydu."

"Konuşabiliyor muydunuz? Yani, eğer sonsuza kadar bir kafeste kaldıysan, öncesine dair anıların var mı? Ailenle ilgili?"

"Bu konuda konuşmaktan hoşlanmıyorum. Geçmiş geçmişte kaldı. Onu değiştiremem. Ben hep ileriye bakarım. Ama ben bir kafeste doğmadım. Bazen okula gittiğimi hatırladığımı düşünüyorum. Ama bu bir rüya da olabilir. Bazı günler ikisi arasındaki farkı söylemek çok zor."

E-Z kendine Sam Amca'yı aramasını hatırlattı.

"Peki, nasıl oldu da buraya geldin, hayvanlarla yaşıyorsun ve yüzde yüz kendine güveniyorsun? Sanırım insanları özlemiyorsun?"

"Hatırlamadığın bir şeyi özleyemezsin. Hayvanlara gelince, onları ben seçmedim, onlar beni seçti. Eve geldiler, sanki artık kafeste olmadığımı biliyorlardı ve dışarı çıkmamı beklediler. Onlarla konuşabileceğimi, onları anlayabileceğimi zaten biliyorlardı - ama ben deneyene kadar bunu yapabileceğimi bilmiyordum. Sonra önümde koca bir dünya açıldı ve ben de bunun bir parçası olmak zorunda kaldım. Artık yalnız değildim. İşte o zaman beni alıp götürmeyi ve güvende tutmayı teklif ettiler. Artık Lachie'nin hikayesini biliyorsun."

"Bu inanılmaz bir hikâye. Demek hayvanlarla konuşabiliyorsun. Keşfettiğin başka bir şey var mı?"

"Şey, evet. Ama oldukça yeni."

"Bana anlatsana."

"Sana göstersem daha iyi olur."

"Tamam," dedi E-Z.

Lachie'nin ayağa kalkıp yakındaki bir okaliptüs ağacına doğru yürümesini izledi. Bir saniye ağacın yanında durdu, sonra öne doğru bir adım atarak ağacın kalın, yıpranmış gövdesinin önünde durdu. Sonra da kayboldu.

"Bu da ne?"

Lachie ağacın diğer tarafına geçti, sonra tekrar gövdeye yaslandı.

"Oh, yani görünmez misin?"

"Hayır, daha yakından bak." Ağaçtan bir adım uzaklaştı. "Gözlerimi izlemeye devam et."

E-Z öyle yaptı ve ağacın gövdesinde Lachie'nin gözlerini görebiliyordu ama Lachie'yi göremiyordu. "Dur bir dakika," dedi E-Z. "Anladım. Bu kamuflaj - sen bir bukalemunsun. Vay canına!"

Lachie güldü, sonra yerine döndü.

"Bunu nasıl keşfettin? Gerçekten harika bir güç. Neredeyse her yere uyum sağlayabilirsin ve kimsenin bundan haberi olmaz!"

"Bir süre yaratıklarla birlikte yaşadıktan sonra - hiç insan görmeden - bir gün bir grup yürüyüşçü buradan geçti. Bir ağaca tırmanıp saklanmak için koştum ama yeterince zamanım yoktu - bu yüzden bir ağaç gövdesine yaslanıp hareketsiz kaldım. Sanki ben yokmuşum gibi yanımdan geçip gittiler. Ne olduğunu anlayamadım. Bir kuş omzuma kondu ve bir yılan bacağıma tırmandı. Onlar beni görebiliyordu ama insanlar göremiyordu. İşte o zaman bukalemun olduğumu anladım."

"Nasıl bir his? Yani kamuflaj moduna geçtiğinizde?"

"Farklı bir şeymiş gibi hissetmiyorum. Sadece oluyor."

"Güzel. Peki, takımın geri kalanı hakkında ve masaya hangi becerileri getirdiklerini bilmek ister misin?"

Lachie başıyla onayladı.

"Lia'yı seveceksin. O görebiliyor. Gözleri ellerinde ve şimdiyi, bazı insanların zihinlerini görebiliyor ve bazen geleceği, olacakları görebiliyor. Gücünün bu kısmı artıyor gibi görünüyor. Tabii bir de yaş meselesi var. İlk tanıştığımızda yedi yaşındaydı, şimdi on iki yaşında."

"Bu gerçekten harika," dedi Lachie. "Ve duyduğuma göre annesi ve Sam Amcan..."

"Yola çıkmamızın sakıncası var mı? Sam'in adını duymak bile endişemin yeniden artmasına neden oluyor."

Lachie, "Endişelenme," dedi. Islık çaldı ve Bebek geldi ve en yakın kasabaya uçtular, Lachie orada birkaç şey aldı, E-Z telefonunu şarja taktı ve yeterince şarj olduğunda hemen Sam'in numarasını aradı.

Cevap yoktu, onun yerine arama doğrudan Sam'in sesli mesajına gitti. Samantha'nın telefonunu denedi ve o da hemen cevap verdi. "Merhaba, ben E-Z, Sam Amca müsait mi?"

"Tabii E-Z, bir saniye." Biraz fısıldaşma. "Merhaba ufaklık," dedi Sam. "Şu anda neredesin, okyanusun üzerinde mi uçuyorsun?"

"Sadece her şeyin yolunda olup olmadığını kontrol ediyorum," dedi E-Z. "Eğer evet ise, lütfen parolayı söyle."

"Sünger Bob Kare Pantolon," dedi Sam Amca.

"Oh, şükürler olsun," dedi E-Z. "Öfkeliler'in seni yakaladığına dair garip bir rüya gördüm."

"Ah, bazı arkadaşlarımız geldi ve biz de tam oturup fondülere bir şeyler batırmaya hazırlanıyorduk. Meyveli çikolata, peynirli sebze ve peynirli ekmek ve et var. Oldukça geniş bir seçki ve birkaç çeşit şarabımız var. İkizler gece için çoktan yattılar."

"Kulağa..."

"Gitmeliyim E-Z, yakında görüşürüz. Kendine dikkat et."

"Amcam iyi ve fondü yapıyorlar - kulağa biraz parti gibi geliyor."

"Fondü nedir?" Lachie sordu.

"Bir şeyleri eritip içine başka şeyler batırdığın bir kap. Çilekleri çikolataya, ekmek parçalarını peynire batırmak gibi. Ve haklısın, artık evliler ve yakın zamanda ikizleri oldu, bu yüzden ev oldukça dolu ve gürültülü."

"Kulağa şahane geliyor," dedi Lachie.

E-Z'nin telefonu tamamen şarj edilmiş, Lachie'nin malzemeleri Baby'nin sırtına güvenli bir şekilde yerleştirilmiş olarak çift Avustralya'dan uçtu. Yolda sohbet ettiler. Saatlerce ilgi çekici hiçbir şey görmedikten ve mideleri guruldadıktan sonra yemek ve tuvalet molası için inmeye hazırlandılar.

"Zaten öğle yemeği yemek için birazdan inmemiz gerekecek - ayrıca şimdiden açlıktan ölüyorum! Bu arada tebrikler!"

"Teşekkürler! Hawaii'de çizburger ve patates kızartması için durabiliriz," diye önerdi E-Z.

"Hawaiililerin hamburger ve patates kızartması konusunda uzmanlaştığını bilmiyordum."

"Onlar ABD'nin bir parçası, bu yüzden çizburger ve patates kızartması - kalın shake'lerden bahsetmiyorum bile - denemeniz için mükemmel geleneksel yiyecekler ve size garanti ederim, onları seveceksiniz."

"Ben et yemem. İnekler de insan."

"Sebze bazlı bir şeyler var, yine de çizburger ve bayılacaksın. İnek sütü içmeye karşı değilsin, değil mi?"

"Hayır, yok."

"Tamam sandalye ve Baby - hadi vejetaryen burger de yapan en yakın çizburgerciye gidelim," diye önerdi E-Z, guruldayan midesi kendini belli ederken.

"İleri!" Bebek inmek için uygun bir yer ararken Lachlan bağırdı.

BÖLÜM 5

BRANDY

Lia ve tek boynuzlu at yol arkadaşı Küçük Dorrit bulutların arasında uçuyorlardı.

Lia, uçan arkadaşının zarif ama hızlı hareketlerini takdir ediyordu. Birlikte Bulutlardan Atlama adında bir oyun icat ettiler. Bulutun türüne göre ya üstünden, ya altından ya da içinden atlıyorlardı. İçinden geçmek en eğlenceli olanıydı.

Lia, "Bulutun içinde olduğumuz zamanları seviyorum," dedi. "Dokunmak için uzanıyorum ama orada hiçbir şey yok."

"Görünüşe göre gideceğimiz yer aşağıdaki alışveriş merkezi," dedi Küçük Dorrit üçlü bir atlayış yapmadan önce, aynı bulutun üzerinden, altından ve içinden geçerek.

"Weeeeeee!" Lia haykırdı.

"Teşekkür ederim, teşekkür ederim," dedi tek boynuzlu at, aşağıya doğru işaret ederken.

"Alışveriş, ha?" Lia etrafı kontrol ederken "Alışveriş, ha?" dedi. Neredeyse bir blok uzunluğunda büyük bir alışveriş merkeziydi. "Umarım fazla paraya ihtiyacım yoktur ama annem ihtiyacım olursa diye kredi kartını verdi."

"Brandy marketin koridorunda duruyor, zaman geçirmek için bir arabayı dolduruyor. Acele etsek iyi olur yoksa annesi yakında onu aramaya başlar," dedi tek boynuzlu at.

"Bu gerçekten harika, onun yerini bu şekilde tespit edebiliyorsun. Onunla tanışmak ve güçleri hakkında daha fazla şey öğrenmek için sabırsızlanıyorum," dedi Lia ve inişe hazırlanmak için kollarını Küçük Dorrit'in boynuna doladı. "Hep bir ablam olsun istemişimdir, bu benim tek şansım olabilir."

"Bana ihtiyacın olduğunda ıslık çal," dedi Küçük Dorrit, Lia attan inerken, "seninle tam burada buluşacağım."

Lia sallanan kapılardan alışveriş merkezine girdi. Hemen Brandy olduğunu umduğu bir kızın markette bir el arabasını ittiğini gördü. Rosalie'nin tarifine bakılırsa bu o olmalıydı.

Kız gri kapüşonlu, rahat bir kıyafet giymişti. Kısmen fermuarlıydı ama altındaki kırmızı I Love Music tişörtünü gösterecek kadar açıktı. Siyah kot pantolonunun ceplerinde nota çıkartmaları vardı. Kanvas ayakkabısı da tişörtle uyumluydu.

Lia ona doğru yürümeden önce birkaç dakika kızı izledi. Biraz gözünün korktuğunu hissetti. Sanki ünlü biriyle tanışıyormuş gibiydi. Ona göre Brandy'den stil ve havalılık akıyordu.

Lia yaklaştıkça, yakında bir gün kanka olacaklarını hayal etti. Alışveriş merkezini birlikte ziyaret edeceklerdi. Birlikte kıyafet alışverişi yapacaklardı. Belki Brandy ona yeni Amerikan kıyafetleri seçmesinde yardım bile ederdi.

"Neye bakıyorsun çocuk?" Brandy pek de dostça ya da kardeşçe olmayan bir ses tonuyla sordu. Sonra da bir hamlede Lia'nın ellerini savurdu.

"Bu çok kaba," diye haykırdı Lia. "Kimse sana terbiye öğretmedi mi?" Havalı kıza sırtını döndü. Nefesini tuttu, ona kadar saydı, sonra tekrar yüzünü ona döndü. "Rosalie senden utanırdı."

"Rosalie'yi tanıyor musun?"

"Evet, ben Lia ve ellerimde olan gözlerim olmadan seni göremiyorum." Lia kollarını tekrar kaldırdı.

"Vay canına!" Brandy haykırdı. "Tuhaf olduğumu sanıyordum, ama çocuk, yani Lia, sen bisküviyi alıyorsun." Ellerini ceplerine soktu. "Ama Rosalie'nin her arkadaşı benim de arkadaşımdır."

"Ah, teşekkürler," dedi Lia. "Konuşmak için gidebileceğimiz bir yer var mı?"

"Rosalie'den başka ne ortak noktamız olabilir ki?" dedi genç kız arabayı itip Lia'yı geride bırakırken.

Lia bir hıçkırığa karşı koydu ama "Rosalie öldüğü için yardımınıza ihtiyacımız var," diyebildi.

Brandy durdu ve derin bir nefes aldı, yanağından bir damla yaş süzülürken dönüp gözyaşlarını sildi. "Beni takip et, ufaklık." İçindeki tüm eşyalarla birlikte el arabasını bıraktı ve alışveriş merkezinin hemen içindeki bir standa gidip oturdular.

"Ben bir bardak su alacağım," dedi Lia. "Buz olmasın lütfen."

"Hadi evlat, tehlikeli yaşa. Bir Root Beer Float alacak - ve bunu iki yap." Garson gittikten sonra, "Bayılacaksın, merak etme. Şimdi bana neden burada olduğunu ve o tatlı Rosalie'ye ne olduğunu anlat."

"Öncelikle, Rosalie sana benim hakkımda, bizim hakkımızda ne söyledi?"

"Hiçbir şey. Onun kim olduğunu ve beni izlediğini biliyordum. İlk başta onun bir melek olduğunu düşündüm çünkü küçük bir çocukken dua ettiğim zamanlardaki gibi kafamın içinde benimle konuşabiliyordu. Sonra onun gerçek bir insan olduğunu fark ettim, tıpkı benim gibi ve şimdi o öldü. Onu öldürenlerin yakalanmasına yardım etmek istiyorum - eğer bu yüzden buradaysanız, o zaman ben de varım. Komik, bence o artık bir melek, hâlâ beni izliyor."

"Ben de öyle," dedi Lia. "Kesinlikle."

"Peki, nasıl oldu bu?" Brandy sordu. "Eğer sormak için duyarsız bir konu değilse. Bizi biz yapan tuhaflıklarımız hakkında konuşmanın her zaman en iyisi olduğunu düşünmüşümdür. Benim de tuhaflıklarım var, inanın bana. Herkesin vardır.

"Annem sana böyle kişisel bir soru sorduğum için beni azarlardı. Ama ben sadede gelmeyi severim. Gözlerin hep ellerinin üzerinde miydi? Gazeteciler ve fotoğrafçılar tarafından kovalandığınızı düşünürdüm, insanlar sizinle konuşmak, dergi ve gazete satmak için hikayenizi duymak ve anlatmak istiyorlar."

"Ah," dedi Lia, "çoğu insan Harry Potter gibi ünlü kurgusal karakterlerle gerçek insanlardan daha çok ilgileniyor. Eğer Harry Potter gerçek olsaydı, insanlar ondan uzak durur ya da onunla alay ederdi. Ancak onun dünyasında o bir kahramandı, bu yüzden yara izi hikayesinin bir parçası haline geldi. Bu onu bizim için daha insani yaptı, böylece onunla özdeşleşebildik. Ama hiçbir çocuk öne çıkmak istemez çünkü bu dünyada farklılıklar her zaman takdir edilmez.

"Kurgusal karakterlerle ilişki kurup onlarla empati kurarken günlük hayatımızdaki gerçek kahramanları tanımamamız çok komik."

"Ah kardeşim," dedi Brandy, "biraz sıkıcısın, değil mi? Sanki yirmi yaşında bir çocukla konuşuyorsun."

"Özür dilerim," dedi Lia. "Kısa bir süre içinde yediden ona, ondan on ikiye geçtim. Alışmak için zamanım olmadı."

"Sorun değil," dedi Brandy. "Prensipte seninle aynı fikirdeyim evlat, ama Reality Tv yayın hayatına başladığından beri sıradan insanların hayatlarıyla ilgileniyoruz. Yani Kardashianlar gibi sıradan ama zengin insanların. Ben izlemiyorum ama milyonlarca insan izliyor."

İçkileri geldi. Brandy önce kendi içkisinin üstündeki kirazı yedi, sonra Lia'ya kendisininkini isteyip istemediğini sordu. Lia hayır deyince Brandy kirazı kaldırdı ve doğrudan Lia'nın ağzına attı. "Bir yudum al. Eğer denersen kesinlikle beğeneceksin."

Lia pipetten büyük bir yudum aldı ve yüzü aydınlandı. "Gerçekten çok güzel!" Sonra ne söyleyeceğini düşünürken pipetle dondurmayı karıştırdı.

"Ben doğduğumda gözlerim gayet iyiydi. Ama bir kaza beni kör etti ve uyandığımda bu gözlere ve ayrıca görme dedikleri şeye sahiptim. İnsanların ne düşündüğünü görebiliyorum, Rosalie ile ilk kez bu şekilde konuşmaya başladık. Benim için zaman herkes için olduğu gibi değil, ama bir süredir hiç yıl atlamadım. Ayrıca, zaman geçtikçe, bazen bana ve başkalarına neler olacağını görebiliyorum, yani gelecekte."

"Rosalie'nin öleceğini olay gerçekleşmeden önce biliyor muydun?"

"Hayır, bilmiyordum. Geliyor ve gidiyor. Bazen hiç çalışmaz. Yüzde yüz güvenilir değil. Bu arada aklını okuyamıyorum; merak ediyorsan söyleyeyim."

"Güzel. Zihnimi okuyabildiğini bilmek çok ürkütücü olurdu," dedi Brandy, kabın dibine vuran ve 'hepsi bu kadar millet' sesi çıkaran büyük bir yudum alarak. "Bir tane daha isterdim ama içmeyeceğim," dedi. "Ölçülü olmak en iyisi, çünkü her zaman gerçekten istediğimizi düşündüğümüz şeylerle kendimizi şımartırsak, o zaman onların değerini bilemeyiz."

"Çok akıllıca," dedi Lia. "İstersen benimkinin geri kalanını alabilirsin."

"Boşa gitmesine izin vermek yazık olur."

Brandy'nin telefonu titreşene kadar iki kız bir süre sessiz kaldı. "Annem birazdan bize katılmak için burada olacak."

"Nerede olduğumuzu nereden biliyor?"

"Tamam, kendi yöntemleri var, yani telefonumda bir takip cihazı var."

"Ve senin için sakıncası yok mu?"

Hayır. Birkaç kez kayboldum ama her seferinde alışveriş merkezine geri döndüm. Çoğu zaman gittiğimde haberi olmuyor. Ta ki ben arayıp gelip beni buradan almasını isteyene kadar. Genelde ilk ipucu bu oluyor, mesajım ya da aramam. Yine de uygulama onu benim için endişelenmekten kurtarıyor. Sanırım ölüp tekrar hayata dönebilen bir kıza sahip olmak kolay değil."

Brandy'nin annesi geldi ve tanışma faslı başladı. Ona Rosalie ve Lia'nın hikâyelerini anlattılar ve o ana kadar konuştukları şeyler hakkında bilgi verdiler.

"Siz ikiniz ne planlıyordunuz?" diye sordu. "İyi bir şey yapmıyor gibi görünüyorsunuz."

"Sadece fazla şeker," dedi Brandy sırıtarak. "Lia da tam bana ne için ihtiyaçları olduğunu söylemek üzereydi."

"Yani, tekrar eden durumunuzu açıkladınız mı?"

"Kısaca. Henüz o konuya girmemiştim anne, bana kazadan ve gözlerinin neden ellerinin üzerinde olduğundan yeni bahsetti."

Garson kız geldi ve Brandy'nin annesi bir kahve sipariş etti. Garson hemen elinde doldurduğu bir fincanla geri döndü. "Yeniden doldurmak ücretsiz," dedi garson kız. "Boşaldığında kupanızı havaya kaldırın, hemen gelip tekrar dolduracağım."

"Teşekkür ederim," dedi Brandy'nin annesi.

Lia saçlarını kulağının arkasına tarayarak, "Bunu duymayı çok isterim," dedi. Brandy ve annesinin birbirleriyle olan ilişkilerini çok seviyordu. Birbirlerine çok yakındılar; bunu birbirlerine dokunmalarından anlayabiliyordu. Bu yakınlık ona annesinin geceleri ve hafta sonları çalıştığı ve her şey için dadısı Hannah'ya güvenmek zorunda kaldığı zamanları hatırlattı. Artık burada oldukları ve annesi Sam'le evli olduğu için durum farklıydı ama yeni bebekler annesinin zamanının çoğunu alıyor gibiydi.

Brandy ağzından kaçırdı: "İlk kez öldüğümde küçüktüm. Tam da bu alışveriş merkezindeydi. Bir dakika önce ölüydüm, sonra tekrar canlandım. Sana daha önce de söylediğim gibi, hep buraya geliyorum. Bu alışveriş merkezini o kadar çok seviyorum."

"Bu çok komik," dedi Lia.

"Alışveriş yapmayı çok severim!"

"Evet seviyorsun!" Brandy'nin annesi, kızı garsonu geri çağırıp bir bardak buzlu su isterken, "İki bardak olsun," dedi.

"Şunu iki bardak su yapalım," dedi Lia.

Zaten orada olduğu için garson Brandy'nin annesinin kahve fincanını doldurdu.

Lia ya şimdi ya da asla diye düşündü - konuya girmeliydi. Geç oluyordu ve Küçük Dorrit bekliyordu.

"Liderimiz E-Z tekerlekli sandalyede ve insanları, hatta uçak dolusu yolcuyu bile kurtarabiliyor. Süper gücü ve hızı var ve hem kendisinin hem de tekerlekli sandalyesinin kanatları var.

"Alfred bir trompetçi kuğu ve ESP'si var, ayrıca insanları ve yaratıkları tekrar hayata döndürebiliyor. Sen de dahil olmak üzere gruba ekleyeceğimiz iki çocuk daha var, artı E-Z'nin kuzeni Charles - böylece toplamda yedi kişi olacağız."

"Ah, şanslı yedi kişi," dedi Brandy'nin annesi.

Lia devam etti, "Her şeyi duyduktan sonra, eğer Öfkeliler'le savaşmamıza yardım etmeyi kabul edersen, hayatın tehlikeye girecek. Onlar Rosalie'yi öldüren üç kötü kız kardeş - tanrıçalar -."

"Kötü, ha? Rosalie'yi öldürmek korkakça bir hareketti! O bir karıncayı bile incitmezdi!" dedi Brandy.

"Bu bilgi halka açık mı?" Brandy'nin annesi sordu. "Kulağa çok kurgusal geliyor."

"Bunu neden yaptılar?" Brandy sordu. "Rosalie gibi tatlı ve yaşlı bir kadını öldürerek ne elde ediyorlar?"

"Çocukları kullanıyorlar. Çocukları öldürüyorlar," dedi Lia.

Hem Brandy hem de annesi içmeyi bıraktı.

"Açıklaması zor ama elimden geleni yapacağım. Öldüğümüzde, Ruhlarımız bizi bekleyen Ruh Yakalayıcılarımıza - ebedi istirahat yerimize - gönderilir. Her birimizin kendine özgü bir Ruh Yakalayıcısı vardır - bu yüzden asla ölmeyiz. Ruhlarımız yaşamaya devam eder. Bu hayal ettiğimiz cennet değil, ama gerçek ve Öfkeliler masum çocukları öldürüyor - ve onları başka insanlara ait olan Ruh Yakalayıcılara koyuyorlar.

"Aslında Rosalie öldüğünde ruhunun gidebileceği hiçbir yer yoktu. Neyse ki dostlarımız Hadz ve Reiki - onlar melek özentisi - Rosalie'nin ruhunu yakalamayı başardılar. Biz Öfkeliler'i ortadan kaldırıp Ruh Yakalayıcılar'la işleri yeniden yoluna koyana kadar onu güvende tutacaklar. Onları ortadan kaldırdığımızda, baş melekler görevi devralacak ve sebep oldukları karmaşayı düzeltecekler. Her şey yeniden normale dönecek."

"Başmeleklerin kötü olduğunu sanıyordum," dedi Brandy. "Onlara güvenebileceğimizi nereden biliyoruz? Ve neden onlara yardım etmek istiyoruz?"

"Bu sizden çok büyük bir istek çocuklar," dedi Brandy'nin annesi.

"Bu çok uzun bir hikâye. Zaman içinde size anlatabiliriz. Ama şu anda merkeze dönmemiz gerekiyor. Orası bizim evimiz. Hepimiz aynı çatı altında olduğumuzda her şeyi açıklayabilir ve bir plan yapabiliriz."

"Ben varım," dedi Brandy. "Rosalie'yi öldürdüklerini söylediğinde beni zaten kandırmıştın, ama şimdi masum çocukları da öldürdüklerini biliyorum, o zaman bırak da onlara saldırayım." Su bardağını kaldırdı ve Lia'yla birlikte kadeh kaldırdı.

"Bekle," dedi Brandy'nin annesi, "baş melekler bu şeyi yenemiyorsa, siz çocuklardan nasıl yenmenizi bekleyebilirler ki..."

"Anne," dedi Brandy onun elini okşayarak. "Ben diğer çocuklar gibi değilim. Görünüşe göre özel yetenekleri olan bir grup uyumsuzuz ve ben de onlara uyum sağlayacağım. Baş meleklerin onlara yardım etmemizi istemesi şaşırtıcı değil.

"Rosalie hepimizi bir araya getirdi, böylece bir takım oluşturabiliriz. Eğer burada olsaydı, bizimle birlikte takımda olurdu. Şimdi ruhen bizimle birlikte. Birlikte hesaba katılması gereken bir güç olacağız.

"Ayrıca Rosalie'nin ebedi istirahatgahına geri döndüğünden emin olmalıyız. Her şeyin bir nedeni vardır, bunu bana her zaman söyleyen sen değil misin?"

"Peki, bundan sonra ne olacak?" diye sordu annesi.

"Birlikte olmamız gerekiyor ve E-Z'nin evi hepimiz için yeterince büyük. Diğerleri ve Charles Dickens - uzun hikâye - bizimle orada buluşacaklar."

"Charles Dickens değil mi?"

"Biricik Charles Dickens, ama daha on yaşında. Londra, İngiltere'ye geldi ve iki Dedektör tarafından keşfedildi. Dünyaya geri gönderilmesinin bir nedeni var. E-Z ile kuzen olmalarının yanı sıra. O bizden biri. Birlikte o kız kardeşleri yeneceğiz ve dünyayı yeniden düzene sokacağız."

"Hadi gidelim!" Brandy dedi ki. "Annem sırt çantamı arabaya koydu ve içinde gerekli her şey var. Ne olur ne olmaz diye her zaman bir çanta hazırlarım. Birkaç kez çok işe yaradı. Sanırım evde çamaşır makinesi ve kurutma makinesi vardır? Bir de saç kurutma makinesi?"

"Evet, evet ve evet," dedi Lia, sonra ıslık çaldı.

Brandy ve annesi kulaklarını kapattı. "Bu ne içindi?"

"Dışarı gelin, sizi arkadaşım Küçük Dorrit'le tanıştırayım - o bir tek boynuzlu at - ve aynı zamanda çantanızı da alabilirsiniz." Kapıdan çıktılar ve kadın gökyüzünü, tek boynuzlu atın inişe geçtiği yeri işaret etti.

"Bir dakika," dedi Brandy, "tek boynuzlu bir ata binip ülkeyi baştan başa mı geçeceğiz?"

Brandy'nin annesi kaşlarını çattı. Kendini baygın hissetti ve bacakları aşırı pişmiş spagetti gibi oldu.

"Gel de sev onu," dedi Lia. "Küçük Dorrit, bu Brandy ve annesi."

"Kürkü çok güzel ve yumuşak," dedi Brandy'nin annesi.

"Seni arabana bırakmamı ister misin?" Küçük Dorrit sordu.

"Hayır, teşekkür ederim," dedi Brandy'nin annesi. Sonra kızına, "Bunu babanıza nasıl açıklayacağımı bilmiyorum. Belki de hepiniz benimle eve gelmelisiniz, birlikte açıklarız ve gidip gidemeyeceğinize karar veririz..."

"Gitmek zorundayım," dedi Brandy. "Bu benim kaderim." Annesine sarıldı.

"Annemle konuşmanın bir yararı olur mu?" Lia sordu ve cevap beklemeden onu hızlıca aradı, durumu açıkladı ve telefonu Brandy'nin annesine verdi, o da Samantha'yla sohbet ettikten sonra telefonu geri verdi.

Bir de baktılar ki, üçü birden otoparkın etrafında uçuyor, aşağıdaki insanlar korna çalarak, telefonlarıyla fotoğraf çekerek, arabalar ve el arabalarıyla birbirlerine çarparak arabayı arıyorlar.

"İşte orada," dedi Brandy'nin annesi.

Küçük Dorrit yere indi ve kayarak indi. "Sen burada bekle, ben kızımın çantasını alayım."

Geri döndü ve çantayı Brandy'ye doğru fırlattı. "Bıraktığın için teşekkürler," dedi Küçük Dorrit'e. Brandy'ye de, "Brandy evi ara. Her gün. E.T. gibi." Ona bir öpücük kondurdu. Sonra Lia'ya, "Seninle tanışmak güzeldi."

"Ben de," dedi Lia, Küçük Dorrit yerden kalkarken. "Merak etme, kızını güvende tutacağız."

Brandy'nin annesi onları daha fazla göremeyene kadar uçup gitmelerini izledi. O zamana kadar meraklı parkçıların hepsi bakacak başka bir şey bulmuştu, bu yüzden arabasına bindi ve eve doğru yola çıktı.

Eve uzun yoldan gitti. Tüm bunları Brandy'nin babasına nasıl açıklayacağını düşünmesi gerekiyordu.

BÖLÜM 6
HARUTO

lfred, yenibirmüşteri bekleyen işletme sahibi gelene kadar kafenin önünde bekledi. Haruto'nun büyükannesi müşterinin bir trompetçi kuğu olduğunu söylemeyi unutmuştu. Kafe sahibi Alfred'i görünce onu arka taraftaki bir masaya götürdü.

Alfred gözden uzak olmayı sorun etmedi. Aslında, evcil hayvan kabul edilmediğini gösteren bir tabela olduğu için bunu tercih ediyordu - kuğular Japonya'da ya da bildiği dünyanın başka bir yerinde evcil hayvan olarak kabul edilmiyordu.

Sessizce oturup Haruto'nun babasının gelmesini beklerken, Kafenin ücretsiz WI-FI'ını kullandı ve Japonya'nın Kafe Kültürleri hakkında gerçekten harika şeyler keşfetti. Yokohama'da olduğu gibi, kedi severler için kafeler vardı ve bir tanesi de kirpileri kutluyordu.

On beş dakika sonra kafeye bir adam girdi. Alfred onun Haruto'nun babası olduğunu hemen anladı, çünkü adam hızla masasına doğru ilerliyordu.

"Naze watashitachiha daidokoro no chikaku ni iru nodesu ka?" diye sordu kafe sahibine (çevirisi şu anlama geliyor: Neden mutfağın yanındayız?"

"Kare wa hakuchōdakara!" dedi kafe sahibi masadan uzaklaşmadan önce (çevirisi şu anlama geliyor: Çünkü o bir kuğu!)

Birkaç dakika sonra Bubble Tea dolu bir tepsiyle geri döndüğünde, işletme sahibi "Mōshiwakearimasen" dedi (tercümesi: Üzgünüm.)

Haruto'nun babası gülümseyerek " Ī nda yo," dedi (çevirisi: Sorun değil.)

Alfred'in çayı, gagasını sokabileceği kadar büyük bir kasede servis edildi. Çayı buzluydu - dilini yakmak veya soğuması için uzun süre beklemek istemediği için iyi bir şeydi.

"Domo arigato gozaimasu," dedi Alfred (çevirisi: çok teşekkür ederim anlamına geliyor).

Haruto'nun babası da "Iie," diye karşılık verdi (çevirisi: bundan bahsetme).

Bir süre sessizce oturup çaylarını yudumlarken birbirlerine baktılar.

"Neden buradasınız?" Haruto'nun babası aniden sordu. "Karım oğlumuzu bizden almak istemenizden korkuyor ve onu alamazsınız. Evet, onu biz bulduk ama onun tanıdığı tek ebeveyn biziz."

"Vay canına!" Alfred haykırdı. "Siz istemediğiniz sürece hiçbir şey olmayacak. Bu arada, oğlunuzun İngilizcesi mükemmel," dedi Alfred. "Sizinki de öyle."

"Yağcılık burada işinize yaramaz. Daha önce de söylediğim gibi, oğlumu alamazsınız."

"Haruto dünyayı kurtarmak için bize yardım edebilseydi? Yine de hayır der miydin?"

"Haruto sadece bir çocuk. Sen bir kuğusun. Çocuklar ve kuğular erkeklerin yapamayacağı ne yapabilir ki? Ona sahip olamazsın." Kollarını kavuşturdu.

"Ya onun yardımı olmadan dünyayı kurtaramazsak? Ya o da bize yardım etmek isterse?"

"Haruto hayat hakkında hiçbir şey bilmiyor. Size yardım edemez. Başka birinin oğlunu bulun, daha yaşlı birini. Dünyayı kurtarmak için doğmuş birini. Bir çocuk değil. Benim oğlum değil, Haruto. Ne bugün, ne yarın, ne de hiçbir zaman."

"Peki ya kararı ona bırakırsak?" Alfred dedi ki. "Her şeyi açıkladıktan sonra yani."

"Bana her şeyi şimdi anlat. Neyi bilmesi gerektiğine ben karar vereceğim. Ama önce şunu sorayım: Oğlum gibi küçük bir çocuğun size yardım edebileceğini düşündüren nedir?"

"Hepimiz gibi onun da yetenekleri olduğunu düşünüyoruz, eşsiz yetenekleri. O diğer çocuklara benzemiyor, değil mi? Rosalie ondan bahsettiğinde hâlâ bebekti. Diğer çocuklardan daha mı çabuk yaşlandı?"

Haruto'nun babası başını salladı. "Onu beş yıl önce bulduğumuzda bir bebekti. Her çocuğun büyüdüğü gibi o da büyüdü."

"Ah, pardon. Rosalie'nin notlarını güncellemeye veya tamamlamaya vakti olmadı. Yine de oğlunuzun kendisi gibi üstün yetenekli diğer çocuklarla birlikte olmasını istemez misiniz? Bizden biri olur, bizim tarafımızdan kabul edilir. Biz de onun yeteneklerini onurlandırır ve onu korurduk."

"Kendi oğlumu koruyamayacağımı mı söylüyorsunuz?"

"Hayır, efendim. Hiç de öyle bir şey demiyorum. Ona ihtiyacımız olduğunu söylüyorum ve belki, sadece belki, onun da bize ihtiyacı vardır. Tek başına duran bir çocuk asla bir takımın üyesi olan bir çocuk kadar güçlü olamaz."

"Belki de yalnızdır. Belki de, ama o daha genç ve bunu atlatacaktır." Haruto'nun babası, "Yeteneğin nedir ve düşman kim?" diye sormadan önce sessiz kaldı.

"İnsanlar ve hayvanlar için iyileştirici güçlerim var - çoğunlukla ikincisi. Zihinleri okuyabiliyorum. Lia geleceği görebiliyor. E-Z hayat kurtarıyor. Hastaları iyileştirebiliyor ve zihinleri okuyabiliyorum. Hatta bir Süper Kahraman web sitemiz bile var, kanıt olarak her şeyi kendiniz görmek isterseniz size gösterebilirim."

"Web sitenizi zaten gördüm," dedi Haruto'nun babası. "Siz Üçler olarak biliniyorsunuz. Üçünüz, karşınıza çıkan her türlü düşmanı alt edecek kadar güçlü değil misiniz? Haruto gibi küçük bir çocuk size nasıl yardım edebilir? Dişlerini fırçalamayı bile zor hatırlıyor."

"Anlıyorum. İnsan olduğumda benim de bir oğlum vardı."

"Bir zamanlar insan mıydın? Oğluna ne oldu?"

"Onlar öldü ve ben bir kuğuya dönüştüm. Bu uzun ve karmaşık bir hikaye. Asıl mesele şu ki, yakın zamana kadar başka çocuklarımız olduğunu bilmiyorduk. Rosalie'ydi. Zihninde çocuklarla iletişim kurabilen inanılmaz bir kadındı. Lia, Haruto, Brandy ve Lachie ile konuştu. Herkesi bir araya getirdi ve bunun için büyük bir bedel ödedi. Çocuklar hakkında onlara bilgi vermeyince Öfkeliler onu öldürdü. Rosalie olmasaydı, diğerinin varlığından haberimiz olmazdı ve biz de burada oğlunuzu korumaya çalışıyor ya da o kötü kız kardeşleri yenmek için ondan yardım istiyor olmazdık.

"Haruto ile konuşmak ve neyle karşı karşıya olduğumuzu açıklamak için gönderildim. Elbette reddedebilir, onun yerine siz reddedebilirsiniz - ama o olmadan Öfkeliler olarak bilinen kötü tanrıçaların üstesinden gelemeyebiliriz."

Ev sahibi biraz daha çay ikram etti. Alfred reddetti, ancak Haruto'nun babasının elleri yeni doldurulmuş çayını kaldırıp yudumlarken hafifçe titredi.

"Haruto en küçük çocuk mu?"

Alfred başıyla onayladı.

"Bana diğer iki yeni askerden bahset."

"Brandy ölüyor ve yeniden doğuyor. Lachie konuşabilir ve tüm yaratıklar tarafından anlaşılabilir."

"Bu Brandy her seferinde kendisi olarak mı yeniden doğuyor?" Haruto'nun babası sordu.

"Anladığım kadarıyla öyle."

"Kaç yaşında?"

"Bunu kesin olarak bilmiyorum ama genç bir kız olduğuna inanıyorum. Bu neden önemli ki?" Alfred sordu.

"Çünkü insan halindeyken tekrar tekrar yeniden doğmak, Brandy'nin Öğrenme aşamasında takılıp kaldığı anlamına geliyor. Bu nedenle, kendisinden daha gelişmiş olan diğerleriyle iyi geçinecektir. Onlardan bir şeyler öğrenecek ve belki de bir sonraki aşamaya geçmesine yardımcı olacak."

Alfred bir şekilde anladı ama bir şey söylemedi.

"Oğlum Brandy'nin hayatını ilerletmeyecektir, bu nedenle onun bu dövüşün bir parçası olmasına izin vermeyeceğim. Zamanınızı boşa harcadığım için özür dilerim."

"Buraya kadar geldim, sen, karın ve annen buradayken onunla konuşmamın bana ne zararı olur ki? Ona seçim şansı verin. Bırakın o karar versin. Eğer bu onun için doğru değilse, çok genç ya da hazırlıksız olduğunu düşünüyorsanız - bunu anlayışla karşılarız - ama lütfen en azından bu konuda onunla konuşalım. Bakalım ne kadar anlayabilecek. Bırakın hayır diyen o olsun - o zaman uçağa geri dönerim ve beni bir daha asla göremezsiniz."

"Sen bir kuğusun ve uçakla mı uçuyorsun?" diye yüksek sesle güldü. Kafenin diğer müşterileri de neden güldüğüne dair hiçbir fikirleri olmamasına rağmen ona katıldılar. Gülüyorlardı çünkü Haruto'nun babasının kahkaha sesi bulaşıcıydı.

"Bana ekibinizin ne yapmaya niyetlendiğini ve nedenini söyleyin. O zaman ben karar vereceğim. Beni ikna edebilirseniz, belki Haruto'yu ikna etmenize izin veririm."

"Öldüğümüzde ruhlarımız bedenlerimizi terk eder ve Ruh Yakalayıcı denen bir şeyin içinde ebedi istirahatlerine giderler. Bunun bizim inandığımızdan farklı olduğunu biliyorum ama doğru. Öfkeliler çocukları öldürüyorlar - bilgisayar oyunu oynayan çocukları - ve sonra onların ruhlarını başka ruhlar için olan Ruh Yakalayıcılara koyuyorlar. Diğerleri öldüğünde, Ruhlarının gidebileceği hiçbir yer yok."

Haruto'nun babası birkaç dakika sessiz kaldı.

"Eğer isterse, oğlum, Haruto yardım edecektir. Sana yeteneğinin ne olduğunu söyleyecektir. Bilmeni istediği şeyi sana söyleyecek ve kararı o verecek."

"Teşekkür ederim," dedi Alfred.

Ayağa kalktılar, kafeden çıktılar ve Haruto'nun evine doğru yola koyuldular. Oraya vardıklarında hemen akşam yemeği servis edildi ve herkes görev hakkında bilgilendirildi.

"Diğer ruhlara ne olacak? Gidecek hiçbir yerleri yoksa?" Haruto yemek çubuklarını bırakıp bir yudum su alarak sordu.

Alfred, "Bunu kesin olarak bilmiyoruz," diye cevap verdi. Haruto'nun babasına baktı, o da başıyla onayladı. "Ama Rosalie. Rosalie'yi hatırlıyor musun?"

Haruto, "Evet, onu tanıyordum ve öldüğünü de biliyorum," dedi. Dik oturdu, "Ruhunun bir evi olmadığını mı söylüyorsun? Evine ulaşması için ona nasıl yardım edebilirim?"

Alfred, "Yardım etmek istemene sevindim, Haruto," dedi. "Rosalie'nin ruhu, geçmişte bize ve E-Z'ye yardım etmiş olan iki melek özentisi tarafından güvenle tutuluyor. Yani şimdilik durumu iyi.

"Daha fazla açıklama yapmadan önce, sahip olduğun özel güçleri merak ediyorum."

Haruto ayağa kalktı, babasına baktı, o da başıyla onayladı ve sonra şöyle dedi. "Çok hızlı hareket ederim." Ve dönmeye başladı, kaybolana kadar daha hızlı, daha hızlı ve daha hızlı.

"Vay canına!" dedi Alfred. "Tazmanya Canavarı'nın kaybolan bir versiyonu gibisin!"

"Onu iş başında görmekten asla bıkmayız," dedi annesi. Bu yoruma kadar fark edilir derecede sessizdi. "Şimdi geri dön çocuğum," dedi. "Geri dön."

Kaybolduğu gibi geldi, ama bu kez yeniden ortaya çıkana kadar döndüğünü göremediler. "Yine acıktım!" Haruto haykırdı. Oturdu, tabağını doldurdu ve doymak bilmez bir şekilde yedi.

"Bu seni hep acıktırır mı?" Alfred sordu.

"Her zaman," dedi Sobo, torununa daha fazla yemek sunarak. Haruto cevap veremeyecek kadar yemekle meşgul bir halde başını salladı.

Haruto karnını doyurduktan sonra Alfred, E-Z'nin nasıl ekip merkezi veya üssü olarak hizmet vereceğini açıkladı. Onlara içinde bulundukları tehlikeyi anlatmak için doğru kelimeleri arıyor, oyalanıyordu.

"Siz kabul etmeden önce şunu söylememe izin verin: Fury'ler, yanlış bir şey yapmadıkları halde çocukları cezalandıran kötü, korkunç yaratıklar. Kötü eylemler için değil kötü düşünceler için çocukların hayatlarını alıyorlar ve ruh yakalayıcıları başkalarından kaçırıyorlar. Onları durdurmalı ve her şeyi yeniden yoluna koymalıyız. Ve onlar son derece tehlikeli ve güçlü tanrıçalar."

Haruto'nun babası, "Gitmeni yasaklıyorum!" dedi.

"Ama baba, sen bana bu hayattaki eylemlerimin bir sonraki hayatta da devam edeceğini öğrettin. Bu yüzden evet demeliyim." Alfred'e baktı ve "Beni de say!" dedi.

"Haruto, annen ve baban olarak başarılı olmanı istiyoruz - ancak dünyanın öbür ucunda yabancılarla birlikte değil, yanımızda olmanı istiyoruz."

Haruto oturduğu yerden kalktı ve kollarını büyükannesinin boynuna doladı. İkisi Alfred'in anlayamayacağı şekilde Japonca ileri geri fısıldaştılar.

"Sobo bana eşlik edeceğini söylüyor ama zamanının yaklaşmasından korkuyor. Eğer ölür ve Japonya'da olmazsa, ruhu eve dönüş yolunu nasıl bulacak?"

"Bizimle birlikte çalışan bazı başmelekler ve başmelek yardımcılarımız var. Rosalie'nin ruhunu güvende tutuyorlar ve eğer büyükannenize bir şey olursa, eminim onun ruhunu da koruyacaklardır. Ruh Yakalayıcıları hazır olana kadar."

"Seninle gurur duyuyorum," dedi Sobo, "ve uçuşta sana katılmak benim için bir zevk olacak. Süper kahraman çocuklarının geri kalanıyla tanıştığım için mutluyum. Bu Sobo'nun daha çok torunu olacak." Haruto'ya sarıldı.

Haruto'nun annesi ve babası da ona katıldı. Bu bir aile kucaklaşmasıydı. Alfred'in yüzünden yaşlar süzüldü. Bir kuğunun ağlaması dünyadaki en hüzünlü şeydir.

Ayrıldıklarında, bulaşıklar toplandı ve yıkanmaya hazırlandı. Haruto hariç herkese çay servisi yapıldı.

"Ben çantamı hazırlayayım," dedi. "İyi geceler."

Alfred, "Uçuşlarımızı ayarlayıp ayrıntıları size bildireceğim," dedi.

Otele geri döndü ve uçuş rezervasyonunu yaptırdı. Sonra da tüm ayrıntıları Charles Dickens'a gönderdi. Charles'ın onları Heathrow Havaalanı'nda karşılayabileceğini ve hep birlikte E-Z'nin evine uçacaklarını umuyordu.

Yorucu bir günün ardından Alfred kraliçe yatağına atladı. Yastıkları karıştırdı ve sonunda uykuya dalana kadar televizyon izledi.

BÖLÜM 7

EN ROUTE

Bütün çocuklar E-Z'nin evine doğru yola çıkarken havada umut denen bir enerji vardı. Bu enerji dünyanın bir ucundan diğer ucuna yayılıyor gibiydi. Öyle ki, Öfkeliler'e kadar ulaştı.

Üç kötü tanrıça, ölülerin kemiklerinden bir kazanda yarattıkları ateşin etrafında dans ediyorlardı. Çok başlı bir alev topu yükseldi. Gözlerinin önünde üç ateş topuna bölündü.

Tanrıçalar, kızgın küreler patlayacakmış gibi görünene kadar ateş toplarını artan enerjiyle doldurdular. Sonra da onları düşmanlarının kalplerinde yaşayan umudu bulup ezmeleri için yollarına gönderdiler.

İlk ateş topu E-Z, Lachie ve Baby ile buluşup onları yok etmek üzere en uzak hedefe doğru yola çıktı. Ateşli nesne yol boyunca parçalandı, bir bowling topu büyüklüğüne gelene kadar büyük bir hızla parçalandı. Karşılarında ilerlemekte olan masum üçlüye odaklandı.

Hadz ve Reiki'nin geliştirmeleri sayesinde E-Z'nin tekerlekli sandalyesinin sensörleri onu yaklaşan tehlikeden haberdar etti. GPS cansız bir nesnenin hızla onlara doğru ilerlediğini tespit etti.

"Bir şey bize doğru geliyor!" E-Z bağırdı. "İnelim ve yolumuzdan çekilelim."

"Tamam," dedi Lachie, üçlü yere inerken.

Ama alev topu sanki kendine ait bir takip cihazı varmış gibi onları takip etti. Ne kadar alçalırlarsa alçalsınlar, durmaksızın onları izlemeye devam etti.

Durdular, havada asılı kaldılar, bir araya toplandılar - şimdi inip inmeyeceklerinden ya da onu başka bir şekilde alt etmeye çalışıp çalışmayacaklarından emin değillerdi. Eğer inerlerse ve o şey onları takip ederse, başkalarını öldürebilir ya da yaralayabilirdi. Peşlerinde olduğu için başka kimseyi tehlikeye atmak istemiyorlardı.

"Ne yapacağız?" Lachie sordu.

"Sen ve Baby siper alın, ben ve sandalyem halledelim."

"Seni bırakmayacağız!" Lachie haykırdı ve Baby başını salladı.

"Tamam, o zaman arkama geçin," dedi E-Z. Kendisinin ve tekerlekli sandalyesinin kurşun geçirmez olduğunu biliyordu ama ateş topuna karşı dayanıklılar mıydı? Bunu 5, 4, 3, 2, 1 içinde öğrenecekti.

Bebek boynunu uzattı, ağzını olabildiğince açarak bir kükreme çıkardı ve ateş topu doğrudan içine girdi. Ejderhanın gözleri büyüdü ve içindeki ateşli canavarı zapt ederken dudakları titredi. Sonra Lachie'nin can havliyle boynuna tutunmasıyla birlikte uçup gitti, uzaklara uçtu ve içini yakıp kavuran şeyden kurtulmak için bir yer aradı.

Sonunda onu güvenli bir şekilde denize bırakabilecekleri bir yer buldular. Bebek ağzını açtı ve o şey dışarı uçtu. Hâlâ yanmakta olan şey, hayatta kalmaya kararlıymış gibi suyun üzerinde patinaj yaptı ama sonunda pes etti ve okyanusa batarken söndü.

"Evet!" E-Z ağladı. "Yürü be Bebek!"

Baby ve Lachie E-Z'nin yanına döndüler, "Ne oldu?"

"Baby inanılmazdı! Ateş topunu denize düşürdü. Artık başka bir kayadan başka bir şey değil."

"Teşekkürler Bebek," dedi E-Z. "Rahatlamak için biraz fazla yakındı."

"Katılıyorum. Ve Baby bir ikramı hak ediyor. Boğazını serinletecek bir şey."

"Bebek ne isterse," dedi E-Z. "Hadi aşağı inelim ve devam etmeden önce bir mola verelim."

Lachie, Baby'nin boynuna sarıldı ve çılgın bir ateş topuyla ilk ve umdukları son karşılaşmalarını atlatmak için aşağı indiler.

"Bunun The Furies olduğunu mu düşünüyorsun?" Lachie sordu.

"Bizi bildiklerini sanmıyorum. Yani, var olduğumuzu biliyorlar ama ayrıntıları bilmiyorlar."

"O şey bize odaklandı. Bizi öldürmeye çalıştı. Başka kim ölmemizi isteyebilir ki?"

"Haklısın, doğruca bize geldi. Muhtemelen sadece bir tesadüf. Umarım öyledir."

"Diğerlerini uyarmamız gerekmez mi?"

E-Z telefonuna baktı. Çekim gücü sıfırdı. "Ekibim kendi başının çaresine bakabilir ve onları korkutmak istemiyorum. Umalım da tek seferlik bir şey olsun."

Ö fkeliler Yokohama yönüne doğru ikinci bir alevli disk gönderdi. Alfred ve Haruto'nun uçağı çoktan pistte kalkışa hazırlanıyordu.

Ateş topu onlara doğru uçtu, ancak talihsiz bir rota seçti - kolunu uzatan 59 ft'lik robotun yanından geçti, onu yakaladı ve sonra ezdi. Küller aşağıdaki platformun üzerinde yandı.

Havaalanında Alfred ve Haruto'nun uçağı güvenli bir şekilde havalandı ve ikili hedef alındıklarını asla bilmiyordu.

Üçüncü ve son alev topu Phoenix, Arizona yönüne doğru gitti. Etrafta uçarak saatlerce hedefini aradı ama bulamadı.

Küçük Dorrit olağanüstü bir tek boynuzlu attı, tespit edilmeyi önleyen bir kalkanı vardı ve bu kalkan her zaman hazır durumdaydı. Ne de olsa yolcularını korumak Küçük Dorrit'in en önemli göreviydi.

Etrafta amaçsızca uçtuktan sonra, alev topu hızla dağılmak yerine, bir kuyruklu yıldız boyutuna gelene kadar büyüdü. Sonra da gerçek sahiplerine, yani Öfkeliler'e geri döndü.

Dostu düşmanı ayırt edemeyen alevli nesne, çığlık atan Öfkelileri Ölüm Vadisi'nde saatlerce kovaladı. Tisi bir büyü yapana kadar canlarını kurtarmak için koştular.

İlk başta top havada durdu ve üç tanrıça kazanın içine düşüp mantar yahnisiyle kaplanmasını memnuniyetle izledi.

Alli ona doğru uçarak kapağı kapattı.

Sonra Öfkeliler başlarını geriye atıp dans ederek, şarkı söyleyerek ve gülerek onu alkışladılar.

Ta ki kazanın içinden bir patlama sesi gelene kadar. Patlamış mısır tanelerinin ısınması gibi. Kazanın kapağı içeriden çöktükçe sesler daha da arttı ve sonunda yeni doğan ateş toplarının kaçabileceği kadar yükseldi.

Gidecek hiçbir yeri olmayan küçük ateş topları Öfkeliler'e odaklandı, onları kovaladı ve birer birer sönüp gittiler.

Şarkı söyleyen, bitkin ve kızgın üç tanrıça Eriel'e gelip kendilerine yardım etmesi için seslendiler ama bu sefer Eriel cevap vermedi.

Lachie ve Baby, Baby'nin ateş topunu yutmasından kaynaklanan yan etkiler nedeniyle daha yavaş ilerledikleri için gökyüzünde tek başına uçarken, E-Z ekibini değerlendirdi. Sırada birkaç kez, onların da kendisini düşündüklerini teyit eden mesajlar aldı.

Lia, Brandy'nin güçlerini teyit eden bir mesaj göndermiş, Alfred de Haruto'nun yetenekleriyle ilgili olarak aynı şeyi yapmıştı.

E-Z onlara Lachie'nin güçlerini söyleyerek karşılık vermemişti. Bunun yerine, kendisinin ve yedi kişilik ekibinin (Charles dahil) yeteneklerinin üç güçlü ama kötü tanrıça karşısında nasıl bir performans sergileyeceğini görmek için bazı şeyleri gözden geçirmek istedi.

Zihninde bir envanter çıkararak, ekibinin sahip olduğu yetenekleri kendine hatırlattı:

Ben uçabiliyorum, sandalyem de öyle. Kurşun geçirmeziz ve ben süper güçlüyüm. İyi bir liderim, zekiyim ve güçlü bir empatim var.

Lia kışkırtıcı, empatik, nazik, zeki ve düşünceleri ve geleceği okuyabiliyor.

Alfred güçlü fikirli, zeki ve en yaşlı üye olarak yaşla birlikte bilgeleşiyor. Empati kurabilir, bazen zihinleri okuyabilir ve hastaları iyileştirebilir.

Lachie yaratıklarla iletişim kurar. Yalnızdır ama bu onun suçu değildir. Empatiktir, zekidir. Her şeye rağmen nasıl hayatta kalacağını bilir ve kamufle olma yeteneği işine yarayacaktır.

Haruto en gençleri ama o da hayatta kalmayı biliyor. Kendini görünmez yapabiliyor.

Brandy birkaç kez öldü ve tekrar hayata döndü. O kesinlikle bir hayatta kalan.

Sonuncu ama bir o kadar da önemli olan Charles Dickens. Yetenekleri bilinmiyor. Ama zeki, empati kurabilen ve uyum sağlayabilen biri.

Yeterince parmaklığı olduğunda telefonunu kullanarak, The Furies'in masaya hangi yetenekleri getireceğini bulmak için internette tarihi belgeleri araştırdı:

İnsanüstü Güç.

Acıya karşı yüksek tolerans da dahil olmak üzere dayanıklılık.

Canlılık.

Örümcek gibi çeviklik.

Yaralanmalara karşı direnç ve süper hızlı iyileşme gücü.

Uçuş.

Şekil değiştirme - başka bir kişinin şekline dönüşme.

Görünmezlik.

Kurbanlarına acı verebilirler.

Meg parazit salgılayabilir. İĞRENÇ.

Bir dakika, Fury'lerin tarihsel olarak adaleti temsil ettiği yazıyor. Geçmişte sadece kötülere ve suçlulara zarar verdiklerini söylüyor... iyilerin ve masumların korkacak bir şeyi yokmuş. Peki, ne değişti? Neden masum çocukları oyun oynayarak öldürme ihtiyacı hissettiler?

Çocukları tam olarak nasıl öldürdüklerini merak ederek okumaya devam etti. Efsaneye göre, Öfkeliler hiçbir zaman yanlış yapanlara fiziksel olarak zarar vermemişti. Bunun yerine, onları delirtmek için suçluluk duygusunu kullanıyorlardı.

Kendisini vurmaya çalışan çocuğu düşündü. Onu, dediklerini yapmazsa ailesine zarar vereceklerine ikna etmişlerdi. O çocuğun şimdi nerede olduğunu merak etti. Ruh Yakalayıcılardan birinde miydi?

Öfkeliler'in merhamet sahibi olup olmadıklarını öğrenmek için araştırmaya devam etti ama buna dair hiçbir kanıt bulamadı.

Listeye zaten bildikleri bir şeyi ekledi: Öfkeliler ölümlüydü. Bu onun ve kötü tanrıçaların tek ortak noktasıydı ve o ve ekibinin bunu kendi avantajlarına kullanmanın bir yolunu bulmaları gerekiyordu.

Lachie ve Baby, E-Z'ye yetiştiler.

"Bebek nasıl?" diye sordu.

"Şimdi daha iyi," diye yanıtladı Lachie.

Baby başını geriye attı, bir kükreme çıkardı ve hızla ilerledi.

"Beni bekle!" E-Z bağırdı.

BÖLÜM 8

THE FURIES (Öfkeliler)

Umudun kirli hissi hâlâ havayı kokuturken, Öfkeliler bekledi. Yanmış giysilerini onarmış ve yanmış saçlarını düzeltmişlerdi. Neyse ki yılanlar zarar görmemişti. Yaklaşan misafirlerinin gelişine hazırlanmak için.

O onların hayırseveriydi. Onları dünyaya geri getiren kişi. Ölüm Vadisi'nin tespit edilemeyen kalbinde üs kurmalarını öneren kişi.

Ateş topu arızasından önce, işaretler görmüşlerdi. Artık her şeyin aleyhlerine döndüğüne dair işaretler. Değişim iyiydi, ama sadece kontrolü ellerindeyse. Onların zamanı geliyordu. Harekete geçmeye hazır olmalıydılar. İşler onların lehine dönüyordu. Tek yapmaları gereken beklemekti. Sonra da saldırmaya hazır olmak.

"Eriel," diye tısladı Meg.

Başmelek, sevgili liderleri sonunda gelmişti.

"Son durum nedir?" Tisi sordu. "Havadaki tüm bu umuttan iğreniyoruz."

Tisi ve Allie yanan ateşin etrafında dans ederken, "Evet, bu umut bizi mahvediyor," diye şarkı söylediler.

Onları izledi, ölüm perileri gibi çıplak dans ediyorlardı. Kırbaçlarını şaklatırken, kolları ve saçları için kullandıkları yılanlar kayıyor ve rastgele tükürüyorlardı.

Eriel kara bir bulut gibi üzerlerine indi, kondu ve kanatlarını kapattı. Devasa cüssesiyle Fury'leri oyuncak bebeklere benzetiyordu. Elleri kalçalarında durdu, sonra onlarla aynı seviyeye gelmek için bir dizinin üzerine çöktü. Bu, kendini onların seviyesine indirirken aynı zamanda onların üzerinde kalmanın bir yoluydu. Onların kendisi için çalıştıklarını bilmelerini istiyordu, tersi değil. Kız kardeşlere bunu pekiştirmekten yorulmuştu ama yine de onları hizada tutmanın tek yolunun bu olduğundan korkuyordu.

"Umut yok - artık birlikte çalıştığımıza göre," dedi Eriel. "Ve sakın gülme. Sanırım gülebilirsin. Sizi öldürmek için çocuklardan oluşan bir ekip gönderdiklerini ilk duyduğumda ben de öyle yapmıştım."

Öfkeliler histerikti. Sesleri Ölüm Vadisi'nde yankılandı ve tüm kuşları korkutup kaçırdı.

"Aptallar!" dedi Meg.

Tisi dudaklarını yalayarak, "O çocukları kahvaltıda, öğle yemeğinde ve akşam yemeğinde yiyeceğiz," dedi.

"Biz çocuk yemeyiz," dedi Alli. "Ama çok komiksin kardeşim. Tek istediğimiz onların ruhları. Ve ben onları NEDEN istediğimizi hatırlayamıyorum. Tekrar açıkla sevgili kardeşim."

Meg, "Biz Eriel'in emrini yerine getiriyoruz. O Ruh Yakalayıcıları istiyor ve biz de onun için onları alıyoruz. Onun isteklerini yerine getirdiğimizde, bir kez daha Nyx'in Kızları - İyilikseverler - olacağız ve geceye hükmedip canımız ne isterse onu yapacağız."

"O zaman çocuklardan birinin tadına bakmak istersem, bunu yapabileceğim, değil mi?" Tisi sordu. "Tadlarının nasıl olduğunu hep merak etmişimdir." Gözlerini devirdi ve havayı kokladı. Başındaki yılan ona doğru hamle yaptı.

Eriel alay etti. "Bunlar senin oyunda takip ettiklerin gibi sıradan çocuklar değil. Bunlar güçleri ve yetenekleri olan üstün yetenekli çocuklar. Yine de seni bilgilendireceğim ve yardımıma ihtiyacın olacak."

"Senin yardımın mı? Çocukları, sadece bebekleri yenmek için mi?!" Üçlü güldü ve güçlü yarasa kanatlarını kullanarak yerden havalanmak için çırpındılar. "Onlar daha saldırmadan biz onları yeneceğiz." Yılanlar tısladı ve tükürerek onayladı.

"Beyaz odada yaptığımız gibi. Arkadaşları Rosalie'ye yaptığımız gibi. Bizim için kimin gönderildiğini bize söylemedi. Bilmek istiyorduk ve bize söylemeni beklemekten bıkmıştık. Bu yüzden onu dışarı çıkardık," dedi Meg.

"Evet ve neredeyse oyunu ele veriyordunuz! Ayrıca, onun ruhunu alıp bir Ruh Yakalayıcıya koymamış olmanız da çok yazık," dedi Eriel. "Şimdi yarım kalmış işler var. Yarım kalmış işler, onları arayanlar için birer ipucuna dönüşebilir."

Gökyüzüne baktılar ve bir taraftan diğerine uzanan gökkuşağı gibi renklerden oluşan bir çizgi gördüler. Ama bu bir gökkuşağı değil, enerjiydi. Baş meleklerin kendilerinin yapamadıklarını yapmaları için görevlendirdikleri kişilerin enerjisiydi.

"Geldiklerini biliyoruz - ve bize karşı hiçbir şansları olmayacak!" Tisi çığlık attı.

Gönderdiğiniz o çocuksu ateş toplarını yenmeyi başardılar!" Eriel haykırdı. "O kadar zavallı ve amatörce bir girişimdi ki! Sizinle çalıştığım için utandım! İyi ki kimse bağlantımızdan haberdar değil."

Sıkılı yumrukları ve dişleriyle Öfkeliler, Alli buzları eritene kadar ilerlemediler.

"Kardeşlerim, onun bizim hakkımızdaki düşünceleri önemli değil. Biz elimizden geleni yaptık. Denemeye değerdi. Ayrıca, zaten elimizin altında bir sürü ruh var." Tencereyi karıştırdı, kepçedeki çorbadan biraz yudumladı ve sonra tükürdü. "Çok fazla tuz var," dedi. Önce su, sonra yabani mantar ve biraz da bebek patates ekledi. "Ve her gün daha fazla çocuğun ruhunu topluyoruz. Burada çocuk süper kahramanların bize gelmesini beklemekten yoruldum. Organize olmalarını. Hepsi bir araya geldiğinde, neden onları ÖLDÜRMÜYORUZ?"

"Kardeşim, sabırlı olmalısın."

"Sabırlı olmaktan yoruldum. Yoruldum - açık ve net bir şekilde yoruldum," dedi Alli. Karıştırdı ve birkaç yabani ot ve baharat attıktan sonra çorbanın tadına baktı, güzeldi. "Akşam yemeği hazır," dedi.

"Sabırlı olacaksın ve hareket etmeyeceksin - ben sana hareket et demedikçe. Bu benim oyunum ve sizi oynamanız için davet ettim. Bensiz, hayatınızın geri kalanını uyuyarak geçiren üç işe yaramaz tanrıçadan başka bir şey değilsiniz." Çizmesiyle kumu tekmeledi. "Ve insan gıdası tüketmek zorunda olmanız gerçekten çok yazık. Oldukça aşağılayıcı bir durum - çünkü artık hayatta kalmak için beslenmeye ihtiyacınız var. Dünyaya hükmettiğimde ve tüm Ruh Yakalayıcılar burada ikamet ettiğinde, DÜNYA DURAKLAMASI'na basacağım . Dünyaya hükmedeceğim ve eğer oyunu doğru oynarsanız. Sizden istediğimi yaparsanız, o zaman benim yanımda olacaksınız. Kazancımı paylaşırsın. Eğer bana karşı gelirseniz, o zaman toza dönersiniz."

Toz kelimesini söyledikten sonra kollarını ve kanatlarını açtı, yerden havalandı ve kayboldu.

Fury'ler çorbalarını yudumlarken birlikte şarkı söylediler. En aç olan yılanlar çorbayı yalayıp yuttular ve tencereyi temizleseler de yine de daha fazlasını istediler.

"Artık o gittiğine göre," dedi Meg, "kendi son oyunumuz hakkında konuşalım."

Tisi ve Alli kıkırdadı.

"Eriel bizi Tanrıça devletimize geri döndüreceğine inanıyor ama biz o başmeleğin dünyayı ele geçirmesine izin vermeyeceğiz. Bütün işi biz yaptıktan sonra bizi toz içinde bırakmayacağını kim söyleyebilir? Başmelekler her zaman sözlerini tutmazlar. Bizim de sözlerimizi tutmamıza gerek yok, değil mi kardeşlerim?"

"Kendini Seçilmiş Kişi mi sanıyor?" Alli sordu.

Meg güldü. "O hiçbir şey ve hiç kimse tarafından seçilmedi - ama yine de ona ihtiyacımız var."

"Evet," dedi Tisi. "Kendini beğenmişliği onun kusuru." Sesini alçaltarak fısıldadı: "Her konuştuğunda kendini zayıflatıyor. Diğer baş meleklere her ihanet ettiğinde, gücünden biraz daha fazlasını ele veriyor."

Kız kardeşler bir kez daha şarkıya başladılar:

"İşe alınan çocukların kanı yarının çorbası olacak.

Sup yaptıktan sonra hula-hoop ile eğleneceğiz."

Meg şarkıyı aldı,

"Bebekler, çocuklar şeytani küçükler ve pislik kadar suçlular

Şansımız yaver giderse kellelerini alırız!"

Alli şarkı söyledi,

"Karanlığın Kızları, hiçbir şeyden haberi olmayan çocuklara karşı.

İşimiz bitmeden gökyüzü kanla dolacak!"

Kıkırdadılar ve tısladılar, kırbaçlarını şaklattılar ve ay gökyüzünde gittikçe yükselirken dans ettiler. Yorgunluktan yere düşüp toprakta uyudular. Yılanlar bütün gece tıslamak ve hareket etmek yerine bu pozisyonu tercih ettiler - ve uyudular da -.

"İyi geceler kardeşlerim," dediler tıpkı uydu antenleri aracılığıyla televizyonda The Walton's'da insanların yaptığı gibi. Bu onların en sevdiği programlardan biriydi. "Sabahleyin planı tekrar gözden geçireceğiz."

BÖLÜM 9

PAFHS9

Hangi çocuk grubunun daha önce döneceğini görmek için bekleyen Sam ve Samantha içinbubir yarıştı. Kazanan bütün bir ay boyunca her gece ikizlerle birlikte kalkacaktı, bu yüzden bahisler yüksekti.

Sam E-Z, Lia ve Alfred'i seçti. Samantha Alfred'i, E-Z'yi, sonra da Lia'yı seçti.

"Ama E-Z Avustralya'da," diye takıldı Samantha. "Kesinlikle kaybedeceksin. Bir ay boyunca geceleri uyurken seni düşünüyor olacağım - DEĞİL -"

"Alfred'i sen seçtin ve o uçakla uçuyor! Her zaman nasıl fazla rezervasyon yaptıklarını ve programlarına nadiren uyduklarını bilirsin. Oysa E-Z istediği gibi gelip gidebiliyor ve tekerlekli sandalyesi inanılmaz hızlı seyahat ediyor! Kazanacağımdan o kadar eminim ki bahsi tatlandırıp altı ay yapacağım. Bahsi artırmaya hazır mısın?"

Samantha bu yeni teklifi düşündü. Bu tür bahisler evliliğe zarar verebilirdi ve her ikisi de her gece ikizlerle ilgilenmek için uyandıklarından zaten uykusuzdular. Ona sarıldı, "Basit tutalım. Bir ay."

Sam kollarını karısına dolayarak, "Tavuk," dedi. Jill, Jack'in de kısa sürede katıldığı bir feryat koparırken onu alnından öptü. "Ben gidiyorum," dedi.

"Birlikte gidelim," dedi Samantha, kocasının elini kendi elinin içine aldı ve koridordan aşağı indiler.

Küçük Dorrit son sürat geri dönüyordu.

"Aşağı inip bir içki alamaz mıyız?" Brandy sordu.

"Sadece hayır," dedi Küçük Dorrit.

"Hadi," dedi Lia, "sadece birkaç dakika sürer."

"Sizi korkutmak istemem," dedi Küçük Dorrit, "ama içimde kötü bir his var ve bir an önce ortalıktan çekilmemizi istiyorum."

"Tamam," diye kabul etti iki kız.

Neredeyse eve varmak üzereyken Lia Samantha'ya bir mesaj göndererek birkaç dakika içinde evde olacaklarını söyledi.

"Ah, ikimiz de yanılmışız!" dedi.

"Ama yine de ikimizden biri her gece ikizlerle birlikte kalkmak zorunda kalacak," dedi Sam.

"Sırayla yaparız," dedi Samantha ve Sam ikizler uyumak için yattıklarında bahçeye çıktılar. Az sonra Küçük Dorrit'in inişe geçtiğini görebiliyordu.

Lia ve Brandy atladılar.

"Bu gerçekten harikaydı," dedi Brandy. "Teşekkürler, Küçük Dorrit." "Bir şey değil," diyen tek boynuzlu ata sarıldı.

"Evet, bizimle ilgilendiğin için teşekkürler," dedi Lia.

"Size göz kulak olurken herhangi bir sorun çıktı mı?" Sam sordu.

"Halledemeyeceğim hiçbir şey olmadı," dedi Küçük Dorrit. "Şimdi, eğer bir süre bana ihtiyacınız yoksa, biraz su ve atıştırmalık bir şeyler almak istiyorum."

"Sen git," dedi Sam, "kızlarımıza göz kulak olduğun için de teşekkürler."

Küçük Dorrit Sam'e göz kırptı, sonra havalandı ve kısa sürede gözden kayboldu.

Sam ve Samantha'yla tanışma faslından sonra Brandy evi arayarak annesine sağ salim geldiklerini haber verdi.

Birkaç saat sonra Alfred, Charles, Haruto ve büyükannesi geldi. Daha önce olduğu gibi, Brandy ve Lia'nın da katılımıyla tanışmalar yapıldı.

Brandy kaşlarını kaldırarak, "Sen Charles Dickens olamazsın," dedi. "Sen de daha çocuksun, bezden yeni kurtulmuşsun," dedi Haruto'ya, o da kendini görünmez yaptı.

"Oops!" Brandy haykırdı. "Ve sen, sen de kocaman tüylü bir kuğusun! Öfkeleri yenmemize nasıl yardım edeceksin!"

"Her şeyden önce," diye başladı Alfred, "olman gerekenden çok daha kabasın. Benim gibi görgüsüz bir kuğunun bile görgü kuralları vardır."

"Anata wa gakidesu!" Haruto'nun büyükannesi "Sen bir veletsin!" dedi.

Görünmez Haruto'dan bir kıkırdama duyuldu.

Lia araya girdi ve özür diledi, "Ben onu bilgilendiririm. O iyi biri. Sadece alışması için ona biraz zaman verin," dedi. "Az önce Haruto'nun neler yapabileceğini kendi gözlerimle görene kadar bilmiyordum." Küçük çocuğa, "Geri dön Haruto, lütfen. Seni incitmek istememişti."

Brandy gözlerini yere indirerek, "Özür dilerim," dedi.

Haruto bir görünüp bir kaybolarak geri döndü. Kolunu büyükannesinin beline dolayarak ayakta durdu. Alfred ve Charles onlara doğru yaklaştı.

"Uçaktan yeni indik ve yorgunuz - bu yüzden gidip kendimize çeki düzen vereceğiz. Döndüğümüzde ona bir tasma takmanızı ya da ağzına bir parça koli bandı yapıştırmanızı bekliyorum. Ya da ona biraz terbiye öğretirsiniz," dedi ve diğer ikisiyle birlikte koridorda ilerlemeye başladı.

"Vay canına!" dedi Brandy. "Sadece VAY! Üzgün olduğumu söyledim."

"Hayır, o haklıydı," dedi Lia.

Samantha, "Artık bizim evimizdesin ve kimseye kaba davranmana izin vermeyeceğiz," dedi.

Sam kollarını göğsünde kavuşturdu, tam o sırada ikizler yeniden ağlamaya başladı.

"Acıkmış olmalılar. Merak etme ben hallederim," dedi Samantha ama gitmeden önce Brandy'ye ters ters baktı.

"Brandy, henüz Lia ve Küçük Dorrit'ten başka kimseyi tanımadığın garip bir yerdesin," dedi Sam. "Eğer bu takımın bir parçası olmak, Öfkeliler'i yenmek istiyorsan, o zaman birlikte çalışmalısın. Takım arkadaşlarına hakaret etmek etkili bir başlangıç yolu değil. Döndüklerinde ciddiymiş gibi tekrar özür dilemeni ve yeniden başlamayı istemeni öneririm."

Brandy'nin gözleri doldu, "Sadece birlikte çalışacağım diğer ekip üyelerini görünce şaşırdım. Ama haklısınız, tekrar özür dileyeceğim ve bir şans daha isteyeceğim. Umarım beni affederler. Annem her zaman kendi iyiliğim için fazla açık sözlü olduğumu söyler."

Lia gülümsedi. "Alfred'i tanıyınca onu seveceksin. Charles'la da ilk kez yüz yüze tanışıyorum. Charles tuhaf bir durumda. On yaşındayken, 1822 yılındaydı. Bunu bir düşünün. Ayrıca Haruto ve büyükannesiyle de ilk kez tanışıyorum."

"Bu çılgınlık! James Monroe o zaman Başkan'dı - ve bizim beşinci Başkanımızdı!" Brandy yuhaladı. Lia'ya hafifçe dirsek attı, "Annemle babam bu bilgiyi hatırladığım için çok etkilenecekler! Ve çocuk, yani Haruto, hayatını tehlikeye atmak için çok genç görünüyor."

Lia güldü ve Sam de ona katıldı, sonra karısının ikizlere yardım etmesi için onu çağırdığını duyunca odadan dışarı fırladı.

Charles cevap verdi, "Ben en son buraya geldiğimde George IV tahttaydı. En azından gelecek yıl çalışma evine geri dönme konusunda endişelenmeme gerek yok," dedi çabucak solan bir gülümsemeyle.

Lia istemsiz bir çığlık atarken, Brandy gözyaşlarına boğuldu ve "Çok üzgünüm Charles," dedi.

"Ah, demek ıslahevleri hakkında bir şeyler duydun," dedi Charles. "Ama ben buradayım ve hayatta kaldım ve görünüşe göre deneyimlerimi Oliver Twist ve Küçük Dorrit gibi karakterler hakkında yazmak için kullanmaya devam ettim. Evet, internette kendim hakkında bir şeyler okudum ve size söylemeliyim ki kendimi bile etkiledim."

"Tekboynuz Küçük Dorrit'le henüz tanışmadın," dedi Lia. "İçecek bir şeyler almak için gitti ama yakında dönecek."

"Kim?" Charles sordu.

Tam o sırada Küçük Dorrit başlarının üzerinde daireler çizerek yeniden ortaya çıktı ve hızlı bir iniş yaptı.

"Küçük Dorrit, bu Charles Dickens. Charles, bu Küçük Dorrit," dedi Lia.

Dost canlısı tek boynuzlu at ona sokulduğunda Charles'ın nutku tutulmuştu. "Bir tekboynuzla tanışacağım milyon yıl düşünsem aklıma gelmezdi."

"Tanıştığımıza memnun oldum Charles," dedi Küçük Dorrit.

Charles nefesini tuttu, "Hem de akıllıca konuşan bir tane!" Ona soracak milyonlarca sorusu vardı ama beklemek zorundaydılar çünkü gökyüzünde E-Z, Lachie ve Baby iniş için geliyorlardı. "Uyanık mıyım yoksa rüya mı görüyorum?" Charles sordu. "Çimdikle beni, böylece emin olurum."

Baby yere inip Lachie attan indiğinde, E-Z tuvaleti kullanmak için aceleyle içeri girerken etrafta tanışmalar oldu. Döndüğünde Sam ve Samantha yanlarında ikizlerle, Haruto ve Alfred de onlara katıldı.

Alfred, "Çetenin hepsi burada," dedi.

Brandy, "Sizinle ve Haruto'yla konuşabilir miyim?" diye sordu. Onlar başlarını sallayınca, "Çok ama çok özür dilerim. Lütfen kabalığım için beni affedin ve bana ikinci bir şans verin." Ayaklarına baktı.

"Yeniden başlayalım," dedi Alfred.

"Saikai suru," dedi Haruto ve sonra 'Ne dedi,' diye tercüme etti.

"Anata wa yurusa rete imasu," dedi Haruto'nun büyükannesi, 'Affedildin,' anlamına geliyordu bu.

Bebek ve Küçük Dorrit'in yan yana durması çok tuhaf bir manzaraydı. Küçük Dorrit küçük değildi, boyu

1.80'in üzerinde olan bir tek boynuzlu attı, oysa Bebek, boyu 1.80'in üzerinde olduğu için bebek sayılmazdı.

E-Z, "Sanırım siz ikinizin - Bebek ve Küçük Dorrit'i kastediyor - uyuyacak başka bir yer bulmanız gerekecek çünkü bahçe ikiniz için yeterince büyük olmayacak," dedi.

Küçük Dorrit, "Bir yer biliyorum, yiyecek lezzetli bir şeyler ve biraz da su bulabiliriz," dedi.

"Bana uyar," dedi Bebek.

Haruto'nun büyükannesi bebeğin başını okşadı ve "Josha wa dodesu ka?" diye sordu, "Bir gezintiye ne dersin?" anlamına geliyordu.

Bebek, "Tashika ni, tobinotte!" dedi, bu da "Elbette, atla!" anlamına geliyordu.

Haruto koşarak geldi ve "Matte watashi o wasurenaide!" dedi, bu da "Bekle, beni unutma!" anlamına geliyor.

Bebek kendini aşağı indirdi, böylece Haruto ve büyükannesi sırtına tırmanabildi. Küçük Dorrit'in de yakından takip etmesiyle birlikte uçtular.

Sam, "Bence herkes yerleşsin ve yarın gönlünüzce konuşup plan yapabilirsiniz," dedi.

"İyi fikir," dedi E-Z, Bebek Haruto ve büyükannesini bırakırken. Sobo'nun saçları, parmağını prize sokmuş gibi diken diken olmuştu.

Haruto'nun büyükannesinin nutku tutulmuşken Samantha onu odasına götürdü. "Haruto benim odamda uyuyor," dedi.

"Tabii, hemen döneceğim." Koridorda E-Z'nin odasına doğru ilerledi.

"Nasıl geçti?" E-Z, Haruto'ya sordu.

"Subarashi!" diye haykırdı, bu da 'Harika!' anlamına geliyordu.

"Bugün bir karyola ve birkaç ranza getirdik," dedi Sam, "Haruto, Charles ve Lachie, siz E-Z ve Alfred'le birlikte onların odasındasınız. Alfred, E-Z'nin yatağının ucunda uyuyor."

"Teşekkürler," dedi E-Z odasına doğru ilerlerken. "Bu arada," dedi yalnız kaldıklarında, "dönüş yolunda herhangi biriniz sorun yaşadı mı?"

Alfred sorun yaşamadıklarını söyledi.

"Peki ya sen Lia?" diye sordu içinden.

"Hayır."

"Peki, ne oldu?" Alfred sordu.

"Şey, peşimizde alev alev yanan bir ateş topu vardı."

Lia'nın nefesi kesildi.

"Ama Baby'nin hızlı düşünmesi sayesinde yok edildi."

"Onu yok etmeyi nasıl başardı?" Alfred sordu.

"Bebek onu yuttu, sonra da okyanusa bıraktı."

"Bu çok korkutucu," dedi Haruto.

"Bebek için hâlâ biraz endişeliyim," dedi E-Z, "çünkü dönüş yolunda birkaç kez öksürdüğünü ve hapşırdığını fark ettim."

Lachie, "Ağzından ve burun deliklerinden kıvılcımlar bile çıktı. İyi olduğunu söylüyor ama onu yakından izliyorum."

"Onu veterinere götüremeyiz, değil mi?" Alfred söyledi.

Haruto güldü ve güldü.

"Bu kadar komik olan ne?" E-Z sordu.

"Hyoryu Doragon," dedi. "Hyoryu Doragon!" - Ejderha veterineri anlamına geliyor - ve yine kahkahalarla kükredi.

Alfred ve E-Z omuzlarını silkti, Charles da konuyu değiştirerek diğerlerine artık üç yerine yedi kişi oldukları için takımlarına yeni bir isim bulmaları gerektiğini düşünüp düşünmediklerini sordu.

"Belki de," dedi E-Z.

"Temel özelliklerimiz neler?" Charles sordu.

"Söz vermek," diye önerdi Haruto, kendini sakinleştirmiş ve gülmeyi bırakmıştı.

"İstek," dedi Charles.

"İnanç," dedi E-Z.

"Umut," dedi Alfred.

Samantha birkaç dakika kapının dışını dinledi. Herkesin sesi yeterince dostça geliyordu, bu yüzden Haruto'nun büyükannesiyle konuşmak için geri döndü.

"Haruto diğer çocukların yanına yerleşiyor ve sohbet ediyorlar. İsterseniz yarın onu buraya taşıyabilirsiniz. Orada kendi karyolası var. Süper kahraman takımları için yeni bir isim planlıyorlardı - bu yüzden beyin fırtınası seanslarını bölmek istemedim."

Haruto'nun büyükannesi başını salladı, "Teşekkür ederim."

Lia ve Brandy şimdi odadan odaya konuşmaya dahil olmuşlardı.

"Güç x 7," diye önerdi kızlar.

E-Z, "Bazen düşüncelerimizi okuyabiliyor," diye onayladı.

Charles, "PAFHS7'ye ne dersin?" diye haykırdı.

"Hoşuma gitti," dedi E-Z, "ama ekibimizin iki kilit üyesini unutmuyor muyuz? Küçük Dorrit ve Bebek'i kastediyorum. Onlar vazgeçilmez üyeler ve daha şimdiden birkaç kez kıçımızı kurtardılar."

Alfred de Haruto gibi aynı sözleri tekrarladı.

"Peki ya PAFHS9!" Lia ve Brandy şarkı söyledi.

PAFHS9 kendini tutamadı, güldüler - ta ki çatıda başlarının üzerinde birinin dolaştığını duyana kadar.

"O da neydi öyle?" E-Z sordu.

"Yoo-hoo! Bu biziz!" dedi Raphael. "Eriel ve ben.

BÖLÜM 10
ÇATIDA GÜRÜLTÜ

Sam, çatıdaki gürültüyü araştırmak için bornozuyla dışarı çıktığında Noel'in erken gelip gelmediğini merak etti. Ön bahçesinin ortasında durana kadar yukarıda kimin olduğunu göremedi.

"Şşşt!" diye fısıldadı. "Bebekleri daha yeni uyuttuk."

Başmelekler cevap vermedi. Bunun yerine, azarlanmış iki çocuk gibi başlarını öne eğdiler.

"İçeri gelmek ister misiniz?" diye sordu.

"Çok teşekkür ederim," diye yanıtladı Raphael.

POOF

POW

O ve Eriel ortadan kayboldu.

Sam hemen çimenlikten ayrılmadı. Ayakları çimenlerin üzerindeki çiyden ıslanmıştı ve yumruklarını sabahlığının ceplerine sokarken Küçük Dorrit ve Baby'nin evin etrafında döndüklerini gördü.

"Aşağıda her şey yolunda mı?" Küçük Dorrit sordu.

"Evet," dedi Sam, "ama her ihtimale karşı fazla uzağa gitmeyin. Yardıma ihtiyacımız olursa ıslık çalarım." El salladı ve şimdi sesler ve sandalye gıcırtılarıyla dolu olan eve yeniden girdi. Dişlerini sıktı ve ikizlerin mışıl mışıl uyuduğunu umdu. Şimdi mutfakta, Haruto'nun büyükannesi dışında herkesin uyanık ve ayakta olduğunu fark etti.

Masanın başında oturan Raphael, Alfred'in hayatı kurtarıldığında otelde hemşire olarak giyinen kadını andırıyordu. Mezuniyet törenini andıran uzun cübbesi, diğerleri arasındaki statüsünü bir Profesör ya da Yargıç gibi yükseltiyordu.

Eriel ise görünüşünü değiştirerek, alamet-i farikası koyu renk çerçeveli güneş gözlükleri de dâhil olmak üzere tepeden tırnağa siyah giyinmek olan merhum bir şarkıcıya benzemişti.

"Daha fazla sandalyeye ihtiyacımız var mı?" Samantha sordu.

"Bence sorun yok," dedi Sam. "Bunun çok uzun sürmeyeceğini umuyorum. Oh, ve E-Z, seçilmiş liderimiz olduğun için masanın diğer ucunu sen al."

"Teşekkürler," dedi E-Z yerine geçerek. "Peki, siz ikiniz gecenin bir yarısı burada ne halt ediyorsunuz?"

Brandy güldü, "Kaba olanın ben olduğumu kim söyledi?"

Lia, "Şşşt" dedi.

Raphael çocukların her birine tek tek baktı. Haruto, Charles, Brandy ve Lachie'yi ilk kez görüyordu. Hepsi de inanılmaz derecede genç ve cesurdu. Bakışları E-Z'nin üzerine düştüğünde gözleri doldu. Başını öne eğdi.

E-Z bekledi, sonra Raphael'in ondan konuşması için izin istediğini fark etti. Başıyla onayladı.

Raphael konuşmadan önce yeni gözlüklerini düzeltti. Onun bunu yapması, E-Z'nin, asıl sahibinin isteği üzerine yüzünden hiç çıkarmadığı eski gözlüğünü ayarlamasına neden oldu.

Alışılmadık bir şekilde giderek sabırsızlaṇan Charles, "Madam, bir yetişkin olarak bu ekibe çok daha faydalı olabilecekken neden on yaşında bir çocuk olarak buradayım?" diye sordu.

"SESSİZLİK!" Eriel yumruklarını masaya vurarak haykırdı. "Söz hakkı bizde. Konuş kardeşim, çünkü bu çocuklar giderek sabırsızlanıyor. Gözleri titriyor ve odanın içinde uçuşuyor. Sanki onları sıcak balmumu fıçılarına atmanızı bekliyorlar!"

"Kaba!" Brandy haykırdı. "Senden korkmuyorum!"

"Şşşt," diye fısıldadı Lia.

Charles Brandy'ye gülümsedi.

"Korkmalısın," dedi Eriel yüzünü buruşturarak. "Çok korkmalısın."

"Düzen! Düzen!" Raphael bağırdı ve herkes yerine oturup sakinleşene kadar bekledi. "Bu akşam SİZİN yararınız için buradayız." Raphael beklediğinden daha yüksek sesle söyledi.

"Buraya! Buraya!" Eriel araya girdi.

"Nasıl yani?" E-Z sordu.

"Eğer sesini kesersen sana söyleyecek!" Eriel belirtti.

Raphael tekrar konuşmadan önce yine bekledi.

"Süslü planlar ya da gecikme için zaman yok. Öfkeliler Ruh Yakalayıcıları korsanlaştırarak her geçen gün daha da büyük bir yıkıma yol açıyorlar. Yaşlı ruhları açık boşluğa fırlatıyorlar. Dışarıda tam bir kaos var! Ve her saniye, her dakika, her gün her saat daha fazlasını yaratıyorlar. Kısacası, durdurulmaları gerekiyor. Derhal."

"Ama..." Alfred, "Çocuklardan bahsetmedin bile," dedi.

Eriel sandalyesinden kalktı. Alfred'e baktı ve onu başka tarafa bakmaya zorladı. "Henüz bitirmedi."

Raphael bu kez tereddüt etmeden devam etti.

"Biz, Eriel ve ben, doğrudan müdahil olmadan size tavsiyelerde bulunmak için buradayız. Görevimiz size yardım etmek, çocukları kurtarmak için kendinize yardım etmek."

E-Z'nin kulağına hiç de hoş gelmemişti bu. Yumruklarını masaya vurdu.

"Öfkeliler'le savaşmayı çoktan kabul ettik. Önce kendimizi hazırlamalı, bir plan oluşturmalıyız. Hazır olduğumuzda onları yok edeceğiz. Eğer buraya bizi acele ettirmeye, doğru zaman gelmeden savaşa itmeye geldiyseniz, lider olarak seçildiğim için geri çekilmek istiyorum. Biz sadece çocuğuz ve siz bizden hayatlarımızı riske atmamızı istiyorsunuz. Tam olarak hazırlanana kadar ilerlemeye istekli değilim, değiliz."

Lia önce ayağa kalkıp alkışlamaya başladı ve ekibinin geri kalanı da ona katıldı.

Kuğular alkışlayamadığı için Alfred, "Ne dediyse o," diye mırıldandı.

"Bekle!" Raphael dedi ki. "Seni itmek için değil, sana yardım etmek için buradayız."

Eriel'in rengi beyazdan kırmızıya dönüştü ve siyah kıyafetiyle büyük bir tezat oluşturdu. Başmeleğin teni kızarmaya devam ederken, E-Z ve diğerleri kafasının patlayabileceğinden korkarak ona baktılar.

"Sakin olun ve oturun!" Raphael emretti. Eriel birkaç derin nefes aldıktan sonra tekrar koltuğuna gömüldü.

Raphael başını dik tutarak sakinliğini korudu. Sandalyesini geriye itti ve yükseldi. Ve diğerlerinin üstüne çıkana kadar yükselmeye devam etti. Sanki sihirli bir halıya biniyormuş gibi yerleşti ve selfie için poz veriyormuş gibi başını sağa doğru eğdi.

"Kendimizi size ve bu göreve adadık ama güçlerimizin de bir sınırı var. 'Ruhen sizin için buradayız' sözüne aşinaysanız, biz de öyleyiz. Bugün buraya, evinize gelerek tüm kuralları yerle bir ettik. Bunu üstlerimizin tavsiyelerine ve sağduyuya aykırı olarak yaptık.

"Buraya gelerek kendimizi görünmeyen ve bilinmeyen tehlikelere maruz bıraktık ama siz bu riske değersiniz. Bu yüzden gelip yardımımızı bizzat sunmaya karar verdik."

"Ayrıca, anladığımız kadarıyla bir plan hazırlıyorsun ve biz de senin fikirlerini almak için buradayız. Bizim üzerimizde test edebilir, işe yarayıp yaramadığını görebilirsiniz. Eğer herhangi bir kusur görürsek, onları işaret eder ve sana yardımcı oluruz."

E-Z tekrar yerine oturan ekip üyelerine baktı. "Tanrıçaları bir oyunun içine çekme ve onları orada yenme seçeneğini düşünüyoruz."

"Oh, anlıyorum," dedi Raphael. "Onları kendi oyunlarında yenebileceğinize inanıyorsunuz, tabiri caizse, zekice. Oldukça zeki ama korkarım yeterince zeki değilsin."

"Ne demek istiyorsun?"

"Oyun dünyasındaki tüm oyuncuları nasıl manipüle ve kontrol edeceklerini çözmüşler. Kitaptaki her hileyi biliyorlar - çünkü endüstri bir kez oyuna girdikten sonra her şeyi kolaylaştırdı. Oynamak için öldürmelisiniz. İlerlemek için öldürmelisiniz. Kazanmak için öldürmelisiniz.

"E-Z oyun dünyasının içinde siz de öldürmek zorundasınız. Bunu yaptığınızda, Öfkeliler için adil bir oyun olursunuz. Her birinizi teker teker yakalayabilirler. Orada bir takım olarak duramazsınız. Oyundaki takımlar sadece birer yanılsamadır. Hiçbir oyuncu onların intikamcı planlarından muaf olamaz.

"Unutmayın, tanrıçaların bir görevi vardır - cezasız kalanları cezalandırmak. Ve onlar da bu emri harfiyen yerine getiriyorlar. Ancak, gri bir alanı kendi avantajlarına kullanıyorlar. Görevlerine sadık kaldıkları sürece onları hiçbir şey durduramaz." Durdu ve Eriel'e baktı, "Eklemek istediğin bir şey var mı?"

"Senin yerinde olsam," dedi Eriel, "onlara açık alanda saldırırdım. Hiç beklemedikleri yerde ve zamanda. Bu seni güçlü bir konuma getirecek ve onları savunmasız bırakacaktır."

"Tabii bizi görmezlerse ya da onları almaya geldiğimizi anlamazlarsa," dedi Brandy. "Çocukları nasıl öldürdüklerini hâlâ anlamış değilim. Bunu anlamak ve neyle karşı karşıya olduğumuzu bilmek için görmeliyiz. Yardım edeceğimi söyledim ama kesinlikle daha spesifik bilgiler bekliyordum."

"E-Z," diye sordu Raphael, "gözlüklerimi bana geri verebilir misin? Kısa bir süreliğine? Onlarla sana The Furies'in tekniğini gösterebilirim. Çocukları oyunun içinde gerçek zamanlı olarak nasıl tuzağa düşürdüklerini. Brandy haklı, görmek inanmaktır, ama orijinal gözlüklerim olmadan bunu yapamam. Bu kararı sadece sen verebilirsin. Eğer gerçekten görmek istiyorsan. Eğer gerçekten bilmek istiyorsan."

"Harika," dedi Brandy. "Hadi başlayalım, E-Z."

Eriel tavana baktı. "Ophaniel beni çağırdı. Artık gitmeliyim." Eğildi.

ZIP

Gecenin içinde kayboldu.

E-Z kırmızı gözlükleri çıkarıp katladıktan sonra hâlâ masanın üzerinde süzülmekte olan Raphael'e uzattı. Gözlüğü almak için uzandığında gözlük eline uçtu.

Raphael yeni gözlüklerini çıkardı ve yüzüne takmadan önce eskilerini parlattı. Kendisi ve odadaki diğer herkes kanın çerçevelerin etrafında yılan gibi hareket edişini, sanki ona yeniden aşina oluyormuş gibi izlerken gülümsedi.

Gözlükteki kan Raphael'in akışına geri döndüğünde, gözlükleri yüzüne taktı ve bir sinema salonunda görmeyi beklediğiniz gibi gözlüklerinden güçlü parlak ışıklar yayılırken kendini duvara doğru işaret etti.

"Başlamadan önce," dedi Raphael, "bu yüreği zayıf olanlar için değil. Birazdan göreceğiniz şey Yetişkin Eşlikli olarak derecelendirilmiştir. Haruto'nun bunu görmesi gerektiğini sanmıyorum."

Samantha, "Haydi Haruto. Sen ve ben diğer odada biraz televizyon izleyebiliriz."

İkisi ayrıldı. Ve gösteri başladı.

Ekranda küçük bir çocuk vardı. Yedi, belki sekiz yaşlarında. Gecenin bir yarısı olmasına rağmen bilgisayarın önünde oturuyordu. Kafasında kulaklıklar vardı. Ağzının önünde, başlığına bağlı küçük bir mikrofon vardı.

"Yakaladım!" dedi. "Tek ihtiyacım olan bir adam daha öldürmek, sonra bir sonraki seviyeye geçeceğim."

HHIIIIIIIIISSSSSSSSSSSSS.

Ve onlar da duyabildi.

"Sen bir katilsin!"

"Sadece kötü çocuklar öldürür - ve sen kötü bir çocuksun. Annen senin ne tür bir kötü çocuk katili olduğunu biliyor mu?"

"Ben bir oyun oynuyorum," dedi. "Bu sadece bir oyun ve öldürmezsem ilerleyemem."

"Zavallı çocuk," dedi E-Z.

Sessizlik.

Çocuk oyununa devam etti. Çok geçmeden tekrar öldürme zamanı geldi. Bu sefer tereddüt etti.

"Devam et. Bir kez öldürdün, eğlenceli olduğunu biliyorsun, o yüzden devam et ve tekrar öldür. İstediğini biliyorsun."

"Hayır!" dedi.

"Bunun bir önemi yok. İhtiyacımız olan tek şey öldürmek!"

Sonra tıslama tekrar çok yüksek sesle, daha yüksek, daha yüksek, daha yüksek sesle büyüdü.

"Dur!" diye bağırdı.

"Kes şunu Raphael!" Lia çığlık attı.

"Yapamam," diye yanıtladı başmelek. "Bunu nasıl yaptıklarını görmek istediğini söylemiştin. Eğer içinizden biri çok korkarsa odadan çıksın ya da gözlerini kapatsın. Brandy haklıydı, bunu kendi gözlerinizle görmelisiniz. Şimdiye kadar ben de görmedim."

HHIIIIIIIIISSSSSSSSSSSSSS.

Devam et. Bir kez öldürdün, eğlenceli olduğunu biliyorsun, o yüzden devam et ve tekrar öldür. İstediğini biliyorsun."

Devam et. Bir kez öldürdün, eğlenceli olduğunu biliyorsun, o yüzden devam et ve tekrar öldür. İstediğini biliyorsun."

Devam et. Bir kez öldürdün, eğlenceli olduğunu biliyorsun, o yüzden devam et ve tekrar öldür. İstediğini biliyorsun."

"La, la, la, la," diye şarkı söyledi çocuk. Sesleri bastırmaya çalışıyordu.

Oyunu oynayan arkadaşı da "Delirdi," dedi. "Ben gidiyorum. Yarın okulda görüşürüz Tommy."

"La, la, la, la!" Tommy şarkı söylemeye devam etti.

Nabzı hızlandı. Kalp atışları hızlandı. Sanki göğsünden çıkmak istiyormuş gibi güm güm atıyordu. Nefes alamıyordu. Ayağa kalkmaya çalıştı ama bacakları jöle gibi oldu.

Kafasının içinde bir ses duydu. Annesinin sesine benziyordu ama değildi.

"Senden çok utanıyoruz, Tommy. Oğlumuzun bir katil olmasını hak etmiyoruz!"

Babasınınkine benzeyen ikinci bir ses.

"Oğlumuz bir katil değil, sen kimsin? Sen bizim oğlumuz değilsin."

Tommy ağladı.

"Ben bir katilim," dedi ve sandalyesinden yığılıp yerde bir top haline geldi.

Şimdi ekrandan iki ses daha geliyordu. Erkek kardeşi Alex, kız kardeşi Katie, anne ve babasıyla birlikte bir şarkı söylüyorlardı, dut çalısıyla ilgili popüler bir çocuk ezgisi eşliğinde söylenen bir şarkı. Onların versiyonu şöyleydi:

"Tommy bir mur-der-er; mur-der-er, mur-der-er, mur-der-er, Tommy bir mur-der-er, Ve artık onu sevmiyoruz."

Zavallı Tommy şimdi yapayalnızdı.

"Sakın pes etme," diye bağırdı Lia, ama Tommy'nin onu duyamayacağını biliyordu.

Yerde, bir topun içinde yuvarlanırken, annesinin, babasının, kız kardeşinin ve erkek kardeşinin etrafında dans ettiklerini hayal etti. Avının etrafında dönen bir akbaba gibi onun etrafında dönüyorlardı.

"Tommy bir mur-der-er; mur-der-er, mur-der-er, mur-der-er, Tommy bir mur-der-er, Ve biz onu artık sevmiyoruz."

Tommy'nin küçük kalbi kırılmıştı. Kendini bedeninden dışarı itti ve uçup gitti.

Öfkeliler onu yakaladı ve bir Ruh Yakalayıcı'nın içine tıktı. Kapıyı çarparak kapattılar.

Raphael gözlükleri çıkardı. Duvar projektörü hemen sona erdi. Gözlüğü E-Z'ye geri verirken yanağından bir damla yaş süzüldü.

Masanın etrafındaki sessizlik sağır ediciydi.

Alfred, "Shakespeare'in Macbeth'te bahsettiği cadıları bile kibar gösteriyorlar," dedi.

"Kamufle olma ya da hayvanlarla konuşma gücümün onlara karşı değil, nasıl yardımcı olacağını anlamıyorum," dedi Lachie.

"Birini öldürür, ölür, geri gelir, ikincisini öldürür, ölür, geri gelir ve üçüncüsünü öldürürdüm," dedi Brandy. "Bırakın da onları yakalayayım!"

"Dur bir dakika," dedi E-Z. "Artık gördüğümüze göre, bunun hakkında konuşmamız gerek. Dalmadan önce. Belki de yeniden oylama yapmalıyız? Katılımımız oybirliğiyle olmalı."

Sam konuştu. "Hayır demek için utanmanıza gerek yok. Kimse sizi dünyanın kurtarıcıları olarak atamadı."

"O haklı," dedi Raphael. "Sizi kimse atamadı - yine de bunu yapabilecek başka kimse yok."

"Siz başmelekler bunu neden yapamıyorsunuz?" Brandy sordu.

"Bildiğimiz her şeyi denedik ve başarısız olduk. Bu yüzden size geldik," dedi Raphael. "Ve hepinize açıkça belirtmek istediğim bir şey var... Eğer sonun yaklaştığından korktuğunuz bir an olursa, işte o zaman size yardım etmeye geleceğiz."

"Az önce bize işe yaramaz olduğunuzu söyledikten sonra bize nasıl yardım etmeyi düşünüyorsunuz?" Charles sordu.

"Ben de bunu sormak istiyordum," dedi Brandy.

"Eğer son yaklaşırsa... biz başmeleklere başka güçler verilecek. Onlara ihtiyaç duyulana kadar, bu güçler dünyanın derinliklerinde uyuyor olacak.

"Bu arada E-Z, Eriel'i yanına çağıracak sihirli sözcükleri biliyorsun. Aynı kelimeler beni ve bize ihtiyacın olursa diğerlerini de getirecek.

"Geleceğiz. Senin yanında savaşacağız. Ama lütfen çağrıyı boşa harcamayın. Kadim güçlerin uyanması için insan ırkının sonunun yakın olduğuna dair kesin kanıtlar olmalı."

"Peki ya sizi çağırırsak ve sahip olacağınızı söylediğiniz güçler gelmezse. O zaman ne olacak?" E-Z sordu.

"O zaman biz de seninle birlikte ölürüz."

E-Z yumruklarını masaya vurdu.

"Onları iş başında görmek kanımı kaynatıyor. Onları yenmeliyiz."

"İşte! Buraya!" Charles bağırdı.

"Ama önce," dedi Sam, "onları savaşa göndermeden önce bu çocuklara anlatmalısın. Onlara senin ve diğer baş meleklerin Öfkeliler'i nasıl yenmeye çalıştığınızı anlat."

"Geri döndüklerini öğrendiğimizde onlara bir tuzak kurduk. Bize ihanet etti, bizi ele verdi ve sonra Ölüm Vadisi'ne taşındılar. Ölüm Vadisi artık başmelekler için yasak bölge."

"Sınırların dışında mı? Bunu kim yaptı?"

"Bu cevaplayamayacağım bir soru. Tek bildiğim, son derece güçlü baş meleklerden oluşan bir ekip, onların koyduğu koruyucu bariyerleri aşamadı."

"Hepsi bu mu?" Brandy sordu. "Tüm denediğin buydu ve şimdi bizim devralmamızı istiyorsun. Gerçekten mi?"

Raphael ellerini kalçalarına koydu, "Biz başmelekleriz ve yeryüzündeki güçlerimiz sınırlı." Güldü, "Başka yerlerdeki güçlerimiz de sınırlı."

"Tamam, tamam," dedi E-Z. "Anladık. Başka seçeneğimiz yok, aslında yok, ama bunu bize bırakın."

"Pekâlâ," dedi Raphael. "Ama gitmeden önce Charles, soruna cevap vermek istiyorum. Başmelekler seni çağırmadı ya da serbest bırakmadı. Burada bulunmanızın tesadüfi olduğuna inanıyoruz.

"Öfkelilerin de senden haberdar olduğunu sanmıyoruz. Belki de gizli bir silahsınız. İçinizde muazzam güçler olabilir.

"Yetişkin bir adam olarak geri getirilmeyi dilediğinizi söylemiştiniz. Bugünkü yaşın önemli. Çocukların insan ırkının geleceğini ellerinde tuttuğuna inanıyoruz. Sadece çocuklar saf kötülüğü yenebilir."

"Ama neden sadece çocuklar?" diye sordu Charles.

"Çünkü onlar saf bir kalple doğarlar," dedi Raphael.

Charles koltuğunda biraz daha uzun oturdu.

Raphael devam etti, "Charles Dickens, deney yapmaktan ve gerçek benliğini ortaya çıkarmaktan korkma. İçinde sadece senin açabileceğin bir kapı olabilir. Bir anahtar.

"Sen, E-Z ve Sam arasında bir kan bağı olduğu gerçeği çok önemli. O anahtarı bulmak için her şeyi riske atmaktan korkmayın. İnsanlığı kurtarmaya yardım etmek için buradasınız. Buna hiç şüphe yok. Buradaki zamanınızı akıllıca kullanın. Bir fark yarat."

Charles bu noktaya kadar kendini işe yaramaz hissettiği için ağladı. Diğerleri onu teselli etti ve güven verdi.

"Hepinize iyi şanslar," dedi Raphael.

POW.

Ve o gitmişti.

"Bunu atlattığımızda," dedi Lia, "ve atlatacağız, gelmiş geçmiş en büyük zafer partisini vereceğiz."

"Charles," dedi E-Z. "Eğer Raphael haklıysa, ekibin en önemli üyesi sen olabilirsin. Lütfen biraz ruh araştırması yapmak için zaman ayır."

"İnsan ruhunu nasıl arar?" diye sordu.

"Meditasyon bir yöntemdir," dedi Brandy.

"Ya da doğada yürümek," dedi Lachie.

"Yalnız kalmak, sadece düşünmek," diye önerdi Alfred.

"Biraz uyuyalım ve bu tartışmaya sabah devam edelim," dedi E-Z.

"Zavallı Tommy'yi izledikten sonra pek uyuyabileceğimi sanmıyorum," dedi Lia. "Düşündüğümden de kötüymüş."

"Evet, zavallı küçük Tommy," diye onayladı Alfred.

"Herkes hâlâ içeride mi?" E-Z sordu.

Herkesten "EVET" sesleri duyuldu.

"Peki ya Haruto?"

E-Z, "Sanırım o da katılacak," dedi, "ama Sobo'ya her şeyi açıklayacağım, o da bunu onunla konuşabilir. Katılmamayı tercih ederlerse bunu anlayışla karşılarım."

"Yine de vazgeçeceklerini sanmıyorum," dedi Samantha. "Haruto uyuyor. Sizin gördüklerinizi göremeyecek kadar genç olduğu için utanıyordu. Sanki takımın bir üyesi değilmiş gibi."

Sam, "Onu odadan çıkararak doğru olanı yaptınız," dedi. "Tanık olduğumuz şey korkunçtu."

"Katılıyorum," dedi E-Z.

Charles, "Yani hepimiz birimiz, birimiz hepimiz için. Tıpkı Üç Silahşörler'deki gibi."

"O kitabı hep sevmişimdir!" dedi Alfred.

En zor durumlarda bile kitaplar insanları her zaman bir araya getirmiştir. PAFHS9'un her bir üyesi, dünyada asla değişmeyecek tek şeyin bu olduğunu umuyordu.

BÖLÜM 11

DEJA VU

E-Z ve Sam artık pek yalnız kalamıyorlardı ama ikisi de bundan şikâyetçi değildi. Samantha aralarındaki bağın koptuğundan endişeleniyordu ve Ann's Café'de bir Erkenci Kuş Kahvaltısı ile onlara sürpriz yaparak işleri yoluna koymaya kararlıydı.

İkisi de hemen giyinip mutfağa gelmeleri için mesaj aldıklarından mutfağa aynı anda geldiler.

"Ne var ne yok?" Sam sordu.

"Evet, sorun ne?" E-Z sordu.

"Bir şey yok," dedi Samantha. "İkinizin Ann's'de rezervasyonu var, o yüzden herkes uyanıp size katılmak istemeden hemen oraya gidin."

Sam karısını öptü.

"Sizin de yeniden birlikte kahvaltı etmenizin zamanı geldi diye düşündüm."

E-Z Samantha'ya kocaman sarıldı.

"Oraya kendimiz mi gideceğiz?"

"Kesinlikle Sam Amca."

Sam içinde dizüstü bilgisayarının da bulunduğu sırt çantasını aldı ve yola koyuldular.

Güzel bir bahar sabahıydı ve kafeye giderken bol bol kuş sesleri onlara serenat yapıyordu.

"Karın oldukça özel biri."

"Evet, milyonda bir bulunur."

Çok geçmeden kafeye vardılar. Kafe neredeyse boştu ve Ann ortalıkta yoktu ama E-Z kız kardeşi Emily'yi tanıdı. Onu küçüklüğünden beri görmemişti.

"Çok değişmemişsin," dedi Emily kollarını ona dolayarak.

"Sen de değişmemişsin," dedi E-Z boğuk bir sesle, çünkü onu hantal kazağının içinde boğuyordu. "Ve bu da Sam Amca."

"Benzerliği görebiliyorum," dedi Emily onun elini sıkıca sıkarak. "Senin için mükemmel bir masam var, beni takip et."

Her zamanki masalarının önünden geçtiklerinde tereddüt etti ve amcasına baktı. "Bunun yerine şuraya otursak olur mu Emily?"

"Elbette!" Emily çatal bıçak takımlarını yerleştirdi ve menüleri uzattı. "Kahve?" Sam başıyla onayladı, Emily ona dumanı tüten sıcak bir fincan doldurdu.

"Her zamankinden mi içiyorsun?" diye sordu E-Z. Kız kardeşim bana ne olabileceklerini söyledi."

"Kesinlikle."

"Ve çikolatalı kalın bir shake'ti, değil mi?"

Tam üstüne bastı.

"Ya sen Sam?" diye sordu. "Bugün ne yiyorsun?"

"Yeğenimin içtiğinden iki tane olsun," dedi, "ama thick shake kalsın. Bu sabah ihtiyacım olan tek içecek kahve."

"Tamamdır!" dedi ve mutfağa gitti.

Sam dizüstü bilgisayarını açtı, sonra tekrar kapattı.

"Her şeyin hep aynı olduğu bir yere gelmek güzel," dedi E-Z.

"Sam ve ikizleri bir gün buraya getirmeliyim. Yerel işletmeleri desteklemek istiyorum ve bu Jack ve Jill için de iyi bir örnek olur."

"Kesinlikle. Burası benim için sadece güzel anılar barındırıyor," dedi E-Z. "Ama bugünlerde bir riske gireceğim ve farklı bir şeyler sipariş edeceğim. Kuzenlerime iyi bir örnek olmalıyım, değil mi?"

Sam güldü ve ardından kahvesinden bir yudum aldı. Bir saniye sonra Emily geldi ve fincanı tekrar doldurdu. "Sanki kafasının arkasında gözleri var."

E-Z güldü. Zihni tartışmak istediği belli bir konu etrafında dönüp duruyordu: Öfkeliler. Aynı zamanda, hemen ağır bir sohbete girmek de istemiyordu.

"Herkes kalktığında karımın beslemesi gereken bir ev dolusu misafiri olacak."

"Sobo yardım edecek."

"Doğru, ama bundan faydalanmamamız gerektiğini düşünüyorum. Ne demek istediğimi anlıyorsan, bir tekrar yapabilmemizi istiyorum."

"Kesinlikle. O halde işe koyulalım."

Sam dizüstü bilgisayarını tekrar açtı. Bu kez onu açtı ve arama motoruna bir şeyler yazdı:

Öfkeliler nasıl yenilir?

İçeceği önüne konduğunda E-Z başını salladı. Hemen kalın shake'inden bir yudum almaya çalıştı ama pipetten bir şey geçiremeyecek kadar kalındı - ki bu tam da onun sevdiği şekildeydi. "İşe yarar bir şey var mı?"

"Erinyes'in -ya da Öfkeliler'in- sadece ayinle arındırılarak yatıştırılabileceği yazıyor."

"Bu ne anlama geliyor?"

"Sanırım onların isteği üzerine, kefaret olarak bir eylemde bulunman gerektiği anlamına geliyor."

"Kefaret, kefaretle aynı anlama gelmiyor mu? Bu kulağa hiç hoş gelmiyor," dedi E-Z. "Onlardan özür dileyecek hiçbir şey yapmadık."

"Kefaret anlamına da gelebilir. Geri ödeme. Telafi. Telafi."

"Dört R, bu akılda kalıcı ama tekrar soruyorum onlara ne için geri ödeme yapacağız?

"Kutunun dışında düşünün," dedi Sam. "Ya onları bir yürüyüşe çıkmaya ve çocukları ve ruh yakalayıcıları rahat bırakmaya teşvik etmek için bir şeyler yapabilseydiniz?"

E-Z güldü. "Eğer bir yolu olsaydı, mükemmel olurdu. Ayrıca çok da kolay olurdu."

Sam başını kaşıdı. "Burada Öfkeliler'in erkekleri ve kadınları ölümden sonra ve yaşadıkları süre boyunca işledikleri suçlar için cezalandırdıkları yazıyor. Şu anda yaptıkları da bu - yetişkinleri değil çocukları. Bunu bilmiyordum."

"Anlamadığım şey, neden? Neden şimdi geri döndüler? Ne değişti..."

"Hepsi de yanıtlayamayacağım mükemmel sorular," dedi Sam. "Ama burada ilginç bir şey var. Kader

Tanrıçaları olarak insanın geleceği öğrenmesini engelledikleri yazıyor."

"Tam olarak nasıl?"

"Söylemiyor," dedi Sam, tam Emily kahvesini tazelemek için tekrar geldiğinde. "Sadece biraz," dedi. Daha fazla kahve içerse eve uçacağından korkuyordu.

"Kahvaltın birazdan hazır olacak," dedi Emily. "Umarım açsınızdır!"

"Kesinlikle açız," dedi E-Z, kalın shake'ini tekrar içmeye çalışırken ve pipetten biraz çıkarmayı başarırken.

Emily gülümsedi, sonra da yeni müşterileri karşılamaya gitti.

"Tüm bunlardan önce," dedi Sam, "The Furies'i hiç duymamıştım bile. Burada hem Yunan hem de Roma mitolojisinde adalet ve intikam ruhları oldukları yazıyor. Diğer adları Erinyes, kızgın olanlar anlamına geliyor." Aşağı doğru kaydırdı. "Oyun dünyasında onlardan birkaç kez bahsedildiğini görüyorum. Onları tanımlamak için kullanılan sıfatların hiçbiri zaten bildiklerimizle çelişmiyor, yani Fury'ler merhamet göstermeyen kötü, uğursuz yaratıklar."

"Keşke PJ ve Arden tekrar bizimle olsalardı. Oyun büyücülüğü bilgileriyle eminim ne yapacaklarını bilirlerdi. Onları kaybettiğimizden beri, iletişimimi kaybettiğim için kendime kızıyorum. Hepsi de süper kahraman olmaya kendimi fazla kaptırdığım için. O adamları gerçekten özlüyorum."

"Onlar senin kendini tekmelemeni istemezdi. Ben de onları etrafta görmeyi özlüyorum."

Emily yemeği masaya bıraktı, "Afiyet olsun!" dedi.

E-Z ve Sam bir süre konuşmadan açgözlülükle yemek yediler. Yemek sesleri yükseldikten sonra sohbetlerine devam ettiler.

"Ben de tam planı düşünüyordum - onları oyunun içinde yenmek. Kulağa hoş geliyordu - ya da Raphael bize aksini söyleyene kadar biz öyle sanıyorduk. Yine de bize doğrudan söylemesi iyi oldu, yoksa... şey, çocuklardan herhangi birine ne olabileceğini düşünmek bile istemiyorum."

"Yine de, Öfkeliler'in bir Aşil topuğu olması gerektiğini düşünüp duruyorum. O hikayeyi hatırlıyor musun?"

"Hatırlıyorum. Eğer zayıf bir noktaları varsa, ne olduğunu bilmiyorum. Bizim gibi ölümlü olduklarını biliyoruz. Eğer onlar da bizim gibi ölebiliyorlarsa, en azından eşit bir oyun alanı olur."

"Biraz daha zayıf noktalarına odaklanalım: öfke, kin, intikam."

"Bunlar başkalarını cezalandırdıkları şeylerle aynı, o halde nasıl zayıf yönleri olabilir?" E-Z ağzına bir çatal dolusu krep tıkıştırırken sordu. "Yani, iyi."

Sam başını salladı, "Kesinlikle öyle." Kahvesinden bir yudum daha aldı. "Doğru, bu da başkalarını cezalandırdıkları şeyleri onlara karşı kullanabileceğimiz anlamına geliyor."

"Ama nasıl?"

"Bunu henüz bilmiyorum."

E-Z, "Bazı şeyleri çözmek için bu seanslardan birden fazlasına ihtiyacımız olabilir," dedi. Krep dolu ikinci tabağı da önündeki masaya bıraktı.

Emily, "Ann az önce aradı ve senin için ikinci bir parti krep getirdiğime emin olmamı söyledi," dedi.

"Teşekkürler. Ann'e de söyle, umarım yakında kendini daha iyi hisseder."

"Söylerim. Biraz daha kahve?"

Sam başını salladı, o da fincanını doldurdu. Emily gidince, "Birazdan dönerim," dedi ve banyoya gitti.

E-Z ekranı ona doğru çevirdi ve şunu yazdı:

ÖFKELERİ NASIL ÖLDÜREBİLİRİM?

Bazı cevaplar çıktı ama hepsi de oyun dünyasındaki karakterler olarak üç tanrıçanın nasıl alt edileceğiyle ilgiliydi.

Sam geri döndü. "Bir şey bulabildin mi?"

"İşe yarar bir şey yok. Gerçi The Furies'in köklerinin tarih öncesi çağlara kadar uzanabileceğini söylüyor."

"Baby'nin soyu da epey eskiye dayanıyor."

"O ateş topunu ne kadar hızlı yuttuğunu görmeliydiniz! Bir saniye bile tereddüt etmeden."

Yemeklerini bitirdikten sonra Emily'ye teşekkür ettiler ve eve doğru yola koyuldular. O kadar doymuşlardı ki bir daha yemek yiyemeyeceklerini düşünüyorlardı.

"Sabahı seninle geçirmek çok güzeldi," dedi E-Z. "Eski günlerdeki gibi hissettim."

"Kesinlikle öyleydi. Yakında yine yapalım. Bu arada, bugün öğrendiklerimiz hakkında daha fazla düşünelim, çünkü eski bir deyişin dediği gibi - istek varsa yol da vardır."

"Doğru, doğru, Sam Amca. Doğru, doğru."

BÖLÜM 12
EVDE

Eve döndüklerinde Sam'in yaptığı ilk şey kollarını karısına dolamak oldu. Onu gördüğüne sevinmişti ama elleri kahvaltı hazırlamakla meşguldü.

"Hoşuna gittiğine sevindim," diye ciyakladı Samantha.

"Yardım edebileceğim bir şey var mı?" Sam ikizlerin durumunu değerlendirirken sordu.

"Her şey halledildi," dedi Samantha, arkasında ikizler bir feryat koparırken.

Bunun en büyük sebebi Haruto'nun hon no piku oynarken bir an duraklamasıydı. Haruto'nun versiyonunda bir surat yapıyor, sonra kaybolana kadar çok hızlı dönüyor, sonra tekrar ortaya çıkıyor ve ikizler kıkırdıyordu.

"Bu çok yaratıcı!" Lachie eğlenceli rolü devralmak üzere devreye girerken Sam "Çok yaratıcı!" dedi.

Lachie doğrudan birkaç hayvan taklidi yapmaya başladı ve bir kookaburra gibi güldüğünde ikizlerden övgü dolu yorumlar aldı:

koo-koo-koo-kaa-kaa-KAA!-KAA!-KAA!

Ardından Üç Kaya adlı hikayesiyle eğlendirme sırası Charles'a geldi.

"Iwa?" Haruto, kayalar anlamına geldiğini söyledi.

Alfred, Sobo, Brandy, Lia ve Samantha yemek hazırlıklarına devam ederken E-Z ve Sam de hikâyeyi dinlemek için kapı aralığına çekilirken Charles, "Evet," dedi.

"Bir zamanlar," diye başladı Charles, "Manş Denizi'nin yukarısında bir tepe varmış. Üzerinde çok ama çok sayıda kaya varmış. Aslında sayılamayacak kadar çokmuş.

"O gün, büyük ve ağır bir kamyon, gıcırdayarak ve dişlilerini gıcırdatarak tepeye tırmanıyormuş. Zirveye ulaştığında, her bir taş parçasının ağırlığıyla mücadele eden bir kaya kaldırıcı yerleştirdi. Saatler boyunca, toplayabildiği kadar kayayı toplamayı başardı. Ta ki kamyonun arkası dolana kadar. Yine de fazla dolu değildi. Aşırı doluluk, hareket ettiğinde kayaların kamyondan yuvarlanacağı anlamına geliyordu ki bundan ne pahasına olursa olsun kaçınmak gerekiyordu.

"Kamyon tepeden aşağı indi. Kayaları daha büyük başka bir kamyona boşalttı. Bu kamyon tepeye çıkamayacak kadar büyüktü ve üzerinde bir kaldırma mekanizması yoktu. Küçük kamyon tekrar boşaldığında tepeye geri döndü. Kısa süre sonra tekrar kayalarla doldu.

"Bu işlem, büyük kamyon en tepeye kadar dolana kadar birkaç kez tamamlandı. Kalan tüm kayaların küçük kamyonla taşınması gerekiyordu. Artık her iki kamyon da dolu olduğuna göre ağır iş bitmişti. Öğle yemeği vakti gelmişti. Adamlar sandviçlerini yediler ve termos dolusu sıcak, tatlı çaylarını içtiler.

"Uçurumun tepesinde sadece üç yalnız kaya kalmıştı. Arkadaşlarını kaybettikleri için üzgündüler ve aynı anda hem reddedilmiş, hem istenmemiş, hem ihtiyaç duyulmamış, hem de oldukça kızgın hissediyorlardı. Aynı anda çok fazla duyguyu hissetmek kafa karıştırıcı olabilir, ancak duyguları arkadaşlarla paylaşmak yardımcı olabilir, bu yüzden üç kaya içinde bulundukları durumu tartıştı."

"Bütün arkadaşlarımızla ne yapıyorlar?" diye sordu adı Rocky olan ilk kaya.

"Bilmiyorum," dedi adı Çakıl olan ikinci kaya. "Belki de gittikleri yerde onların da arkadaşlara ihtiyacı vardır. Onları özleyeceğimden eminim."

"Hayır," dedi daha yaşlı ve bilge olan ve adı Craggy olan üçüncü kaya. "Onları dünyayı görmeleri için götürmüyorlar. Arkadaşları olmaları için de. Yollarını yapmak için bizi ezdiklerini bilmiyor musun?"

"Hayır!" Rocky ve Pebbles bağırdı. "Arkadaşlarımızı ezip püre haline getiremezler!"

"Keşke beni de alsalardı," dedi Craggy. "Bu sert havada burada oturmak için çok yaşlıyım. Sert rüzgârlar dış katmanımı delip geçiyor ve geleceğimi bir yol olarak geçirmek hiç de fena olmazdı. En azından o zaman bir amacım olurdu."

"Bir amaç mı?" Rocky haykırdı. "Her gün ve her gece ezilmeyi ve üzerinden araç geçmesini bir amaç olarak mı görüyorsun?"

"Burada sonsuza dek üçümüz oturmaktan daha iyi. Rüzgârdan, yağmurdan ve diğer her şeyden bıktım," dedi Craggy.

"Eğer o kadar heveslisen," dedi Çakıltaş, "o zaman tek yapman gereken kendini kenardan aşağı yuvarlamak. Aşağıdaki kamyonun arkasına düşersin ve diğer arkadaşlarımızla birlikte uçarsın."

Rocky kendini kenara biraz daha yaklaştırırken "Oh, çok uzak," dedi. "Bizi terk etmeyi gerçekten bu kadar çok mu istiyorsun? Burada bizimle kalarak bir amaç bulamaz mısın? Sana ihtiyacımız var. Sen daha yaşlı ve akıllısın."

Craggy kenara doğru ilerledi ve yandan baktı. Doğruydu, kamyon tam oradaydı. Birkaç damla ter damladı. Bunlar ya boncuk boncuk ter ya da gözyaşıydı.

"Aşağıya inmek için çok uzun bir yol var," dedi Craggy. "Ve siz iki genci tek başınıza bırakmam doğru olmaz."

Pebbles, "Ya kamyonu kaçırıp aşağıda paramparça olursanız! Biz burada, bu muhteşem manzaranın içinde olurduk ve siz aşağıda yapayalnız kalırdınız."

"Ayrıca," dedi Rocky, "bir gün bizim için geri gelebilirler. Bu arada sohbet edebilir, manzaranın ve temiz havanın tadını çıkarabiliriz."

Altlarında kamyon yeniden çalıştı.

ÇUF ÇUF ÇUF VROOM, VROOM.

Kamyon uzaklaşırken Craggy, "Ya şimdi ya hiç," dedi.

"En azından birlikteyiz," dedi Rocky.

"Üç kaya omuz omuza vermişlerdi. Sırtlarını rüzgâra döndüler, temiz havayı içlerine çektiler ve ufukta batan güneşin güzel manzarasına baktılar.

"Kıssadan hisse," diye başladı Charles.

Bunlar E-Z'nin tekrar o lanet siloya girmeden önce duyduğu son sözlerdi.

BÖLÜM 13

SILO

"Tekrar hoş geldin!" dedi duvardaki ses coşkuyla ve E-Z'nin omuzlarının sanki üzerlerinde biri duruyormuş gibi gerilmesine neden oldu. Yanıt vermeye isteksiz bir şekilde omuzlarını önce öne, sonra arkaya doğru yuvarlayarak gerginliği azaltmayı u mdu.

"DOT. DOT," dedi duvardaki ikinci bir ses, ama bu sefer ses daha sessizdi, neredeyse bir fısıltı.

Cevap vermek için ağzını açtı ama aklına hiçbir şey gelmedi, bu yüzden sessiz kaldı, gergin vücudunu rahatlatacağını umduğu parmaklarının çıtırtısı dışında.

İlk ses daha yatıştırıcı bir tonla sordu: "Gergin ve endişeli hissettiğini görüyorum. Beklediğiniz süre boyunca zaman geçirmeniz için size verebileceğim bir şey var mı? Bir içecek? Bir kitap? Zihninizde bir yolculuk?"

Duvardaki bir sese göre çok anlayışlıydı ve bu onun biraz rahatlamasına yardımcı oldu, ancak zihinde bir yolculuğun neleri içereceği hakkında hiçbir fikri olmadığı için teklifini kabul etmeye istekli değildi.

"Görüyorum ki tereddüt ediyorsun..."

Sandalyesinde dimdik oturdu ve parmaklarını Deep Purple'ın Smoke on the Water'ını çalar gibi kollarına vurdu. O ve babası Guitar Hero'nun eski bir versiyonunda düello yapmışlar ve çok eğlenmişlerdi. Şimdi o anı hatırlayınca, sanki babası da onunla birlikte silodaymış gibi hissetti.

"Zihninde bir yolculuk yapmak istemediğine emin misin?" diye tekrar sordu duvardaki kadın. "Çok eğleneceksin!"

Bir patlama. Az önce bu kelimeyi zihninde babasıyla Gitar Kahramanlığı'nı tanımlamak için kullanmıştı. Duvardaki kadının onun aklını okuyabildiğine şüphe yoktu.

"Tam olarak nedir?" diye sordu. "Denemek istediğimi söylemiyorum, ne içerdiği hakkında daha fazla şey öğrenene kadar olmaz."

"Seni gönderebileceğim bir yer. Bir rüyayı yaşayabileceğiniz özel bir yer."

Kulağa inanılmaz geliyordu... ve o cevap veremeden...

DUH DUH DUH,

DUH DUH DUH DUH

DUH DUH DUH

DUH DUH.

Sahnede, orijinal Deep Purple olarak hemen tanıdığı bir grupla birlikte baş gitar çalıyordu.

Gruptan ayrılan ama Smoke in the Water'da orijinal baş gitarı çalan solist, E-Z'nin şimdi kendi rolünü oynamasını ve fena da bir iş çıkarmamasını umursamıyor gibiydi. Şarkıcı ona başparmağıyla işaret ettikten sonra sahnede E-Z'nin tekerlekli sandalyesinde oturduğu yere doğru yürüdü. Seyirciler çığlık atarken, tezahürat yaparken ve alkışlarken birlikte birkaç riff çaldılar. Sonra tekrar siloya döndüğünü fark etti ama daha önce yaşadığı gerginlik hissi artık tamamen yok olmuştu.

"Teşekkür ederim! Bu harikaydı! Benim için ne kadar anlamlı olduğunu anlatamam. Bunu asla unutmayacağım. Asla!" Tereddüt etti ve bunu daha iyi hale getirecek tek şeyin babasının da sahnede onunla birlikte olması olduğunu düşündü.

"Babanı dahil edemediğim için üzgünüm... ama bu sadece bir ön gösterimdi. Ve rica ederim. Şimdi, sıkı durun. Bekleme süresi bir dakika."

"O zaman gerçeğinin aklımı başımdan alacağını düşünüyorum!" E-Z başını arkaya yaslayıp deneyimi yeniden yaşarken kendini o kadar rahatlamış hissediyordu ki, uyuyabilirdi bile.

PFFT.

Bu seferki koku farklıydı, nane ve tam olarak ne olduğunu çıkaramadığı başka bir şey.

"Bu biberiye," dedi duvardaki ses.

"Oldukça ferahlatıcı." Başının üzerindeki çatı esneyerek açıldığında gözleri kapalıydı ve zihninde sürükleniyordu. Başını salladı ve olacaklara hazırlanmak için gözlerini açtı.

Işık ışınları metal konteynırın içine çarpıyor, sekiyor ve duvardan duvara geri dönüyordu. Rahatsız edici ışık gösterisinden korumak için gözlerini kapattı. Zıplayan ışıklar sona erdiğinde, bir figür açık çatıdan içeri girdi. Ne güzel bir giriş yapmıştı. Bu Raphael'di.

"Ah, merhaba," dedi. "Oldukça iyi bir giriş oldu."

"Terfi ettim," diye itiraf etti başmelek, "ve belli bir miktar gösteriş gerekiyor. Belki bu durumda biraz aşırıya kaçtım ama bu nispeten yeni bir terfi. Tüm terfilerin bir öğrenme eğrisi vardır."

"Terfi için tebrikler."

"Teşekkür ederim, şimdi neden burada olduğunuz konusuna gelelim."

"Elbette."

E-Z sabırla Raphael'in tekrar konuşmasını bekledi ama bir süre konuşmadı. Onun yerine, kanatlarını ilk kez deneyen bir kuş gibi etrafta uçuştu. Gösteriş mi yapıyordu? Eğer öyleyse, neden? Sonra onu gördü, yepyeni bir gözlük takıyordu. Bunlar daha büyük çerçeveleri ve daha kalın camlarıyla daha farklı bir görünüme sahipti ve onu Bay McGoo'nun kadın versiyonu gibi gösteriyordu.

"Güzel gözlükler," diye yalan söyledi.

"İlk tercihim değildi," diye itiraf etti Raphael, "ama işimi görecekler." Onun oturduğu yere yaklaştı ve havada asılı kaldı. "Öyle görünüyor." Durdu ve rahatsız bir şekilde hareket etti.

SKIDOO

Bir sandalye geldi ve bir saniyeliğine oturdu.

SKIDOO

Ve gitmişti. Tekrar havada asılı kaldı. Açık avucunu yüzünün yan tarafına yerleştirdi. "Dikkatimizi çeken birkaç şey oldu. Bunu kraliyet anlamında söylemiyorum, tüm başmelekler anlamında söylüyorum."

"Ne gibi?"

Yine kıpırdandı.

"Sizi rahatlatmak için duvara biraz lavanta sıkmasını söyleyeyim mi? Oldukça gergin görünüyorsun."

Sonra çığlık atarak yüzüne baktı, "LAVANTA ARCHANGEL'LERDE İŞE YARAMAZ! Bu iğrenç bir insan..." Derin bir nefes aldı. "Çok özür dilerim."

"Sorun değil. Anlıyorum, bana söyleyecek kötü haberlerin var. Yara bandını yırtıp atmak daha iyi. Demek istediğim, bana doğrudan söyle."

"Pekâlâ. Başlıyorum."

E-Z daha yakına eğildi, "Tamam, çek."

Duvardaki hoparlörlerden bir şarkı çaldı, bir şerifi vurmakla ilgili bir şeydi.

Önce mırıldandı, "Dur!" E-Z emretti. "Ve bana neden burada olduğumu söyle."

"Hemen işe koyulmak istiyor," dedi Raphael kendi kendine. "Peki o zaman, işte burada. Doğrudan konuya gireceğim."

"Tamam, öyle yap." E-Z, keşke yapsa, dedi.

"Özetle," dedi Raphael, "Eriel suçüstü yakalandı - iki taraf için de oynuyor."

"Neyi oynarken?" Sonra zihninde bir şeyler kıpırdandı. "Hayır, bize ihanet ettiğini kastetmiş olamazsın?"

E-Z ağzını sudan çıkmış balık gibi açıp kapatırken, kadın kemikli parmağını çenesine vurdu.

"Evet. Eriel arkadaşınız Rosalie'nin ölümünden bizzat sorumluydu. Beyaz Oda'nın yok edilmesinden de o sorumluydu. Hepsi o. Hepsi Eriel."

E-Z her şeyi anladı. Zavallı Rosalie. "Bekle! O senin için çalışmıyor muydu? Yani, ondan sen sorumlu değil miydin? Bu nasıl senin gözetiminde olabilir? Başmelekler hakkında bazı şeyler okumuştum ama sana yardım etmeye gönüllü olan çocuklara ihanet etmek en fazla bu kadar alçalabilirsin. Sanırım leoparlar beneklerini değiştirmiyor."

"Eriel'den ben sorumlu değildim. O ve ben iş arkadaşıydık, yoldaştık. Birlikte çalışırdık ve birbirimize saygı duyduğumuzu sanırdım. Yanılmışım."

"Yine de terfi ettiniz."

"Terfi ettim ama bu iki şey doğrudan bağlantılı değildi. Size tek söyleyebileceğim, Eriel bir zamanlar bizden biriydi, şimdi değil. Bize ve sana ihanet ettikten sonra. Prensiplerine sırtını döndükten sonra - savunduğumuz her şeye - o artık yok. Yani kalıcı olarak dışarıda."

E-Z'nin nefesi kesildi. "Bana Eriel'in bizi ifşa ettiğini mi söylüyorsun? Biz derken beni ve ekibimi mi kastediyorsun?"

"Liderimiz Michael, Eriel'i sorguluyordu. Onu konuşturmak biraz zaman aldı. Ama Furies'i dünyaya geri getirdiğini itiraf etti. Onları kendi mevkisini yükseltmek için kullandığını. Kefaret yok. Eriel için af yok."

"Nutkum tutuldu. Bu nasıl oldu?"

"Nasıl mı? Nasıl olduğunu bilseydik nedenini de bilirdik - ki bilmiyoruz. Bildiğimiz şey onun Eriel olduğu ve Eriel'in her zaman Eriel için en iyi olanı yaptığı. Sorunları olduğunu biliyorduk ama yine de ona kendini kanıtlaması için fırsatlar vermeye devam ettik - ve bizi hayal kırıklığına uğrattığında onu affettik ve ona bir şans daha ve bir şans daha verdik. Şu ana kadar ona inanmaya devam ettik. O artık bitti. Bitti."

"Bitti mi? Yani öldü mü? Başmelekler ölür mü? Ve neden ona bu kadar çok şans verdin? Üç vuruşta oyun dışı kalırsın sözünü bilmiyor musun?"

"Evet, bu beyzbol terminolojisini duymuştum ama biz başmelekleriz ve hepimizin başarısız olması ya da bir düzeyde nüksetmesi beklenir. Cennet Bahçesi olayı konusunda da haklısın. Geçmişimiz çok eskilere dayanıyor... ama daha iyi olduğumuzu, geliştiğimizi sanıyorduk. Ben de siz ve arkadaşlarınız gibi gençlerin koruyucu aziziyim.

"Bu yüzden o korkunç Fury'leri yenmek için sizinle birlikte çalışmayı önerdim. Beni bu konuda cesaretlendiren Eriel'di. Seni keşfeden oydu. Hadz ve Reiki'yi sana gönderen kişi. O korkunç kız kardeşler gelene kadar, hepinizin hayatına olumlu bir şeyler katıyorduk... Size bir amaç veriyorduk. Vazgeçmek istediğiniz zamanları hatırlıyor musunuz? Vazgeçmediniz çünkü devam etmenize yardım ettik."

"Tamam, Eriel'in kötü biri olduğunu anlıyorum. Bu benim ve ekibim için ne anlama geliyor? Oturduğum yerden, görevimiz tehlikeye girdi. Yani, biz yokuz ve bence siz B planına geçmelisiniz."

"Sorun şu ki," dedi Raphael, sonra durdu, çünkü yukarıdaki tavan yeniden açılmıştı ve Ophaniel onlara doğru süzülürken hiç gösteriş yapmadan geldi.

"Görüşmeyeli uzun zaman oldu," dedi Ophaniel E-Z'ye hitaben. Sonra da Raphael'e, "Hızını aldı mı?"

"Evet, hazır. Ve burada olmana sevindim çünkü B planımızın ne olduğunu bilmek istiyor."

Ophaniel başını salladı. "Pekâlâ. Olabildiğince açık konuşmak gerekirse, bir B, C ya da D planımız yok - çünkü siz ve ekibiniz tüm planlarımızı bir araya getirdiniz."

E-Z inanamayarak başını salladı. "Siz başmelekler bütün yumurtaları aynı sepete koymamak diye bir deyim duymadınız mı?"

Ophaniel güldü. "Evet, kökeni Cervantes'in Don Kişot karakterine dayanıyor ama bana hiçbir zaman mantıklı gelmedi. Muhtemelen biz başmelekler yumurta yemediğimiz içindir. Onların jöleye benzeyen boyunduruklarını düşünmek bile - iğrenç - bende kusma isteği uyandırıyor."

"Benim de," dedi Raphael, elinin tersiyle ağzını kapatarak. "İğrenç görünümlerinin yanı sıra, insan yumurtaları neden bir sepete koyar ki? Neden bir kase değil? Eğer yumurta hazırlıyorsanız..."

"Katılıyorum," dedi Ophaniel. "Jamie Oliver'ı omlet pişirirken görmüştüm. Önce bir kâse kullanıyor, sonra pişiriyor."

"Ah, kardeşim ve ben siz başmeleklerin bırakın Jamie Oliver'ı, televizyon izlediğinize bile inanamıyorum." Başını salladı. "Yani bütün yumurtaları bir yere koyarsan - sepet, kase, tava ya da her neyi tercih edersen - sepeti, kaseyi ya da tavayı düşürürsen bütün yumurtalar kırılır ve kabukları bozulur - yani kahvaltıda yumurta olmaz."

"Ama tavuklar her gün yumurtlamıyor mu? Yani bugün yumurta alamazsan yarın yine gelirsin," dedi Ophaniel.

"Yumurtasız bir gün nedir ki?" diye sordu Raphael.

E-Z elini açtı ve kafasına vurdu. "Argghh!" Başmelekler ona baktı ve o derin bir nefes alıp yüksek sesle verirken bekledi. "Bu Eriel meselesini ne yapacağız?"

"İlk olarak," dedi Ophaniel, "bugün burada, özel isteğiniz üzerine size geri dönüyorlar, davul sesi - iki arkadaşınız..."

POP

POP

Hadz ve Reiki ya da iki melek özentisine benzeyen bir şey geldi. Tepeden tırnağa isle kararmışlardı. Yaprakları eğri büğrüydü, yırtılmıştı, bazıları açık ve yukarıdaydı, bazıları ölü ve solmuştu. Kanatları sarkıktı, sanki uçmayı unutmuşlar ya da artık uçmak istemiyorlardı ve yüzlerindeki ifade son derece umutsuzdu.

"Ne oldu onlara?" diye sordu.

Ophaniel yerinden edilmiş iki melek özentisine yaklaştı ve onlar da geri çekildi.

Raphael yumuşak, anaç bir sesle, "Artık güvendesiniz," deyince hıçkırıklara boğuldular ve bu hıçkırıklar feryatlara dönüştü.

Ophaniel kulaklarını kapadı, sonra E-Z'ye yaklaştı ve fısıldadı. "Eriel onları hapsetmişti. Bu sefer onları bulmamız biraz zaman aldı. Zavallı şeyler kendilerine yardım edemediler çünkü güçlerini ellerinden almıştı."

"Zavallı şeyler," dedi E-Z.

E-Z, Ophaniel ve Raphael yaratıklara doğru döndü. Hadz ve Reiki gülümsemeye çalıştılar. Yanlarına bile yaklaşamadılar.

İkisi de bir akbaba sürüsünü savuşturur gibi sağa sola saldırıyordu.

"Kıpırdamayın," dedi Ophaniel.

Hadz ve Reiki hareket etmeyi bıraktı. Şimdi gözleri hiçbir şeye ve hiç kimseye sabitlenmemiş bir çift kirli oyuncak bebek gibi oturuyorlardı. Eski hallerinin birer gölgesiydiler.

"Kaba olmak istemem," diye fısıldadı E-Z, "ama şu anki halleriyle bize pek yardımcı olmayacaklar. Tabii bu şartlar altında bizi bu plana devam etmeye ikna edebilirseniz."

E-Z'nin sözleri iki melek özentisinin yüzüne bir tokat gibi çarptı.

POP

POP

"Ne kadar kaba ve gereksiz bir zalimlik!" Ophaniel ortadan kaybolmadan önce azarladı.

ZAP

"Bize karakterinin çok acımasız bir yanını gösterdin E-Z Dickens ve annenle baban burada olsalardı senden utanırlardı."

"Üzgünüm," dedi E-Z, "ama sakın benimle ailem hakkında konuşma. Siz baş melekler için onlar yasak bölge. Anladınız mı?"

Raphael başını salladı.

"Ayrıca, onların duygularını incitmek istememiştim. Elbette onları kullanabiliriz. Eğer Öfkeliler'le savaşmak zorunda kalırsak, alabileceğimiz her türlü yardıma ihtiyacımız olacak. Lütfen geri gelin Hadz ve Reiki. Bana bir şans daha verin."

Hiçbir şey yok.

E-Z tekrar denedi. "Geri döndüğünüzde ekibimizin hoş karşılanan üyeleri olacaksınız."

POP

POP

İkili şimdi eski halleri gibi temiz ve düzenliydi.

"Tekrar hoş geldiniz," dedi E-Z.

Hadz ve Reiki ona doğru uçtular. Her biri onun omuzlarından birinin üzerinde yer aldı. Kendi gölgelerinden korkarak istemsizce titrediler.

"Her şey yoluna girecek," dedi. "Artık ekibimizin bir üyesi olduğunuza göre arkanızı kollayacağız."

Gülümsemeye çalıştılar ve o da bu çabayı takdir etti.

"Peki," dedi E-Z, "Eriel Öfkeliler'e bizim hakkımızda tam olarak ne söyledi?"

"Onları yenmek için çocukları gönderdiğimizi söyledi, hepsi bu."

"Size söylediği bu mu? Yalan söylemediğini nereden bileceğiz? Ve Furies'in son oyununun ne olduğunu nasıl öğreneceğiz?"

"Öfkeliler ve Eriel'in nihai oyununun dünyayı kontrol etmek olduğunu bildiğimizi düşünüyoruz. DÜNYAYI DURAKLATACAKLAR ve onu Yeni Hades'e, yani yeryüzündeki cehenneme dönüştüreceklerdi. Onların merhametine kalmış ruhlardan bir takım oluşturarak hükmedebilecekleri bir yer. Evet, ruhların serbestçe dolaşmasına izin vereceklerdi ama bir kez özgürlüklerine kavuştuklarında bundan vazgeçmek zorunda kalacaklardı."

"Neden vazgeçmeyi kabul etsinler ki?" diye sordu.

"Çünkü insanlar, hatta insan ruhları bile özgürlük kavramını sindiremezler. Bunun yerine kısıtlanmayı tercih ederler. Özgürlükten yoksunluk insanın güvenlik battaniyesidir."

"Bu bir yalan," dedi E-Z. "Beni çok kızdırıyor! Biz insanlar özgürlüğümüzün kıymetini biliriz. Doğayı, havayı soluyabilmeyi, düşüncelerimizi ve duygularımızı başkalarıyla paylaşmayı, dünyayı ve içinde sahip olduğumuz her şeyi takdir etmeyi seviyoruz."

"Kendi özgürlüğünüz ve başkalarının özgürlüğü için savaşacak kadar kızgın mısınız?" Ophaniel söyledi.

E-Z onun döndüğünü fark etmemişti bile.

"Evet," dedi. "Ama söyle bana, bu yeni dünyalarında sadece kontrol edebilecekleri ruhları seçecekler. Diğerlerine ne olacak?"

Raphael, "Sonsuza dek evsiz barksız kalacaklar," dedi. "Onların bu yeni dünyasında ölümden sonraki yaşam ortadan kalkacak. Dünya sonsuza dek duraklama halinde olacaktı. Ruhlar artık ne canlı ne de ölü olan bedenlerde kalacaklardı. Artık kalpler atmayacaktı. Artık ne aşk ne de çocuklar doğacaktı. Yükselecek ruhlar olmayacaktı - artık - asla."

E-Z sessiz kaldı, düşündü, her şeyi içine aldı.

Duvardaki ses, "İçecek bir şey isteyen var mı?" diye sordu.

"Hayır, teşekkür ederim," dedi ama sözünün kesilmesi onu tekrar o ana getirdiği için mutluydu. "Eriel'in Öfkeliler'i ne yapmak için kullandığını anlıyorum. Gerçek şu ki o da sizin gibi bir baş melek ve sorunları olduğunu biliyordunuz, yine de hak etmediği halde ona şans üstüne şans verdiniz. Şimdi merak ediyorum, sizin kendi başmeleklerinizden birinin batırdığı şeyi biz, ben ve ekibim neden düzeltmeliyiz?"

"Çünkü..." Raphael başladı.

"Daha bitirmemiştim," dedi E-Z, "daha önce sen ve Eriel evimi ziyaret ettiğinizde, ailemle ve diğer ekip üyeleriyle tanıştığında, onun bizim tarafımızda olduğunu düşündük. Nerede yaşadığımızı gördü. Hakkımızda her şeyi biliyor. Onun yüzünden büyük tehlike altındayız."

"Bu doğru," dedi Ophaniel.

"İnkâr edilemez ve çok üzgünüz," dedi Raphael.

"Eriel onları geri çağırsın. Bu karmaşayı o yarattı ve bunu düzeltmeli." Kapalı yumruklarını sandalyesinin kollarına vurarak Hadz ve Reiki'nin sıçramasına ve titremesine neden oldu. Melek özentilerinin başını okşadı. "Sorun değil, sizi üzdüğüm için özür dilerim."

"Bravo!" Hadz tezahürat yaptı.

"Yaşasın!" Reiki seslendi.

Raphael ve Ophaniel hep bir ağızdan, "Eriel dünyanın derinliklerinde hapsedilmiş durumda. Hiçbir insanın gitmeye cesaret edemeyeceği bir yerde. Kısacası, ona ulaşılamaz."

"Ama bir keresinde madenlerden kaçmıştık," dedi Reiki.

"İki kez," dedi Hadz.

"O madenlerde değil, başka bir yerde, daha aşağıda, yangınlardaki kadar aşağıda değil, ama her şeyin buza dönüştüğü, damarlardan akan kanın bile buza dönüştüğü çok soğuk bir yerde. Hiçbir insanın hayatta kalamayacağı bir yer!

"Eriel de orada güçsüz, çünkü tüm güçleri elinden alınmış. Kilit altında, kimseyi görmüyor. Hiçbir şey duymuyor. Oradan çıkmasına asla izin verilmeyecek - ASLA."

"Onunla konuşmak istiyorum," dedi E-Z. "Ona sorular sormam gerekiyor - sadece onun cevaplayabileceği sorular."

Raphael ve Ophaniel bağırdı, "Yapamazsınız! Yapmamalısınız!"

"O zaman takımımın desteğini geri çekiyorum. Lütfen beni evime geri götürün. Haruto ve diğerleri ailelerinin yanına dönebilir." PJ ve Arden zihninde bir an parlayınca konuşmayı kesti. Eğer bir şey yapmazsa, belki de sonsuza dek komada kalacaklardı.

Kendisine yardım ettikleri onca zamanı hatırladı. Tekerlekli sandalyeyle okula döndüğü ilk günü. Onu yeniden beyzbol oynamaya alıştırdıkları zaman - takımdaki tüm çocuklar onu selamlamak için sahadaydı. Ailesi öldüğünde ona her konuda yardım etmişlerdi. Yanağından bir damla yaş süzüldü. Onu ildi.

"ALIN ONU!" diye gürledi duvardan bir ses.

Sonra birden çok, çok soğuk oldu. O kadar soğuktu ki, damarlarındaki kanın buza dönüştüğünü gerçekten hissedebileceğini hayal etti.

BÖLÜM 14

ERIEL BUZ ÜZERİNDE

Yapayalnız. Çok yalnız. Ve çok soğuk, çok çok soğuk. Sanki içi boşaltılmış bir buz küpünün içindeydi. Nefes aldığında, buz ciğerlerini dolduruyordu.

Kenara doğru gitti. İçine doğru nefes aldı. Buğulandı. Bu bir buz küpü değildi; bir cam küptü. Ve bir sapı vardı. Madenden yapılmış gibi görünüyordu. Derisinin yapışacağından korkarak gömleğini kullandı ve açtı.

İçinde sıcak battaniyeler, yorganlar, hırkalar, şapkalar, eldivenler - bir sürü şey vardı. Uzandı ve kat kat giyindi.

Kollarını hırkanın içine soktuğunda, aklı babasının bir kayak gezisinde benzer bir kazak giydiği zamana gitti. O da tıpkı bunun gibi yeşildi ve dışı dokunulduğunda cızırtılı bir his veriyordu ama içi kızarmış ekmek kadar sıcaktı. Kazağı üzerine çekip önünü iliklediğinde, babasının en sevdiği tıraş losyonunun meşemsi kokusu burun deliklerini doldurdu. İçinde babasının tıraş losyonunun kokusu vardı. Parmaklarını bir çift siyah kadife eldivenin içine soktuğunda güçlü bir deja vu hissi onu bastırdı - eldivenlerin babasına ait olduğuna yemin etti. Gerçi yangında her şey yok olduğu için olamazlardı. Isınmak için kollarını kendine doladı. Soğuğun bedenini ve zihnini ele geçirdiğini düşündü.

Diğer bazı eşyaları itti ve kutunun dibinde hemen tanıdığı bir battaniye keşfetti. Annesi tarafından her gece kanepenin üzerinde elle örülmüş ve tamamlandığında deri kanepenin arkasındaki yerini almıştı. Film geceleri için ve korkutucu bir şey olursa gözlerini kapatmak için.

Eldivenleri çıkardı ve gerçek olup olmadığını anlamak için ona dokundu ve sonra yanağına sürttü. Annesinin parfümünün çiçekli kokusu ona ulaştı, onu rahatlattı. Eldivenleri tekrar takarken yanağından bir damla gözyaşı süzüldü, sonra annesinin battaniyesini babasının hırkasına sardı. Battaniyeyi bir kukuleta gibi taktı ve çevresini seyre d aldı.

Başının üzerinde, ama keskin sivri uçlarıyla aşağıya bakan, her boyutta ve şekilde buzdan yapılmış sarkıtlar vardı. Bunlardan biri düşerse, kafatasının tepesini deler ve ayak parmaklarına kadar devam ederdi. Bir inşaat şapkası olmasını diledi -

BINGO

Ve kafasında sarı bir baret belirdi, sonra bir tane daha, bir tane daha ve bir tane daha. Kendini Meraklı George gibi hissetti ve gülümsedi. Artık her şeye hazırdı.

Küpün duvarları boyunca ilerleyerek bir kapı aradı. Hiçbir kulp görünmüyordu. Onu ne tür bir hapishaneye atmışlardı?

Sonunda sağ duvarın ortasında bir kenar buldu. Bir eldiven çıkardı ve tırnağını kullanarak kısa süre sonra bir pencere olduğunu keşfettiği şeyin yüzeyini çizdi. Gördüğü şey onu daha az endişeli hissettirmedi. Bulunduğu küp, tünel boyunca göz alabildiğine uzanan pek çok küpten biriydi. Camla kapatılmış pencerelerin ardında hiçbir yolcu görünmüyordu.

Cama üfledi ve birilerinin görme ihtimaline karşı "YARDIM!" kelimesini tersten yazdı. Sonra kimi görmeye geldiğini hatırlayarak çabucak sildi: Eriel.

E-Z küpün ön tarafı boyunca, uzak tarafa doğru ilerledi ve bir kez daha pencere olduğundan emin olduğu bir çerçeve buldu. Yüzeyi kazıdı ve çok geçmeden aradığı kişiyi buldu: haini.

Bir zamanların güçlü başmeleği acınası görünüyordu, sanki biri ona bir iğne batırmış ve tüm havasını boşaltmıştı. Vücudu duvara sabitlenmişti. İlk başta E-Z onun yerçekimi ya da görünmez bir güç tarafından yerinde tutulduğunu düşündü ama daha yakından incelediğinde Eriel'in tüm vücudunun kalın bir buz kütlesinin içinde olduğunu fark etti. Eriel'in küpü vücuduna göre şekillendirilmişti, bu nedenle buzlu su vücudunun her köşesini dolduruyordu ve E-Z'nin aksine battaniyeye erişimi yoktu.

CLANK. CLANK. CLANK.

E-Z yankılanan ayak seslerini duyunca boynunu sola doğru çevirdi. O şeyin yaklaştığını hissedebiliyordu ama onu göremiyordu.

CLANK. CLANK. CLANK.

E-Z başını salladı. Odaklanmak, anda kalmak zorundaydı ama yine de garip bir deja vu hissi yaşıyordu.

Zihni bir süre önce PJ ve Arden'la birlikte bir doğum günü partisinde gördüğü rüyaya geri döndü. O rüyada da benzer bir ses çıkaran kapüşonlu bir figür gelmişti. Rüya kayıp bir beyzbol şapkasını bulmakla ilgiliydi.

Ses sağır edici bir hal aldığında, iki yetişkin akçaağaç büyüklüğünde kanatlara sahip, hayattan daha büyük bir savaşçı olan figüre bir an göz attı. Başmelek bir elinde altın bir kalkan, diğerinde ise bir kılıç taşıyordu. Işık kılıcın gövdesine vururken E-Z gözlerini siper etti.

CLANK. CLANK. CLANK.

Başmelek savaşçı Eriel'in önünde durdu ve gözlerini yeni gelenin bakışlarıyla buluşmak için kaldırmadı.

Durana kadar E-Z başmeleğin devasa kanatlarını fark etmemişti; o yürürken kanatları durmuştu. Şimdi savaşçı, Eriel'le yüzleri aynı hizada olacak şekilde kendini yukarı kaldırdı.

"Bir ziyaretçiniz var," dedi.

Eriel'in gözleri kısık kaldı.

"Gözlerin beni yanıltmıyor," dedi savaşçı. "Kendini utandırdın. Hepimizi utandırdın - ama yine de üzülmüyorsun ve pişmanlık duymuyorsun. Konuş benimle. Neden bir ziyaretçi kabul etmene izin vermem gerektiğini söyle."

Eriel yere bakmaya devam ederken o duyulamayan bir şeyler mırıldandı.

"Konuş!" diye buyurdu savaşçı.

"Tövbe ediyorum!" Eriel kustu. "Başarısız olduğum için tövbe ediyorum..."

"Sessizlik!" diye buyurdu savaşçı.

CLANK. CLANK. CLANK.

Şimdi savaşçı camın diğer tarafında, E-Z ile yüz yüze duruyordu.

"Ben Michael," dedi.

"Merhaba, ben E-Z." Adamın sesini tanıyordu. Raphael ve Ophaniel'e Eriel'le konuşmasına izin vermelerini emreden oydu.

"Ayağa kalk," dedi Michael.

"Yürüyemiyorum," dedi.

"Ben öyle dersem yürüyebilirsin," diye açıkladı Michael, "ve ben de öyle diyorum. Kalk E-Z Dickens!"

E-Z kendini televizyondaki bir ayinde şifa bulmaya hazırlananlardan biri gibi hissetti. İsteksizce kendini sandalyesinden kaldırdı. İnançsızlıktan çok korkudan bacakları biraz sallandı. Ne de olsa Mikail en güçlü baş melekti. Saniyeler sonra E-Z buzdan duvarın içinde dimdik duruyordu.

"Şu şeyle konuşmak istedin, şu duvarın üzerine düşmüş olan şeyle. Özüne kadar çürümüş olduğu için sana yardım etmeyecek. Ama yine de sana yardım etmeli. Kendisini buzdan bir heykele dönüşmekten kurtarmak için hepimize yardım etmeli - bu yerin kalıcı bir demirbaşı."

Michael'ın sesi, söylediği her kelimeyle E-Z'nin kendini daha güçlü ve kendinden emin hissetmesini sağlıyordu.

Eriel gözlerini kaldırdı.

E-Z bir an için orada bir şey gördü. Yenilgi miydi bu? Pişmanlık mıydı?

Vücudu kendisini tutan buzdan hapishanenin içinde gevşerken Eriel gözlerini kapattı.

"Sanırım bayıldı," dedi E-Z.

CLANK. CLANK. CLANK.

Michael buzdan hapishanesine daha yakından bakmak için geri döndü. Botunun üstünden bir yılan kaydı ve Eriel'in yüzüne doğru sürünmeye başladı. Çatallı dili kana susamış gibi ileri geri hareket ederek yukarı, yukarı sürünerek ilerledi.

Michael, "Arkadaşımın bedeni senin yüzüne doğru eriyor Eriel. Gözlerini açıp merhaba demeyecek misin?" dedi.

Eriel gözlerini açtı ve yılanın vücuduna doğru ilerlediğini görünce bir çığlık attı.

"GARUUUUUUUUUMMMMMMM!"

Michael parmaklarını şıklattı ve yılan hareket etmeyi kesti. Michael tırnağını kullanarak buzu kazıdı. İçinde Eriel'in vücudu titreşti. Sanki elektrik çarpmış gibiydi.

"MMMMM,hhhhh,MMMMMMM!"

"Dur!" E-Z kulaklarını kapatarak ağladı. "Lütfen!"

Michael çığlık atmayı kesti. Kolunu kaldırdı ve yılan kendi etrafında dolanarak botunun içine doğru sürünerek geri döndü.

"Bu çocuk sana merhamet gösteriyor Eriel. Bu senin hak ettiğinden çok daha fazlası."

Eriel çaresizlik içinde inlemeye devam etti.

Michael E-Z'ye dönerek devam etti, "Eriel'e sorularınızı sormanız için size beş dakika veriyorum."

Sonra Eriel'e, "Seni onunla konuşmaya zorlayabiliriz, ama ona kendi iradenle yardım etmeyi seçmeni tercih ederim. Bir zamanlar bu genç çocuğun hayatını kurtarmayı seçmiştin. O da borcunu ödedi. Şimdi bize ihanet ettin ve güvenimizi yeniden kazanmak zorundasın."

Michael ayağını kaldırdı ve Eriel'in içinde bulunduğu buzdan yapıya bir tekme attı. Sarsıldı ama çatlamadı ya da parçalanmadı.

"Beni iğrendiriyorsun! Bu insan çocuğun sizin hatalarınızı düzeltmesini bekliyorsunuz. Aslında yanlışlarını düzeltmesini. Yine de sorularına cevap vermen için sana bir şans vermek istiyor. Öyleyse ona yardım et. Bu senin tek şansın, içinde hâlâ kurtarılmaya değer bir şeyler olduğunu bize kanıtlamak için tek fırsatın. Henüz özüne kadar çürümemiş bir parçan."

Eriel gözlerini kaldırdı, "Efendim." Gözlerini tekrar indirdi.

"Affedilebilirsin ama ona yardım etmemeyi seçersen, işbirliği yapmaman gerektiği gibi not edilecektir."

Eriel'in gözleri yere odaklanmıştı.

"Anlıyor musun?" diye sordu Michael. Eriel yanıt vermeyince Michael'ın sesi gürledi: "ANLADIN MI?"

E-Z'ye öyle geldi ki, Michael'ın sesiyle etrafındaki buzlar sarsıldı ve titredi ve kafatasını koruyan tüm kasklar için bir kez daha minnettar oldu. Yeterli olmalarını umuyordu, aksi takdirde Eriel ve Michael'la birlikte sonsuza dek bu yere gömülecek ve Sam Amca'yı ya da arkadaşlarını bir daha asla göremeyecekti.

Eriel başıyla onayladı.

"Beş dakika," dedi Michael.

CLANK. CLANK. CLANK.

Ve gitmişti.

O ve Eriel yalnızdı.

E-Z, Eriel'e yaklaştı ve "Öfkeliler'i nasıl yenebiliriz?" diye sordu.

Eriel konuşmak için ağzını açtı ama hiçbir şey söylemedi. Gözlerini kapattı.

"Lütfen," diye yalvardı E-Z. "Lütfen bize yardım edin."

CLANK. CLANK. CLANK.

Michael çoktan dönmüştü. Beş dakika bile olmamıştı - henüz değil. Eriel'den hiçbir şey, ama hiçbir şey öğrenmemişti.

Eriel dişlerini sıkarak ve gevezelik ederek üç kelime fısıldadı: "Raphael'in gözlüklerini kullan."

"Ne?" E-Z yumruklarını buzdan duvara vurarak bağırdı. "Nasıl?"

Bildiği sonraki şey, tekrar mutfak kapısının önünde olduğuydu. Artık ailesinin giysilerini giymiyordu ama babasının tıraş losyonu ve annesinin parfümünün birleşik kokuları hâlâ burnundaydı. Kendine sarıldı ve Charles'ın hikâyesinin kıssadan hissesini anlatışını d inledi.

"Benim hikâyemin kıssadan hissesi," dedi Charles, "paylaşacak arkadaşların varsa her şey daha güzeldir."

Samantha kahvaltının servis edildiğini duyururken, "Ah," dedi E-Z.

"Burada sıraya girin. Bir tabak, peçete ve çatal bıçak alın. Keyfinize bakın," dedi. "Bu bir smorgasbord."

Sobo, "Sumogasubodo!" diye sevinç çığlıkları atan Haruto'ya seslendi.

"Biraz suşi yaptım," dedi Samantha. "Bu benim ilk seferimdi."

Sobo başını salladı, "Teşekkür ederim ama bir dahaki sefere sana yardım etmeme izin ver."

Samantha başını salladı, "Bu harika olur."

E-Z sandalyesini öne çekti.

Sam Amca onun yanında yürürken fısıldadı, "Nereye gittin? Yani oradaydın ve sandalyen de oradaydı ama sen de başka bir yerdeydin, değil mi?"

"Evet, sonra açıklarım. Olanları sindirmek için zamana ihtiyacım var. Bana birkaç dakika verin. Oh, bu arada, teşekkürler."

"Ne için?" Sam sordu.

"Kahvaltı için, eski günlerdeki gibiydi. Eğlenceliydi."

"Bunu yakında tekrar yapacağımızdan emin olalım."

"Kesinlikle," dedi Sam odasına doğru ilerlerken.

BÖLÜM 15
EVIM GÜZEL EVIM

Artık tekbaşınayken, Eriel'in artık onlar için fiziksel bir tehdit olmadığını bilmek iyi hissettiriyordu. Michael sayesinde etkisiz hale getirilmişti ama herkese ihanet ettikten sonra.

Eriel çok ileri gitmişti ama neden? Neden kendi türüne ihanet etsin ki? Michael'ın ondan daha güçlü olduğunu çok iyi biliyordu. Bu hiç mantıklı değildi.

POP.

POP.

"Evine hoş geldin!" dedi.

Hadz ve Reiki onun önünde yatağa indiler, "Teşekkürler E-Z. Bize her zaman nazik davranıyorsun."

"Eriel sana çok kötü davrandığı için üzgünüm. Artık hapiste olması iyi bir şey. Hak ettiği bu."

"Onlar hakkında ne düşünüyorsun?" Hadz sordu.

"Ne demek istediğinden emin değilim."

"Sandığı gönderdik."

"Oh, belki de işe yaramamıştır," dedi Reiki.

"O sen miydin?" E-Z'nin gözleri yaşardı.

"Sağ salim ulaştığına sevindim," dedi Hadz, melek özentisi çiftin gülümsemeleri yüzlerine öyle bir yayılmıştı ki, diğer özellikleri azalmış gibi görünüyordu.

"Çok teşekkür ederim. Aileme ait her şeyin yangında yok olduğunu sanıyordum." Gözyaşlarını tutmaya çalışarak derin bir nefes aldı. "Keşke onları da yanımda getirebilseydim. Gerçi sadece ona sahip olmak bile çok şey ifade ediyordu..."

ZAP.

"Tek yapman gereken söylemekti. Ne de olsa onlar senin," dediler.

Orada, yatağının ucundaydı. Ailesinin sandığı ya da battaniye kutusu dedikleri şey. İçinde çocukken karıştırdığı hazineler vardı. Ve şimdi onun hazinesiydi. Anne babasının anılarıyla dolu, elle tutulur bir hazine sandığı.

"Ama nasıl?" diye sordu.

Hadz, "Ev yanarken içeri girip çıkarak birkaç şeyi kurtarmayı başardık," dedi.

"Sen onları geri almaya hazır olana kadar onları senin için güvende tutmaya karar verdik. Umarız zamanlama doğrudur."

Sanki bir rüyadaymış gibi sandığa doğru ilerledi ve kapağını açtı. Babasının misk-odunsu tıraş sonrası kokusu ile annesinin tatlı-kitronik parfümünün karışımı onu bir kucaklaşma gibi karşıladı. Parfümün hepsinin bir anda uçup gitmesine izin vermemeye dikkat ederek kapağı yavaşça kapattı.

"İkinize ne kadar teşekkür etsem azdır. Size asla teşekkür edemeyeceğim. Her şeyi başka bir zaman anlatırım. Tekrar, ikinize de çok teşekkür ederim." Kollarını uzattı ve iki melek özentisi kollarına uçtu.

"Çok duygusal olmaya başladı," dedi Hadz.

"Kimse sana saçını kestirmen gerektiğini söyledi mi?" Reiki sordu.

E-Z parmaklarıyla saçlarını taradı ve dünyanın dondurucu soğuğunda olduğu için fırçadaki kıllar gibi dik duran orta kısmını okşadı. "Daha iyi misin?"

"Biraz," dedi Hadz.

"Tamam, odaklanmam gerek. Diğerleri Eriel'in durumuyla ilgili bilgi almak için yakında burada olacaklar. Onlara Michael'dan bahsetmeliyim. Sence onunla tanışmamdan etkilenirler mi?"

"Etkilenip etkilenmemeleri önemli değil," dedi Hadz. "Önemli olan, Eriel sana kayda değer bir şey söyledi mi?"

"Evet, ama hâlâ ne demek istediğini anlamaya çalışıyorum."

"Anlat bize, belki gizemi çözebiliriz!"

"Kim ne demek istedi?" Alfred gagasını odaya sokarken sordu.

"İçeri gel," dedi E-Z.

Alfred paytak paytak içeri girdi. Tüy dökme mevsimiydi ve arkasında birkaç tüy uçuşuyordu. "Merhaba Hadz, merhaba Reiki."

"Merhaba," diye cevap verdiler.

"Uzun hikâye ama doğrudan konuya girmek gerekirse, Raphael ve Ophaniel'in Eriel'le ilgili bir durum hakkında beni bilgilendirdiği siloya geri çağrıldım. Her tarafta çalışıyormuş. Bizimle, baş meleklerle ve Öfkelilerle müttefikmiş gibi davranıyor. Merak etme, ihaneti ortaya çıktı ve yakalanıp hapsedildi. Eriel ile kısa bir süre konuşmama izin veren baş melek Mikail tarafından korunuyor."

"Peki Eriel ne dedi?" Alfred sordu.

"Ona sadece bir soru soracak vaktim vardı. Ben de ona The Furies'i nasıl yenebileceğimizi sordum. Bu yüzden buraya geldim, söylediklerini düşünmek için."

"Yani yalnız kalmak istedin?" Alfred sordu. "Hadi Hadz ve Reiki, E-'ye biraz huzur ve sessizlik verelim." Kapıya doğru ilerledi ama onlar oldukları yerde kaldılar.

"Çözülen bir sorun paylaşılan bir sorundur," diye şarkı söylediler.

"Doğru. Charles'ın hikâyesinin özü de buydu."

"Pekâlâ, toplanın." Durakladı ve sonra, "Eriel, Raphael'in gözlüklerini kullanmamız gerektiğini söyledi." dedi.

"Doğru, bu kadar mı?" Alfred dedi ki. "Ne demek istediğinden neden emin olmadığınızı anlayabiliyorum. Çok muğlak bir ifade."

"Biliyorum. Ve onları nasıl kullanacağımızı da söylemedi."

Hadz eğildi ve Reiki'ye bir şeyler fısıldadı.

POP

POP

Ve gitmişlerdi.

"Belki de en baştan başlamalısın. Bana Eriel'in sana tam olarak ne söylediğini anlat."

"Zaten anlattım. Raphael'in gözlüklerini kullan dedi. Hepsi bu kadardı. Michael bizi bir zaman saatine bağlamıştı. İlk başta Eriel'in tek kelime etmeyeceğini düşündüm. O üç kelimeyi söyledi ve zaman doldu. Sonra bir de baktım ki yine buradayım."

Alfred volta attı ve yatağın ucundaki battaniye kutusunu fark etti. "Bu nedir o zaman?"

"Annemle babama aitti," dedi E-Z hıçkırıklarını bastırarak. "Hadz ve Reiki onu yangından kurtardı. Bana onu benim için kurtardıklarını, hatta hayatlarını tehlikeye attıklarını söylediler."

"Bu çok düşünceliydi," diye gözyaşı döktü, "çok düşünceliydiler. Sen henüz geçmedin mi?"

"Hayır, ama yaşayacağım."

"Michael nasıl biriydi?"

"Yürürken çok tıngırdardı. Bana PJ, Arden ve giyotin hakkında gördüğüm rüyayı hatırlattı."

"Oh, bize o rüyayı anlattığını hatırlıyorum. O da cellat kadar korkunç muydu?"

"Michael çok kızgındı ve haklıydı da. Eriel ona, tüm baş meleklere ve bize ihanet etti. Anlamadığım şey, neyin böyle bir riske değebileceğiydi?"

"Güç - bazı insanlar onu elde etmek için her şeyi yaparlar. Ama bulmamız gereken şey, Raphael'in gözlüklerini Eriel ve Öfkeliler'in uygulamaya koyduğu planı durdurmak için nasıl kullanabileceğimiz."

E-Z gözlükleri yüzünden çıkardı. Gözlükleri taktığında, Raphael taktığında olduğu gibi kan nabız gibi atmıyor ve çerçevelerin içinde hareket etmiyordu. Onun üzerinde diğer gözlükler gibiydiler.

Alfred, "Gözlüklere bir şey yapmalarını emret," diye önerdi.

E-Z, "Gözlükler kaybolsun," diye emretti.

Gözlükleri düşürdü ve yere düştüler.

E-Z iç çekti. Bu durumda iki kafa kesinlikle bir kafadan daha iyi değildi. Güldü.

"Hadz ve Reiki'nin döndüğünü görmek güzeldi. Kalmak için mi buradalar? Yani, bize yardım etmek için mi?"

"Buradalar ama son zamanlarda çok şey yaşadılar ve travma sonrası stres bozukluğundan muzdarip olabilirler."

"Evet, biliyorum. Ne oldu?"

"Eriel oldu, olan bu. Söylediklerine bakılırsa dünyada ve diğer her yerde kaos ve tahribat yaratıyormuş." E-Z durakladı. "Ya gözlükleri formumu değiştirmek için kullanırsam?"

"Ve ne yaparsın?"

"Eğer formumu değiştirebilirsem, Fury'leri Eriel olarak ziyaret edebilirim."

Alfred, "Bu sadece yakalandığının farkında değillerse işe yarar," dedi.

"Evet, ama eğer bilmiyorlarsa. Verebileceğim zararı bir düşün. Oraya girebilirim. Onların tarafında olduğumu düşünürler. Ve onlara saldırabilirim. BAM, onları parkın dışına atabilirim!"

POP.

POP.

"Bu çok tehlikeli olur!" Hadz çığlık attı.

"Çok tehlikeli olur!" Reiki de yankıladı.

"Ayrıca, bizim başka bir fikrimiz var."

"Anlat bize," dedi E-Z.

"Beyaz Oda'yı yeniden yarattılar, biz de Raphael'in gözlükleri hakkında kitap olup olmadığına bakmak için oraya geri döndük."

"Ve? Kitap var mıydı?"

"Hayır," dedi Hadz.

"Ama bunu bulduk," dedi Reiki.

E-Z'nin işaret parmağının ucu kadar küçük bir kitapçıktı. Sırtındaki başlıkta şöyle yazıyordu: Raphael'in Enoch'un İlk Kitabı.

Hadz ve Reiki sayfaları çevirdi, çünkü kitap ikisinin birlikte tutması için mükemmel boyuttaydı.

"Burada diyor ki," diye yüksek sesle okudu Hadz, "Raphael'in amacı düşmüş meleklerin kirlettiği dünyayı iyileştirmekti."

"İsrafil'in, onu sadece son yaklaştığında çağırabileceğimi söylediğini hatırlıyor musun? Belki de gözlükler de güçlerini bana ancak ihtiyaç duyulduğunda göstereceklerdir."

Hadz ve Reiki "Kesinlikle," diye hemfikir oldular.

Alfred, "Sanırım diğerleriyle bir beyin fırtınası yapmamız gerekiyor ama görünüşünüzü Eriel'inkine çevirme fikriniz iyi bir fikir," dedi. "Sadece bunu yaparken seni nasıl destekleyeceğimizi bulmamız gerekecek - seni güvende tutmak için."

"Bu kötü bir fikir," dedi Hadz.

"Çok kötü bir fikir!" dedi Reiki.

"Nasıl yani?" Alfred sordu.

"Birincisi, Öfkeliler'in ne bildiğini bilmiyorsun."

"Ya da bilmiyoruz."

"İkincisi, bu bir tuzak olabilir."

"Eriel ve Öfkeliler tarafından düzenlenmiş bir tuzak."

"Üçüncüsü ve en önemlisi,"

"Eriel Michael'dan çok korkuyor."

Hep bir ağızdan, "Raphael'in gözlüğü her şeyin anahtarı olmalı. Eriel, Michael ve diğer başmelekler tarafından affedilmeyi ve kurtarılmayı bekliyor. Bu onun tek umudu. Siz onun tek umudusunuz. Bu yüzden size doğruyu söylediğine inanıyoruz."

"Ama ya Öfkeliler Eriel'in durumunu bilmiyorsa? Onlar karanlıktayken, bizim burada bir avantajımız var," dedi Alfred.

"Katılıyorum," dedi E-Z.

Lia kafasını odaya soktu, onu çetenin geri kalanı izledi. "Ne var ne yok?" diye sordu.

"İçeri gel de açıklayayım. Kapıyı da arkandan kapat."

"Kulağa şüpheli geliyor," dedi Lia. Hadz ve Reiki'yi fark etti ve onlara el salladı. Sonra kapıyı arkalarından kapatıp kilitledi.

BÖLÜM 16

SIRADA NE VAR?

Herkes yatağına yığılırken, "Oturun, rahatınıza bakın," dedi. "Öncelikle, onlarla henüz tanışmamış olanlar için - bu Hadz ve bu da Reiki. Onlar arkadaş ve melek özentisi. Bize yardım etmek için görevlendirildiler."

Haruto eğildi, Lachie "İyi günler!" dedi. Charles ve Brandy onlarla el sıkıştı.

Herkes resmen tanıştırıldıktan sonra ekip yatağın kenarına oturdu. E-Z onların otobüs bekleyen yolculara benzediğini düşündü.

"Hepimiz Öfkeliler'i yenmek için buradayız. Ama dikkate almamız gereken bazı güncel bilgiler var. İlerlemeden önce."

"Ne demek istiyorsun?" Lia sordu. "Bu işten vazgeçebileceğimizi mi söylüyorsun?"

E-Z boğazını temizledi.

"En iyisi size her şeyi anlatmama izin vermeniz, sonra soru sorabilirsiniz. Muhtemelen bununla başlamalıydım. Ama ben de hâlâ her şeyi sindirmeye çalışıyorum." Tereddüt etti. "Demek istediğim, bu zor bir durum ve açıklaması daha da zor olduğu için beni biraz rahat bırakın."

Herkes başını salladı, o da devam etti.

"Eriel baş melekler tarafından gözaltına alındı. Onlara ihanet etti ve bize de ihanet etti. Artık bizim için bir tehdit değil ama görevimizi tehlikeye attı. Sorun şu ki, ne kadarını bilmiyoruz. Ama niyetleri hakkında daha çok şey biliyoruz - mümkün olan her yolla dünyanın kontrolünü ele geçirmek. Bunu yapmak için baş meleklere karşı çıkmak, bir tür risk almaktı - yanında Öfkeliler olsa bile."

Herkesten gelen sesli bir soluk, devam etmeden önce bir iki dakika duraklamasına neden oldu.

"Baş melekler ona sırtlarını döndüler. Başmeleklere liderlik eden Michael'la tanıştım ve Eriel'den iğreniyordu. Eriel de ondan çok korkuyordu."

Daha fazla nefes sesi duyuldu.

"A planımız Öfkelileri oyun ortamında tuzağa düşürmekti. Eriel bu plandan haberdardı. Hatta bizi bu konuda cesaretlendirdi. Bu yüzden B planına geçmemiz gerekiyor. A planını biliyor olması bile bu planı çöpe atmamız için yeterli."

Nefesler tutuldu ve "Olamaz!" denildi.

"Peki, B Planı. Biliyorum aklınızdan şu geçiyor: B Planımız yok. Ama artık var. B planımızın hainimizin ağzından çıktığını bilmek sizi şok edecek mi?"

Herkes başını salladı.

"Daha önce de söylediğim gibi, Michael ile görüştüm. Eriel'e, ancak ve ancak bize yardım ederse kendisine hoşgörü gösterilebileceğini söyleyen oydu.

"Michael bize sadece beş dakika verdi. Ve bu sürenin büyük bir kısmında Eriel hiçbir şey söylemedi. Sonra, tam süre dolmak üzereyken, üç kelime söyledi: "Raphael'in gözlüklerini kullan" - işte bu kadar. Bir süre sonra Raphael'in Charles'ın gizli silahımız olabileceğini söylediğini hatırladım, yani gözlüklerle onların bilmediği iki silahımız olabilirdi."

Charles'ın nefesi kesildi.

E-Z başını sallayarak Charles'ı onayladı.

"Ama konuyu daraltıp beyin fırtınası yapmadan önce büyük resme bakmalı ve bunun bizim savaşımız olup olmadığına karar vermeliyiz. Eğer bu hâlâ bir ekip olarak dahil olmak istediğimiz bir şeyse.

"Eriel sayesinde bugün hayattayım. Beni kurtardı ve sonra ona ve diğer baş meleklere borçlu olduğumu söyledi. Bu borcu ödemek için birkaç denemeyi tamamladım. Alfred ve Lia geldi ve birlikte Üçlüyü oluşturduk. Ve sonra onların isteği üzerine ayrıldık.

"Kendi süper kahraman web sitemizi kurduk ve insanlara yardım ettik. Ta ki baş melekler Ruh Avcısı korsanları yenmek için bizden yardım isteyene kadar. Zamanla kim olduklarını öğrendik: Furies, geri dönen güçlü ve kötü Yunan tanrıçaları.

"Hadz ve Reiki beni Ölüm Vadisi'ndeki karargâhlarını göstermek için keşif gezisine götürdüler. Orada çocukların ruhlarıyla dolu konteynerlerin stoklandığını bizzat gördüm. Daha sonra PJ ve Arden bizden alındı. Durumları hiç değişmedi. Ve Raphael sayesinde o iğrenç tanrıçaların nasıl çalıştığını ilk elden gördük.

"Öfkeliler değerli rakipler. Eğer onlarla savaşırsak ölebiliriz. Bu elbette yeni bir bilgi değil ama Eriel bize ihanet ettiğine göre hayatlarımızı riske atmaya değer m i?

"Her şeyi göz önünde bulundurursak, özellikle de elimizde iki gizli silah olduğunu düşünürsek. Nasıl kullanacağımızı bilmediğimiz silahlar olsa da. Belki de bu savaşı kazanmak için iyi bir durumdayız. Eğer birbirimize destek olursak ve birbirimizin arkasını kollarsak. Eğer daha büyük bir iyilik için hayatlarımızı tehlikeye atmaya hazırsak. Dünyanın iyiliği için, dünyayı kurtarmak için. Ne diyorsunuz?"

Bir de baktı ki Alfred hariç herkes yatağın üzerinde zıplıyor ve "Birimiz hepimiz, hepimiz birimiz için!" diyor.

E-Z elini kaldırdı. "

"Öfkeliler'le savaşmaktan yana olanlar "Evet" desin."

Karar oybirliğiyle alındı.

Sobo kapıyı çaldı ve "Belki ben de yardım edebilirim" diye sordu.

BÖLÜM 17

CHARLES DICKENS'A SOR

Brandy sesli bir şekilde alay ederek odadaki herkesin ona doğru bakmasına neden oldu. Artık herkesin dikkatini çektiğine göre, "Peki sen, yaşlı bir vatandaş olarak, süper kahraman çocuklardan oluşan ekibimizin üç güçlü kötü tanrıçayı yenmesine nasıl yardımcı olacaksın?" diye ordu.

Odada çınlayan bir nefes sesi Haruto'nun hızla Sobo'sunun yanına gitmesine neden oldu. Onun elini tuttu ve kalbine yasladı.

Brandy'nin cehaletinden etkilenmeyen Sobo, torununa Japonca yatıştırıcı sözler fısıldadı.

"Özür dile," diye talep etti E-Z.

"Sorun değil," dedi Sobo. "O haklı, hepiniz gibi bir süper kahraman olmayabilirim ama bu hayatta herkesin verecek bir şeyleri var."

"Üzgünüm, Sobo," dedi Brandy. Orada durmadı. "Demek istediğim..."

"Kapa çeneni!" Lia haykırdı. "İçeri gel Sobo."

"Alabileceğimiz her yardımı kullanabiliriz," dedi E-Z.

Charles ayağa kalkarak Sobo ve Haruto'ya yerlerini verdi.

"Teşekkür ederim," dedi Sobo ve torunuyla birlikte birkaç dakika hiç konuşmadan yan yana oturdular.

"Kendini yeterince iyi hissediyor musun?" Haruto sordu.

"Evet küçüğüm," dedi Sobo. "Benim de bir süper gücüm var. Bu süper güce dönüşüm deniyor. Pek çok hayat yaşadım ve pek çok rol oynadım... Her hayatımda yeni bir şey öğreniyorum. Öğrenmeye açığım, hayat bundan ibaret. Hayatımı sunuyorum; sizi kurtarmak için her şeyi yaparım. Hepinizi kurtarmak için."

"Beni bile mi?" Brandy sordu.

Sobo güldü. "Özellikle de sen, çocuğum."

Brandy odayı geçti ve kollarını Sobo'nun boynuna doladı. "Teşekkür ederim. Ama neden özellikle ben?"

Haruto ayağa kalktı ve ellerini kalçalarına koyarak, "Çünkü sen bir kaçıksın!" diye bağırdı.

Brandy de dahil olmak üzere herkes güldü.

Sobo, "Çünkü korkusuzsun. Evet, korkusuz olmak güçlü bir duygudur ama sabretmeyi de öğrenmelisin. Bu dünyada hayatta kalmak için ikisine de ihtiyacın var. Her ikisiyle birlikte daha da büyük bir güç haline geleceksin. Hayat, kendinizi içeriden dışarıya, dışarıdan içeriye değiştirmekle ilgilidir. Öğrenin. Büyüyün. Ağaçlar gibi olmalıyız, mevsimlerle birlikte değişmeli, rüzgârla birlikte eğilmeliyiz."

"Çok güzel," dedi Charles.

"Ama dünya hem iyilik hem de kötülükle dolu," dedi Sobo. "Bu şekilde olmak zorunda. Birinin var olabilmesi için diğerinin de var olması gerekir. Ve biz, sen, ben ve buradaki herkes, sadece iyinin tarafı için savaşmalıyız. Bu dünyada sadece bir kazanan olabilir. O kazanan da tüm insanlığın iyiliği için olmalıdır."

Sobo konuşmayı kesti. O nefesini tutarken, diğerleri sessiz kalarak onun devam etmesini bekledi.

"Burada bulunma nedenim," diye devam etti Sobo, "Rosalie'den selam getirmek."

"Sen ve Rosalie, Sobo, ama nasıl?" Lia sordu.

"Rosalie bana bir rüyada geldi. O olduğunu nereden biliyordum? Çünkü bana öyle söyledi. Rüyalar güçlü birleştiricilerdir. Ruhlar dünyaları aşar ve bizimle birlikte olmak ya da bize uyarılar, önseziler gibi bilmediğimiz şeyler söylemek için aramıza karışırlar. Rosalie savaşta bize yardım etmek, savaşmak ve kazanmak istedi."

"Evet," dedi E-Z. "Ben de sık sık ailemi rüyamda görürüm. Bazen bana bir şeyler açıklıyorlar ya da bilemeyecekleri şeyler anlatıyorlar. Tabii hayatımı benimle paylaşmıyorlarsa."

"Evet, sevgi sınırları olmayan güçlü bir duygudur. Sevdiğin kişiler en karanlık zamanlarda bile seni arar, bulur, sana yardım eder."

"O," diye sordu Lia, "mutlu mu?"

Sobo gülümsedi. "Mutluluk her şey demek değildir. Sana sadece şunu söyleyeyim, o kendisi. Gerçekten bilmeniz gereken tek şey bu. Ve kendisi olarak, sadece iyilerin yanında savaşan bir gemi olarak, size inanıyor Bay Charles Dickens. Siz bizim g ücümüzsünüz."

"Ben mi?" Charles sordu.

"Evet, Charles. Bizi kütüphaneye götür. Bulutların içindeki kütüphaneye."

"Orayı hiç duymadım. Sizi oraya götüremem. Beni diğerlerinden biriyle karıştırmış olmalı."

"Ne kütüphanesi?" diye sordu Brandy.

"Ve neden bulutların içinde?" Lia sordu.

"Oraya gitmiştim," dedi Sobo. "Çok eski ve korunuyor... sadece bilenler biliyor."

"Ben onlardan biri değilim," dedi Charles.

"Sadece biraz yardıma ihtiyacın var," dedi Sobo. "Ona Raphael'in gözlüklerini ver, o zaman her şeyi bilecektir."

"Bekle bir dakika," dedi E-Z. "Oraya nasıl gittin?"

"Bana inanmıyor musun?" Sobo gülümsedi. "Rosalie beni oraya bir rüyada götürdü... o bir ruh... ve beni bir rüya gezgini olarak yönlendirdi."

"Bunun Beyaz Oda'yla ilgili paylaştığı bir anı olmadığına emin misin?"

"Kesinlikle değil. Bunu nereden bilebilirim?" Sobo sordu. "Çünkü Rosalie bana o acımasız kız kardeşler tarafından öldürüldüğü yere asla dönmek istemediğini söyledi."

"Bu mantıklı ama yine de Raphael'in gözlükleri asla kimseye teslim etmemekle ilgili söylediği bir şey beni onun isteklerine karşı gelme konusunda endişelendiriyor."

"Ya Rosalie bilenlerden biri değilse?" Sobo sordu. "Güvenilir bir dost ve sırdaş olan Rosalie'nin verdiği son bilgileri reddederek Öfkeliler'i yenme şansımızı artırma fırsatını kaçırmamız mı gerekiyor?"

"Önce bana anlat," dedi E-Z, "nasıl bir şeydi?"

Sobo gözlerini kapattı. "Sadece duşta veya banyoda sıcak suyu açtığınız, vantilatörün olmadığı ve pencerenin açık olmadığı bir zaman düşünün. Bir şey almak için odadan çıktınız ve kapıyı kapattınız. Daha sonra kapıyı açtığınızda oda buharla doldu ve içeri girdiğinizde ilk başta hiçbir şey göremediniz. Ama gözleriniz alıştı ve sonra her şeyi görebildiniz. Bulut Kütüphanesi'ne ilk girdiğimde benim için de aynısı olmuştu."

Gözlerini açtı. "Kitapların var olduğu bulutun içini hayal edin. Yazılmış, yayınlanmış her bir kitap orada, önünüzde. Okumak, almak, öğrenmek için hazır. Bulut Kütüphanesi işte böyle bir yerdi. Ve şimdi hepimiz gidip bunu kendi gözlerimizle görmeliyiz. Bugün."

"Kulağa büyülü geliyor," dedi Charles. "Gitmek istiyorum. Hepinizi oraya götürmek istiyorum."

"Kulağa gerçek olamayacak kadar güzel geliyor," dedi Brandy.

Sobo gülümsedi.

E-Z gözlükleri çıkarıp Charles'a uzatmadan önce tereddüt etti.

"E-Z," dedi Sobo, "Rosalie bana Raphael'in kuralının istisnasının Charles olduğunu söyledi. Hatırladın mı? Ve Charles'ın gizli silahımız olduğunu açıklayan da o ydu."

E-Z başını salladı ve gözlükleri Charles'a verdi.

Charles tereddüt etmeden gözlüğü taktı. Gözlükleri kulaklarının arkasına soktuğunda, çerçevelerdeki renkler insanoğlunun bildiği her renkte titreşti. Kırmızı hariç tüm renkler. Gözlükler yeşilin çimen tonuna yerleştiğinde Charles'ın boynu sağa sola sağa sola büküldü. Doğruldu, önüne baktı.

"Ben hazırım," dedi. "El ele tutuşun, böylece hepimiz birbirimize bağlı olacağız ve sizi oraya götüreceğim."

"Bizi bekleyin!" Hadz ve Reiki ağlayarak E'Z'nin omuzlarına atladılar ve canları pahasına tutundular. Dakikalar sonra kimse bir yere gitmemişti.

BÖLÜM 18

NE OLDU?

"Anlamıyorum ," dedi Charles. "Bunu zihnimde görebiliyorum. Belki de talimatlara ya da sihirli sözcüklere ihtiyacım vardır. Rosalie sana gözlükleri Sobo'ya takmak dışında yapmam gereken özel bir şey söyledi mi?" Charles sordu.

Sobo başını salladı. "Farklı bir şey dene."

"Bizi Bulut Odası'na götür!" diye talep etti.

Bu kez grup olarak hepsi, sanki biri bir pencere açmış gibi sallandı.

"Gözlerinizi kapatın," dedi Charles. "Herkes hazır mı?" Herkes başını salladı. Süper kahraman grubu ve Sobo dağılırken o da gözlerini kapattı.

Lachie gözlerini açarak, "Bir şeyler farklı geliyor," dedi. "Ben farklı hissediyorum."

E-Z de gözlerini açtığında kendini tuhaf hissetti. Hadz ve Reiki şimdi horluyorlardı. Kestirmeleri için garip bir zaman gibi görünüyordu. Peki, başka ne farklıydı? Raphael'in gözlükleri renksizdi. Neden? Daha önce hiç olmamıştı. Başka ne vardı? Alfred - Alfred hangi cehennemdeydi?

"Alfred? Neredesin?"

Lia gözyaşlarına boğuldu.

"Neden ağlıyorsun?" E-Z sordu.

"Çünkü ellerimle hiçbir şey göremiyorum. Artık göremiyorum."

"Charles. Gözlükler," dedi Brandy.

"Peki ya gözlükler?" Gözlükleri çıkardı.

Sobo başını geriye atıp bir ölüm perisi gibi feryat ederken kulaklarını kapattılar, ta ki yumuşak orkestra müziği çığlıklarını bastırana ve herkes uykuya dalana kadar.

İkizler uyuduğu için Samantha ve Sam E-Z odasındaki toplantının nasıl gittiğini merak ediyorlardı. Oraya vardıklarında kapı kilitliydi ve çaldıklarında kimse cevap vermedi.

"Bu çok tuhaf," dedi Sam. "E-Z kapıyı asla kilitlemez.

"Anahtarı getir," dedi Samantha.

Sam anahtarı kilide sokarken içinde kötü bir his vardı.

Sam ve Samantha, Sobo, Brandy, Lia, Lachie, Haruto, Charles ve E-Z'nin bir vitrindeki mankenler gibi önlerine bakmalarını izlediler.

"Zar zor nefes alıyorlar," dedi Sam.

"Peki Alfred nerede?"

"Ve Charles neden Raphael'in gözlüklerini takıyor?"

Samantha kocasının elini kendi elinin içine alarak, "Korkuyorum," dedi.

"Burada hiçbir şeyi rahatsız etmememiz gerektiğini düşünüyorum," dedi Sam. "Bilmediğimiz bir şeyler döndüğü hissine kapılıyorum."

"Tüyler ürpertici."

"Nedir o?" Sam, E-Z'nin yatağının ucundaki kutuyu fark ederek sordu. "Buna inanamıyorum! Olamaz." Eğildi ve kardeşinin odasında birçok kez gördüğü sandığın kapağını kaldırdı. Yangında yok olduğunu düşündüğü sandığın. E-Z'ye olduğu gibi, içindeki kokuların yarattığı anılar canlandı ve duygu seline kapıldı.

"Hadi buradan çıkalım," dedi Samantha. "Bana sandık hakkında daha fazlasını dışarıda anlatabilirsin."

"Biraz zaman verelim. Yakında uyanacaklar ve..."

Kapıyı arkalarından kapatırlarken Samantha, "Başka bir seçeneğimiz olduğunu sanmıyorum," dedi.

BÖLÜM 19

BULUT ODA

Charles bir an durup etrafını inceledi. Onları yanlış yere mi getirmişti? O ve diğerleri (hepsi uyuyordu) gökyüzündeydiler, görünürde tek bir bulut bile yoktu. Camdan yapılmış bir platformun ortasına inmişlerdi. Bunun nasıl ayakta durduğu hakkında hiçbir fikri yoktu. E-Z'nin tekerlekli sandalyesinin öne doğru yuvarlandığını fark etti ve hemen yanına gidip onu uyandırdı.

"Neredeyiz?" diye sordu, hâlâ omuzlarında mışıl mışıl uyuyan Hadz ve Reiki'ye hafifçe vurarak uyandırdı.

"Uyanın! Uyanın!" Charles emretti.

Teker teker gözlerini açtılar, sonra ne kadar yüksekte olduklarını fark ederek, hareket etmemeye çalışarak birbirlerine sarıldılar. Yere çakılmalarını engelleyen cam bölmeden aşağıya bakmamaya çalışıyorlardı.

"Keşke bu şeyin bir korkuluğu olsaydı!" Lia haykırdı. Artık her şeyi görebiliyordu ama bir yanı görememeyi diliyordu.

"Onu yukarıda tutan şey ne, işte ben de bunu anlayamıyorum," dedi Charles.

Brandy, Charles'a ait olan, kendisine en yakın eli tutarken, "Hiçbir zaman yükseklik hayranı olmadım," dedi.

Elinin ne kadar soğuk olduğunu hissederek, "Oh," dedi.

"Ben oraya uçup bir göz atacağım," dedi E-Z ve uçtu, sanki havadan yükselmiş gibi görünen platformun etrafında dolaştı, onu tutan hiçbir şey yoktu ve onu yerinde tutan bir çapa da yoktu.

Haruto büyükannesinin elini tuttu. Uyanması diğerlerine göre daha yavaştı. Tamamen uyanmış gibi göründüğünde tek söylediği "Olamaz," oldu. Tekrar tekrar.

"Burası Rosalie'nin seni götürdüğü Bulut Odası değil, değil mi?" Charles sordu.

Çocuklar ona tutunurken Sobo bir adım, iki adım attı. Gözlerini kapadı, sıkıca kapattı, sonra tekrar açtı.

"Ne yapıyorsun?" diye sordu Brandy.

"Kitapları arıyorum," dedi Sobo. "Eğer burası o yerse, kitaplar da olmalı. Bir sürü kitap. Ben hiç göremiyorum. Bir tane bile yok."

Hâlâ platformun yapısını inceleyen E-Z sordu: "Doğru yerde olduğumuzu hissediyor muyuz? Kitaplar gizlenmiş olabilir mi? Onları gören var mı?" diye sordu.

Herkes başını hayır anlamında salladı, o ana kadar aralarında tek bir kelime bile etmemiş olan Hadz ve Reiki bile.

Hadz ve Reiki hep bir ağızdan, "Burası hakkında içimde kötü, çok kötü bir his var," diye söylendi.

Charles konuşmadan önce tereddüt etti. "Gözlükleri taktığımda kafamda bir kütüphane gördüm ve Sobo'nun bize tarif ettiği gibiydi. Cam bir platform yoktu. Burası benim hayal ettiğim gibi bir yer değil. İlk başta gözlüğün bir hata yaptığını düşündüm ama şimdi Hadz ve Reiki'nin kötü bir hissi varsa Sobo'nun da vardır diye düşünüyorum." Sobo başını salladı ve onun titrediğini fark etti. "Sanırım buradan bir an önce çıkmamız gerekiyor."

E-Z Alfred'in kayıp olduğunu fark etti. "Alfred'e ne olduğunu bilen var mı? Buraya geldiğimizde hepimiz dokunarak bağlanmıştık. Nasıl bağlanmış olabilir?" Şimdi Hadz ve Reiki'nin kendilerinden geçmiş göründüklerini fark etti. Neredeyse uyuşturulmuş gibiydiler, gözleri başlarının arkasına kaymıştı ve uyanık kalmakta güçlük çekiyorlardı.

"Kuğuların dokunacak parmakları yoktur," diye şarkı söyledi iki melek özentisi hep bir ağızdan. Kahkahalara boğuldular ve havada kalamayacak kadar başları dönene kadar daireler çizerek döndüler ve bir ŞIP diye cam zemine düştüler.

"Tamam Charles, bu kadar kanıt benim için yeterli. Bizi tekrar eve götür - şimdi."

Raphael'in gözlüklerini çıkarmış olan Charles, E-Z'nin emirlerini yerine getirmek niyetiyle gözlüklerini tekrar taktı ve "İşte buradalar!" diye haykırdı.

"Kitapları şimdi görebiliyor musun?" Sobo sordu.

"İlk geldiğimizde göremiyordum ama şimdi görebiliyorum. Şimdi ne yapmam gerekiyor?"

"Bu hiç mantıklı değil," dedi Sobo, "neden sana gizlenip sonra ortaya çıksınlar ki? Rosalie bunlardan hiç bahsetmedi."

"Sanırım buradaki hava beynimizi etkiliyor," dedi E-Z. "Kendimi iyi hissetmemeye başladım, başım dönüyor.

Bir an önce buradan çıksak iyi olacak yoksa Hadz ve Reiki gibi yüzüstü platformda kalacağız."

Charles elini uzattı ve içine gömleğinin içine doldurduğu bir kitap uçtu. "Bizi geri götür!" diye bağırdı. Bunu ilk kez denediklerinde olduğu gibi hiçbir şey olmadı.

"Belki de el ele tutuşmalıyız," dedi Sobo. "Ve gözlerimizi tekrar kapamalıyız."

İkisini de yaptılar ve hemen ardından devasa rüzgârlar onları platformun üzerinde savurmaya başladı. Büyük bir oyundan önceki bir futbol takımı gibi birbirlerine sarıldılar. Uçup gitmemek umuduyla ayaklarını platforma bastırıyorlardı.

E-Z bir çıkış yolu bulmak için beynini zorladı. Tek yol Raphael'i kurtarmaya çağırmak için tek ve yegane şansı kullanmak mıydı? Bir görünüp bir kaybolan Charles'a baktı. "Charles!" diye bağırdı ve sonra omzunun üzerinden onlara doğru hızla gelen Bebek, Küçük Dorrit ve Alfred'i fark etti.

Alfred çığlık attı, "Sizi buradan çıkarmalıyız - hemen. Burası bir işaret feneri gibi, Öfkeliler de dahil olmak üzere tüm dünyanın görmesi için seni aydınlatıyor!"

Sobo, "Rosalie'yi tuzak olarak kullandıklarını bilmiyordum," diye hıçkırdı.

"Charles kitapları gördü ve hatta bir tane aldı. Kendimizi güvene alalım. Kimsenin suçu yok. Niyetiniz tamamen iyiydi," dedi E-Z.

"Teşekkür ederim," dedi Sobo, tıpkı Charles gibi bir görünüp bir kaybolmaya başlarken. Brandy onun elini tuttu ve Sobo artık soluklaşmayana kadar sıkıca tuttu.

Alfred, "Hadi!" dedi.

Lachie, Baby'nin sırtına atladı ve titreyen Charles'ı da yanına alarak uçmaya başladılar. Gömleğinin içinde tuttuğu kitap genişledi ve gömleğinin iki düğmesi koptu. Bebek hızını artırırken Charles bir koluyla kitabı sıkıca tuttu, diğer koluyla da Lachie'ye sarıldı.

Küçük Dorrit platforma dokunmadan eğildi, böylece diğerleri binebilirken E-Z Hadz ve Reiki'yi yakaladı. Alfred ve E-Z yan yana uçarken, gökyüzü maviden siyaha, siyahtan maviye ve siyaha dönüştü ve yıldızlar ortaya çıktı, ama onlar yıldız değildi. Onlar gözbebekleriydi. Ölüm Vadisi'nde Öfkeliler'le ilk karşılaştığında karşılaştıklarına benzeyen, sümük ateşleyen gözbebekleri.

SPLAT. SPLAT. SPLAT.

SPLAT. SPLAT. SPLAT. SPLAT.

SPLAT. SPLAT. SPLAT. SPLAT. SPL-

Charles avazı çıktığı kadar bağırdı, "EV!" Ve bu sefer işe yaradı. Tekrar evlerindeydiler. Güvendeydiler.

Haruto kollarını büyükannesine doladı.

"Tekrar eve döndüğümüz için çok mutluyum," dedi her biri diğerine.

Birkaç dakika sonra Sam ve Samantha geldi.

"Cesetlerinizi odanızda uyurken gördük. Ne yapacağımızı bilemedik," dedi Sam.

"Bu uzun bir hikâye," dedi E-Z.

Sobo Charles'a sordu: "Kitabı elinde tutmayı başarabildin mi?" Charles kitabı havaya kaldırarak, "Elbette başardım," dedi. Herkes tarafından görülebilen ve okunabilen kalın sırtlı, ciltli, büyük bir kitaptı -

Charles Dickens'ınBüyük Umutlar 'ı .

"Kendi kitaplarından birini mi getirdin?" Brandy haykırdı.

Lachie alay etti.

"I..." Charles dedi ki. "Bana herhangi bir kitap seçmemi söyledin ve ben de rastgele bunu seçtim."

"Her şeyin bir nedeni vardır," dedi Lia.

"Ama bu gerçekten çok zorlama," diye haykırdı Brandy.

"Herkes sakin olsun," dedi E-Z. "Charles bu şartlar altında elinden geleni yaptı - ve en azından kitapları görebildi. Hiçbirimiz göremedik."

"Great Expectations," dedi Alfred, "grrr-eat bir kitap!" Sesi mısır gevreği reklamlarındaki Kaplan Tony'nin İngiliz versiyonu gibiydi.

"Haklı," diye hemfikir oldu Sam ve Samantha. "Şimdiye kadar yazılmış en iyi romanlardan biri."

Charles, Raphael'in gözlüklerini çıkardı ve hemen takması için E-Z'ye geri verdi. Başını salladı ama Charles'ın hâlâ elinde tuttuğu kitabın başlığı farklıydı. Yeni başlığı yüksek sesle okudu,

" W. P. Kinsella'dan Düşler Tarlası."

"Bir de ben deneyeyim," dedi Lia, Raphael'in gözlüğüne uzanarak.

"Bekle!" Lia gözlüğü yüzünden çıkarırken E-Z bağırdı. "Takma onları. Unutma, Raphael onları sadece benim takmam gerektiğini söyledi, ama Sobo'nun rüyası yüzünden Charles için bir istisna yaptım ama bence onları elden ele dolaştırmamalıyız. Ayrıca, hepimizin kendine sorduğu sorunun cevabını zaten biliyoruz. Bu kitap, okuyucunun görmek istediği başlığa dönüşen bir kitap."

"Ya da görmesi gerekiyor," dedi Sobo.

"Ama ben Büyük Umutlar'ı görmek istemedim ya da buna ihtiyaç duymadım. Adını bile duymamıştım!"

"Ama düşünsene," dedi Sam, "gelecekte nasıl bir kütüphane olabilir. Tek yapmamız gereken bir kitabın adını bulmak ve işte, elimizde tutuyoruz."

"Yine de yazarlar için pek iyi olmaz, yani nasıl ödeme alacaklar?" Samantha sordu.

Alfred, "Nasıl olacağını bilmiyorum ve belki de burada büyük bir şeyi gözden kaçırıyoruz," dedi.

"Büyük, ne gibi?" E-Z sordu.

"Ya tam tersi yerine okuyucuyu seçen kitap olsaydı?"

"Doo-doo-doo-doo," diye şarkı söyledi Brandy, Alacakaranlık Kuşağı'nın müziğiydi bu.

"Özetleyelim. Sobo, Rosalie'nin ona Bulut Kütüphanesi'ni gösterdiği bir rüya gördü ve Raphael'in gözlükleriyle Charles bizi oraya götürebilirdi. Götürdü de, ama yer beklendiği gibi değildi. Kitapları sadece Charles görebiliyordu, o da bir tane aldı ve dönüş yolunda, Ölüm Vadisi'nde Hadz Reiki ve bana saldıranlara benzer sümüklü gözbebeklerinin saldırısına uğradık." Brandy, 'Özetle bu kadar,' dedi.

Lachie, "Merak ettiğim şey, Eriel Öfkeliler'e Raphael'in E-Z'ye gözlüklerini verdiğini söyledi mi?" diye sordu.

"Bunu asla bilemeyebiliriz," dedi E-Z, "çünkü Michael Eriel'e benimle konuşması için sadece bir şans verdi." Pencereye gitti ve dışarı baktı. "Merak ediyorum," dedi.

"Neyi merak ediyorsun?" diye haykırdı herkes.

"Eğer Öfkeliler gözlükleri ve güçlerini biliyorlarsa. Rosalie aracılığıyla bizi Bulut Kütüphanesi'ni ziyaret etmemiz için kandırdılarsa, Charles'ı da biliyor olmalılar. Bu da onun artık gizli bir silah olmadığı anlamına gelir. Nasıl bilebilirler ki? Ve yine de, göz sümükleri - bu çok fazla bir tesadüf."

"Eriel sana gözlük kullanmanı söylemişti," dedi Alfred.

"Onu gördüm, nasıl alıkonulduğunu ve Öfkeliler'e mesaj atmasının hiçbir yolu yoktu, hiçbir yolu... Michael onun her hareketini korurken olmazdı." E-Z diğerlerinin olduğu yere geri döndü. "Bu arada Alfred, bizden nasıl ayrı düştün?"

"Kara bir bulutun içinde kayboldum, ta ki Küçük Dorrit ve Bebek'i yardıma çağırana kadar, gerisini biliyorsun."

"Çok garipti," dedi Charles. "Bir an kitapları göremedim, gözlüğü çıkardım, tekrar taktım ve her yerdeydiler. Yine de onları görebilen tek kişi bendim."

"Onları görebiliyordum" dedi Baby. "Bu bana doğru uçtu," diyerek Charles'a fırlattı, o da iki parmağıyla yakaladı.

Minyatür bir kitaptı, sırtında herkesin yüksek sesle okuduğu küçük bir başlık vardı:

"Öfkeliler Hakkında Bilmek İstediğiniz Ama Sormaya Korktuğunuz Her Şey, Yazan: Anonim."

"Sayı!" Brandy haykırdı.

Charles kitabı dikkatle açarken, herkes küçük kitabın etrafında toplandı. İlk sayfa gibi ön kapağın içi de boştu. Bir sonraki sayfayı çevirdi, orada kelimeler vardı ve hemen hareket etmeye, karışmaya başladılar. Sözcükler, hangi sözcükleri ve dili temsil ettiklerini unutmuşlar gibi sayfanın üzerinde süzülüyor, karışıyor ve yeniden karışıyorlardı.

Hâlâ Raphael'in gözlüklerini takmakta olan E-Z, kelimeler yer değiştirdikçe başının döndüğünü hissetti ve gözlüklerini çıkardı.

"Sen dene," dedi Charles'a ve gözlüğü uzattı.

Charles gözlüğü taktı ve hemen çıkarıp temiz hava almak için pencereye koştu. Gözlükleri E-Z'ye geri verdi.

"Haruto gibi gözlüğü denemeyi reddeden Sobo'ya, "Şimdi sen," dedi.

"Bir deneyeceğim," dedi Lia ama kısa süre sonra Charles'a pencerede katıldı.

"Lachie?" E-Z sordu.

"Elbette," dedi, gözlüğü taktı ve hemen ardından tekrar çıkardı. "Olmaz," dedi yatağın üzerine çökerek.

"Bir de ben deneyeyim!" Brandy, E-Z gözlüğü eline tutuşturup yüzüne takarken, "Ben de deneyeyim!" dedi. "Bir dakika," dedi, 'sanırım bir şey görüyorum, bu...' ve yeşil bir madde püskürterek neyse ki bir insan yerine duvara çarptı.

Sam ve Samantha Brandy'ye, "Bizimle gel," dediler, "temizlenmene yardım edelim."

"Ah, teşekkürler," dedi E-Z, sandalyesini Alfred'e doğru çevirip gözlükleri gagasına yerleştirerek.

"Gözlük takan bir kuğu. Çok saçma!" dedi Alfred.

"Çok çalışkan görünüyorsun!" dedi Charles.

"Profesör Ludwig Von Drake'e benziyorsun!" Brandy haykırdı.

Sam, "O Donald Duck'ın öğretmeniydi" dedi.

Donald Duck'ı duyamayacak kadar genç olanlar "Oh," dediler.

"Aman Tanrım," dedi Alfred, kelimeler dönmeyi bırakıp yazarın onları yazdığı şekle geri döndüğünde. İlk iki sayfayı okudu, sonra bir sonrakini, bir sonrakini ve bir sonrakini. Tüm kitabı hızlı bir okuyucu kolaylığıyla bitirdi ve bitirdiğinde kitap kendini kapattı.

POOF

Ve gitmişti.

Alfred gözlüğü E-Z'ye geri verirken, "Bu ilginçti," dedi ve düşmemek için kendini zor tuttu.

"Yani her şeyi okudun mu?" Sam öyle dedi. "Bu gözlükler olağanüstü."

"Her şeyi hatırlıyorum ama bilgiyi işlemem ve dinlenmem gerekiyor. Burada oturup sana hepsini okumak istemiyorum. Öğrendiklerimi sıralarsam ve sonra konuşursak daha iyi olur."

"Ya," diye sordu Brandy, "bizden birinin kaçırmayacağı bir şeyi kaçırdıysan? Kişisel bir şey değil."

Alfred güldü. "Şu anda bir kuğu formunda olmam, hayatım boyunca pek çok kitap okumadığım anlamına gelmiyor. Aslında, gençken Oxford Üniversitesi'ne gittim ve onur derecesiyle mezun oldum. Edebiyat ve Sanat okudum."

E-Z, "Siz kitabı seçmediniz - kitap sizi seçti. Hiçbirimiz içindeki tek bir kelimeyi bile okuyamadık."

"Bana inandığınız için teşekkür ederim."

Lia, "Daha ne kadar düşünmek istiyorsun? Gidip şu filmi izleyebilir miyiz?"

Samantha, "Biraz daha patlamış mısır yapmam gerekecek. Diğer kâseyi çoktan yedik."

"Stresli yemek," dedi Sam sırıtarak.

"Teşekkürler," dedi Alfred. "Elimden geldiğince çabuk size döneceğim."

"İstediğin kadar zamanın var," dedi E-Z, "hazır olduğunda gel ve bize katıl."

Çete oturma odasına geçti ve filmi hazırladı. Samantha mikrodalgada biraz daha patlamış mısır yaptı. Herkes filmi izlemek için etrafta toplandı.

Alfred her zamanki yerinde bir süre uyudu, ama çoğunlukla kâbus olan rüyalar gördü ve sonunda kendini bahçeye atıp biraz temiz hava aldı. Herkes ona bağlıydı ve minyatür kitabın içindekiler zihninde dönüp dururken üzerindeki baskı giderek artıyordu.

BÖLÜM 20

FRANSA'DAN MESAJ

E-Z filmin ilk yarısını diğerleriyle birlikte izledi, sonra kendini huzursuz hissederek bazı işlere yetişmeye karar verdi. Alfred'i mışıl mışıl uyurken bulmayı umarak kafasını odasına soktu ama onu hiçbir yerde bulamadı. Endişelenerek arka kapıya gitti ve dışarı baktığında kuğunun bir çim sandalyeye uzanmış uyuduğunu gördü. Kapıyı kapatıp odasına döndü ve dizüstü bilgisayarını açıp giriş yaptı.

Zihninde birkaç kez ileri geri gidip geldi, romanını yazmaya konsantre olup olamayacağına ya da bu zamanı düşmanları The Furies hakkında daha fazla araştırma yaparak mı geçirmesi gerektiğine karar verdi. Gelen kutusuna düşen bir mesajın sesi onun karar vermesini sağladı. Aciliyeti gösteren kırmızı bir tik vardı ve eklenti içermemesine rağmen tıklamadı.

Bunun yerine önizlemede okudu. Ya da okumaya çalıştı. Mesaj tamamen farklı bir dildeydi. Fransızca olduğunu anladığı birkaç kelime gördü ve metni kopyalayıp bir arama motoruna girdi ve aşağıdaki mesajı çevrimiçi bir çevirmene yapıştırdı:

Cher E-Z Dickens,

Adım François Dubois ve yedi yaşındayım. Fransa'da, Paris'te yaşıyorum ve Superhéros ekibinizin bir parçası olmayı hedefliyorum. Ekibe hangi yetkinlikleri katacağımı sorabilirsiniz. Bu güzel bir soru ve yanıtlamaktan memnuniyet duyarım. Ama bu sitenin güvenli olup olmadığını sormak istiyorum.

Benimle daha fazla konuşmak isterseniz, doğrudan bir mektup gönderebilirsiniz. Mektup adresim ektedir. Yeni haberlerinizi almak için sabırsızlanıyorum.

Votre ami,

Francois

Gönder tuşuna bastı ve aşağıdaki çeviri geldi:

Sevgili E-Z Dickens,

Adım Francois Dubois ve yedi yaşındayım. Paris, Fransa'da yaşıyorum ve Süper Kahraman takımınızda yer almak istiyorum. Takıma hangi becerilerimi katabileceğimi sorabilirsiniz. Bu güzel bir soru ve cevaplamaktan mutluluk duyarım. Ama merak ediyorum, bu site güvenli mi?

Benimle daha fazla konuşmak isterseniz, doğrudan bana e-posta gönderebilirsiniz. E-posta adresim ektedir. Sizden haber bekliyorum.

Arkadaşın,

Francois

Merakla mesajı birkaç kez tekrar okudu ve zamanlamasını düşündü. Fransa'dan gelen bu çocuğun Öfkeliler'le komplo kurabileceğini düşünerek paranoyaklaşıp paranoyaklaşmadığını merak etti. Aşırı ihtiyatlı davransa bile buna hakkı vardı ve ekibinin lideri olarak bu tür soruşturmaların yasal olduğundan emin olmak ona düşüyordu. Bunu kontrol etmek için Sam Amca'nın yardımına ihtiyacı olacaktı ama şimdilik birkaç duyum alıp neler geleceğine bakacaktı.

Tercüme etmeden hızlıca bir mesaj yazdı. Çocuk da onun yaptığı gibi bir arama motoru kullanıp bir çevirmen bulabilir ve birkaç kez okuduktan sonra GÖNDER düğmesine basabilir.

Sevgili Francois,

Mesajınız için teşekkür ederiz. Bizi nasıl duydunuz? Saygılarımla,

E-Z.

Francois'nın cevabı o kadar hızlı geldi ki E-Z'nin şüpheleri daha da arttı. Bu kez İngilizce olarak yazılmıştı:

Sevgili E-Z,

Hızlı yanıtınız için teşekkür ederim.

Öğretmenim web sitenizi gördü ve güncel olaylar dersimizin bir parçası olarak sizi ve ekibinizi öğrendik.

Umarım yakında sizden haber alırız.

Arkadaşınız,

Francois.

Kulağa kesinlikle yasal geliyordu. Başka bir mesaj yazarak Francois'ya ekibine ne tür süper kahraman güçleri sunabileceğini sordu, böylece bunu onlarla tartışabilecekti. Birkaç dakika sonra Francois ona aşağıdaki mesajı gönderdi:

Sevgili E-Z,

Size süper kahraman yeteneklerimden bahsetme fırsatı verdiğiniz için teşekkür ederim.

Öncelikle, ben de sizin gibi her zaman bir süper kahraman olmadım. Bu ortak bir noktamız. Bu yüzden ekibiniz için iyi bir seçim olacağımı düşündüm.

Sana anlatmak yerine, göstermek istiyorum. Ekte YouTube Kanalımızı görüntülemeniz için özel bir davetiye var - babam bana yardım etti.

Bağlantı yalnızca sizin tarafınızdan kullanılabilir ve görüntüleme daveti yirmi dört saat içinde sona erecektir.

İzledikten sonra sizden haber bekliyorum.

Arkadaşınızım,

Francois.

E-Z merakla ve tereddüt etmeden linke tıkladı. Beyzbolla ilgili olduğu için cevaplamakta sorun yaşamadığı bir soruyu yanıtlamasını isteyen bir mesaj belirdi.

İçeri girdikten sonra klibe tıkladı, sesi açtı ve hemen başladı.

Gördüğü ilk kişi, ekranın altında kendisinden tercüme edilen metin aracılığıyla kendisini yedi yaşındaki Francois Dubois olarak tanıtan bir çocuktu.

Çocuk uzun boyluydu, çok uzun boyluydu. Hatta birkaç ölçüm çubuğunun yanında duruyordu. Babası, Francois'in yedi yaşında 163 santimetre (5 ft. 4 in.) boyunda olduğunu göstermek için yakınlaştırdı. Boyunun yanı sıra Francois, kızıl kahverengi saçları, burnunda koyu renk çerçeveli kalın gözlükleri, ekose gömleği, mavi kot pantolonu ve siyah ayakkabılarıyla yedi yaşındaki herhangi bir çocuk gibi görünüyordu.

"Bonjour E-Z!" Francois iki ön dişinin eksik olduğunu gösteren bir gülümsemeyle gülümsedi.

E-Z de gülümsedi ve ardından Francois ile babasının herhangi bir çeviri olmaksızın Fransızca bir konuyu tartışmalarını izledi. El hareketleri ve yüz ifadelerine bakılırsa tartışmaları hararetli görünüyordu. Francois'nın tehlikeli bir şeye kalkışmayacağını umuyordu.

E-Z, Francois'in Paris, Fransa'nın en tanınmış simgesi olan Eyfel Kulesi'ne doğru yürümeye devam etmesini izledi. Dışarıdaki bir tabelada 12-24 yaş arasındakiler için giriş ücretinin 5 avro olduğu yazıyordu. Francois gözlerini kapadı, sonra tekrar açtı. Bir dakika bekleyin. Bir şeyler değişmişti, belki de ışıklandırmaydı.

Francois başka bir tabelanın yanında konumlanırken izlemeye devam etti:

Paris Dünya Fuarı, 15 Mayıs 1889.

"WHOA!" E-Z az önce neye tanık olduğunu anlamaya çalışarak haykırdı. Zaman yolculuğu mu?

Francois gözlerini kapattı ve 12-24 yıl 5 Euro yazan orijinal tabelanın yanına geri döndü.

Kamera bulanıklaştı. Ekranın alt kısmında "Bir dakika lütfen" yazısı belirdi.

Bir klik sesiyle kamera yeniden çekmeye başladı ama bu kez Francois Notre-Dame de Paris Katedrali'nin yanında duruyordu. Katedral 2019'daki büyük yangından bu yana yeniden inşa ediliyor, iskeleler ve vinçler harıl harıl çalışıyordu.

Francois daha önce olduğu gibi gözlerini kapattı ve sonra yeniden açtı.

"Olamaz!" E-Z haykırdı.

Francois 1163 yılında, büyük Notre Dame Katedrali'nin ilk taşının yerine konulduğu gündü.

E-Z durakladı. Bu sahte olabilir miydi? Elbette olabilirdi. Günümüz teknolojisiyle herkes her şeyin sahtesini yapabilirdi. Yine de içinden bir ses bunun gerçek olduğunu söylüyordu. Yine de ikinci bir görüşe ihtiyacı vardı. Sam Amca'ya ihtiyacı vardı.

Ekranda duraklatılmış Francois'ya bakan E-Z başlat düğmesine bastı. Klip biterken Francois el salladı.

E-Z tıkladı ve gelen kutusuna döndü. Cevabı zorladı ve Francois'ya aşağıdaki e-postayı yazdı:

Sevgili Francois,

Süper gücünü görmeme izin verdiğin için teşekkürler. Takımla konuşmam gerek. Sizi kabul etmeye karar verirsek, bize ne zaman katılabilirsiniz?

Arkadaşın,

E-Z

Bir saniye bekledi ve gönder tuşuna basmadan önce mesajını tekrar okudu. EĞER'i NE ZAMAN olarak değiştirmeyi düşündü. Kararsız kalınca Francois'in zaman yolculuğu süper gücünü düşündü. Çocuk takıma harika bir katkı olabilirdi.

Yine de ikinci bir görüş alması gerekiyordu. Daha fazla düşünmeden önce. Sam'e mesaj attı, "Bir saniyen var mı?"

Posta kutusunda yeni bir e-posta belirdi:

MERHABA E-Z,

Eğer beni takıma kabul edersen, gelip beni alabilir misin?

Arkadaşın,

Francois.

Bu konuda biraz düşünmesi gerekti.

Cevap verdi:

En kısa zamanda size döneceğim.

Arkadaşın,

E-Z.

Sam mutfağa girdi, "N'aber ufaklık?"

"Seni filmden alıkoyduğum için üzgünüm."

"Zaten uyukluyordum, dikkatimin dağılmasına sevindim."

"Fransa'daki bir çocuktan web sitemiz aracılığıyla ekibimize katılmak istediğini belirten bir e-posta aldım. O ve babası bir klip hazırlamışlar, ben de izledim. Etkileyici yetenekleri var. Bir göz atın ve ne düşündüğünüzü bana bildirin."

Sam klip boyunca sessiz kaldı. Bittiğinde tekrar izlemek istedi.

İkinci kez bittiğinde E-Z, "Ne düşünüyorsun?" diye sordu.

"Bence gördüğümüz şey etkileyici. Fransa'dan zaman yolculuğu yapan bir çocuk."

"Takımımızda böyle bir süper güç gerçekten işimize yarayabilir."

"Kesinlikle," dedi Sam. "İşte bu yüzden bu konuda şüphelerim var. Delikanlıyla yazıştınız mı?"

E-Z o ana kadar söylenenleri gözden geçirdi.

"Hayatınız boyunca süper güçlere sahip olmadığınızı nereden biliyor?" diye sordu.

"Evet, ben de öyle düşünmüştüm. Ama bence bu makul bir varsayım. O zeki bir çocuk."

"Doğru," dedi Sam. "Etrafa bakıp ne bulabileceğime bakabilir miyim?"

E-Z başını salladı ve Sam dizüstü bilgisayarının kontrolünü ele aldı. Yasal gibi görünen IP adresini kontrol etti. Paris'teki konumunu takip etmekte hiç zorlanmadı.

Francois'nın adını aradı, hangi okula gittiğini öğrendi. Basketbol oynadığını öğrendi. Hecelemede zeki olduğunu öğrendi. Başını belaya sokacak gibi görünmüyordu.

Sonra Sam, Francois beş yaşındayken ölen annesinin ölüm ilanını buldu. Ölüm nedeni belirtilmemişti ama bağışların Paris Meme Kanseri Vakfı'na yapılması isteniyordu.

"Her şey yasal görünüyordu," dedi Sam.

"Yine de nasıl emin olabiliriz? Gereksiz yere risk almak istemiyorum."

"Kesin olarak bilmenin tek yolu çocukla bizzat görüşmek olacaktır." Tereddüt etti, "Hm, ne zaman gelip onu alabileceğinizi sordu. Şimdi düşündüm de, zaman yolcusu bir çocuğun bunu önermesi oldukça tuhaf."

"Evet, ben de böyle düşünmemiştim."

"Kesin olan bir şey var E-Z, eğer onu biri alacaksa, bu ben olacağım. Sana burada ihtiyaç var."

"Teklifin için minnettarım Sam Amca ama hayatını tehlikeye atmak gibi bir seçeneğin yok."

"Tamam," dedi Sam. "Alfred'den haber aldın mı?"

Alfred paytak paytak mutfağa girdi. "NE?" diye sordu.

ZAP

Küçük, beyaz, pofuduk bir kedi yavrusu geldi.

"Bonjour E-Z, je m'appelle Poppet. Francois m'envoie."

E-Z'nin tek söylediği "Oh be," oldu.

Hemen Francois'dan bir e-posta geldi ve şöyle yazıyordu:

"Oraya sağ salim ulaştı mı?"

Sam Amca, "Bu sorumuzu yanıtlıyor," dedi.

E-Z "Evet, o burada" diye yazdı.

ZAP

Poppet ortadan kayboldu.

"Bu çok havalı," diye yazdı Francois. "Hazır olduğunuzda, beni takımınızda isterseniz, ben de bir deneyeceğim."

"Şimdilik sıkı durun," dedi E-Z.

"Poppet nerede yaşadığımızı nereden biliyordu?" Sam sordu.

"Bunu bilmiyorum."

BÖLÜM 21
FRANCOIS KARARI

Ertesi gün E-Z acil bir grup toplantısı düzenledi. Herkes yerine oturduktan sonra doğrudan konuya girdi.

"Potansiyel yeni bir üye ekibimize katılmak istedi. Sam ve ben başvurusunu inceledik ve her şey yasal görünüyor."

"Ben de aynı fikirdeyim," dedi Sam.

E-Z başını salladı, "Francois bir zaman yolcusu."

"Vay canına!" dedi Lia.

"Müthiş!" Lachie de öyle dedi.

"Zaman yolcusu nedir?" diye soran Charles dışında diğerleri de benzer yorumlar yaptı.

"Sensin!" Brandy söyledi.

"Bir zamandan diğerine yolculuk yapan kişi," dedi Lia.

"Belki şu klibe bir göz atarsan daha iyi anlarsın, hepimiz onun neler yapabileceğini daha iyi anlarız." Alfred'e baktı, "Ama Francois hakkında konuşmadan önce sözü Alfred'e vermek istiyorum, böylece kitapta keşfettikleri hakkında bizi bilgilendirebilir. Söz sende Alfred."

Tüm gözler ona çevrildiğinde trompetçi kuğu boğazını temizledi.

"Her şeyi gözden geçirdim, önden, arkadan, yandan ve korkarım ki pek yardımcı olmadı. Öfkeliler'e belirli bir görev verildiğinden ve onlar da buna bağlı kaldıklarından (her ne kadar kuralları esnetiyor olsalar da) Zeus'un onları yaptıklarından dolayı cezalandırabileceğini bile sanmıyorum."

"Bunun umutsuz olduğunu mu söylüyorsun?" diye sordu Brandy.

"Hayır, umutsuz olduğunu söylemiyorum ama bir çıkış yolu göremiyorum. Tabii bizim bildiklerimizi bilmiyorlarsa."

"Hangisi?" Brandy sordu.

"Eriel'in planını. Onları nasıl kullandığını. Eriel'in nerede olduğu. Nasıl iletişim kuramadığı."

"Doğru, neden onlarla iletişim kurmadığını merak ediyor olmalılar," dedi Lachie.

"Ve bu da güvensizlik yaratabilir," diye ekledi Brandy.

"Ya," dedi Sam, 'bu bilgi onlara sızdırıldıysa?' 'Ben de aynı şeyi düşünüyordum,' dedi Samantha. "Belki o olmadan kuyruklarını kıstırıp kaçarlar."

"Ama tam tersi de olabilir. Onlara tasma takan o olmazsa, kaçabilirler. Kim bilir ne yaparlar!" E-Z dedi k i.

"Şimdiden bir sürü ruh topladılar," dedi Lia. "Bence E-Z haklı. Onun devre dışı kaldığını bilmek onları daha cesur yapabilir."

Alfred konuşmanın duvara tosladığını fark etti, "O halde Francois'nın süper güç becerilerinden bahsedelim. O bir zaman yolcusu. Bize nasıl yardım edebilir?"

"Bir şey daha var," diye başladı E-Z, "bunu fark eden Sam Amca, o yüzden belki de bunu açıklayacak en iyi kişi o olabilir."

"Hayır, sen devam et," dedi Sam.

"Francois buraya bir kedi yavrusu gönderdi."

"Bir kedi yavrusu mu?" Sobo sordu.

"Evet. Adı Poppet'ti ve mutfağa geldi. Francois'dan hemen bir mesaj aldım ve sağ salim gelip gelmediğini sordum. Merhaba dedi - evet, konuşabiliyordu. Sağ salim geldiğini teyit ettikten sonra tekrar dışarı çıktı.

Sam'in daha sonra sorduğu soru, nerede yaşadığımızı nasıl bildiğiydi?"

"Dur bir dakika," dedi Charles. "Biri bana adresinizin internette yayınlandığını söylemedi mi?"

"Bunu ben de duydum," dedi Brandy.

Sam, "Vay canına, yıllar önceymiş gibi geliyor ama doğru" dedi.

Sam'in etrafında toplandılar ve evlerinin dünyadaki herkesin görebilmesi için internet sitesine bağlandığını gördüler.

"Bu konuda hiç şüphe yok. Kim olduğumuzu biliyorlarsa, nerede olduğumuzu da biliyorlar demektir," dedi Sam. "Tabii..."

"Neye kadar?" E-Z sordu.

"Tabii bizim düşündüğümüz kadar teknoloji meraklısı değillerse."

Sobo, "Bir düşmanı asla hafife almayın. Değersiz kötüler bu şekilde kahraman olurlar."

E-Z, "Tamam, önce Francois'in zaman yolculuğunu izleyelim, sonra da Öfkeliler'i yenmemize nasıl yardımcı olabileceği konusunda beyin fırtınası yapalım," dedi.

Klibi sessizlik içinde izlediler. Bittiğinde E-Z, "Ben listeyi yazacağım. Kim başlamak ister?"

"Hayır," dedi Sam. "Bence eski usulle yazmalıyız. Bilirsiniz, kalem ve kağıtla." Mutfak çekmecesine uzandı ve alışveriş listeleri için kullandıkları bir not defteri ile bir kalem çıkardı. "Sen devam et ve beyin fırtınası yap, ben sekreterlik yapacağım. Üstelik bana maaş ödemek zorunda da değilsin."

Birkaç kahkaha ve kıkırdamadan sonra fikirler akmaya başladı:

#1. Francois zamanda geriye gidebilir, PJ ve Arden'e ne olduğunu öğrenebilir ve bunu durdurabilirdi.

#2. Francois zamanda geriye gidebilir ve tüm çocukların öldürülmesini engelleyebilir.

#3. Francois zamanda geriye gidip E-Z'nin ailesinin öldürülmesini ve kazanın gerçekleşmesini engelleyebilir.

#4. Aynı şekilde Lia'nın kazasını da.

#5. Aynı şekilde Alfred'in ailesinin kazası.

#6. Aynen: Lachlan'ın kafese kapatılması.

Ara.

Haruto yeni ailesiyle mutluydu. Hikayenin sonu.

Brandy ölüp tekrar hayata dönebilmekten memnundu, ancak seçme gününe geri dönmenin uygun bir seçenek olup olmadığını sordu. Bu isteği oybirliğiyle reddedildi.

Charles'ın da pişmanlığı yoktu.

Beyin fırtınası oturumu yeniden başladı:

#7. Francois, kendilerine bir Aşil Topuğu verilmesini sağlamak için Öfkeliler'in yaratılmasından önceki zamana geri dönebilir.

#8. Francois zamanda geriye giderek Eriel'in Öfkeliler'le tanıştığı ilk güne gidebilir. Bir casus olabilir. Ya da hiç tanışmadıklarından emin olabilir mi?

#9. Poppet içeri girip çıkabiliyorsa Francois da aynısını yapabilir miydi?

Alfred dedi ki, "Dur bir dakika. Bu tamamen çılgınca ama ya Francois geri dönüp The Furies'in varlığını iptal ederse?"

"Vay canına, bu harika bir fikir!" E-Z dedi ki. "Ama zaman yolculuğu hakkında okuduğum tüm hikayelerde, hayatlarla oynamak ve olayları değiştirmek her zaman hoş karşılanmaz."

"Evet, bunu Geleceğe Dönüş'ten hatırlıyorum. Ama kişisel deneyimlerime göre," diye açıkladı Brandy, "öldüğümde ve tekrar geri döndüğümde, sanki ölümümle sonuçlanan olaylar hiç yaşanmamış gibi oluyor. Bir rüya gibi, ne demek istediğimi anlıyor musun?"

"Sam gerindi ve esnedi. "Bebekler yakında uyanacak. E-Z'nin liderlik sınırlarını aşmak istemem ama bence herhangi bir eyleme geçmeden önce biraz düşünmemiz gerekiyor."

"Katılıyorum. Mükemmel bir beyin fırtınası seansı için herkese teşekkürler," dedi E-Z.

Ve toplantı sona erdi.

BÖLÜM 22

SICAK SÜT

İlave diğerleri günü kendi işlerini yaparak geçirdiler. Akşam yorgunluktan bir o yana bir bu yana dönüp durdu, ama uyuyamadı. Saatlerce uykusuz kaldıktan ve sürekli endişelendikten sonra hayal kırıklığına uğradı, biraz sıcak süt içmek için aşağı indi.

Mikrodalgaya bir fincan attı, 40 saniyeye bastı ve ardından başlat düğmesine bastı. Saat geri sayarken, 33 sayısı görünene kadar 39, 38, 37, 36, vs. sayılarını izledi. Bu gördüğü son rakamdı.

"Merhaba Küçük Dorrit," dedi, keşke bornozunu giyseydim. "Nereye gidiyoruz?"

"Bir görevdeyiz," dedi tek boynuzlu at. "Nereye gidiyoruz?"

"Kim olduğunu bilmiyor musun?"

"Hayır. Sen beni çağırdığında ben kendi işime bakıyordum Lia, hatırlamıyor musun?"

"Seni ben çağırmadım," dedi Lia. "Henüz uyumadım. Bu çok tuhaf."

Tek boynuzlu at havada dondu.

WHOOSH

Küçük Dorrit son sürat havalandı.

"Argghh!" Lia can havliyle tutunarak bağırdı. "Neler oluyor? Neden bu kadar hızlı gidiyorsun?"

"Bilmiyorum," dedi tek boynuzlu at. "Sanki biri ya da bir şey beni kontrol altına almış gibi." Birkaç dakika önce yaptığı gibi durmaya çalıştı. Şimdi ne yaparsa yapsın duramıyordu. Ne de yavaşlayabiliyordu.

"Sıkı tutun!" Vücudu baş aşağı öne doğru yuvarlanmaya başladığında Küçük Dorrit bağırdı. "Olamaz!"

Lia çığlık attı ama canını kurtarmak için tutundu. Sonunda yuvarlanmayı bıraktılar, ama yavaşlamak yerine daha da hızlandılar.

Gece gündüze dönerken uçmaya devam ettiler. Güneş gökyüzünde yükseldikçe aralarındaki mesafe de azalıyordu.

"Derim yanıyor gibi hissediyorum!" Lia haykırdı.

"Kürküm de öyle," dedi Küçük Dorrit. "Dur da bizi tekrar döndürmeyi deneyeyim." Denedi ve daha önce olduğu gibi tepetaklak yuvarlandılar, tepetaklak yuvarlandılar ve kızgın güneşle aralarındaki boşluğu kapattılar.

"Geri dönmek zorundayız!" Lia çığlık attı. "Dönmezsek işimiz biter."

"Ama duracak gibi görünmüyorum. Hiçbir şey yapamıyorum. Bekle, Baby'den yardım isteyeceğim."

Arka planlarında alev alev yanan güneşle birlikte üç kanatlı yaratık belirdi. Kararmış cüppeleri vücutlarının etrafında dönüp dururken el ele tutuştular.

ŞAP!

SNAP!

ŞAP!

Havayı dolduran ses, Lia ve Küçük Dorrit'in bir çekici ışının üzerindeymiş gibi ona doğru çekildikleri sırada şaklayan bir kırbacın sesiydi. Güneşin pençeleri onlara doğru uzanıp varlıklarını parçalamakla tehdit ederken fırtına görünmese de gök gürlüyordu.

"İşimiz bitti!" dedi Lia. "Bizi kurtarmaya çalıştığın için teşekkürler." Tek boynuzlu ata sarıldı. "Keşke dizginlerin olsaydı. O zaman belki seni geri döndürebilirdim."

ZAP!

Dizginler ortaya çıktı.

Lia ellerini dizginlere doladı, ama dizginleri kontrol altına alamadan dizginler eriyip yok oldu.

"Haklısın, sanırım işimiz bitti," dedi Küçük Dorrit. Gözlerinden cam gözyaşları akıyordu.

BONJOUR

Francois ortaya çıktı, "Yardımcı olabilir miyim?"

"Elbette edebilirsin," diye haykırdı Lia. "Bizi buradan çıkar!"

"Gözlerinizi kapatın ve sıkı tutunun," dedi Francois.

Lia ve Küçük Dorrit korkudan titriyordu.

DING. DING. DING.

Mikrodalga. Mutfak.

Lia yere düştü.

Küçük Dorrit güvenli bir şekilde serin bir dereye indi, orada su sıçrattıktan sonra eve doğru yola koyuldu.

"Nerelerdeydin?" Bebek sordu.

"Sanırım mesajımı almadın. Boş ver. Çok yorgunum," dedi Küçük Dorrit. "Sabah sana anlatırım."

BÖLÜM 23

SONRAKİ GÜN

Kahvaltı hazırlama sırası Sobo'daydı, Lia'yı yerde katılmış bir yün yumağı gibi yuvarlanmış halde bulan da oydu.

Sobo bir çığlık attı, "Çabuk gelin! Lia'mızın yardıma ihtiyacı var!"

İlk gelen Samantha oldu. Hemen dudaklarını Lia'nın alnına bastırarak ateşini kontrol etti, ardından kocasına bağırarak termometre getirmesini istedi.

"Ateşi 107.7," diye doğruladı Sam. "Onu hastaneye götürmeliyiz."

Sam Lia'yı kucağına alıp kanepeye yatırırken Samantha 911'i aradı ve ambulansı beklediler.

Karısı ve Sobo baygın haldeki Lia'yı sedyeye taşıyan sağlık görevlilerini takip ederken Sam, "Ben kaleyi korurum," dedi.

Ambulans siren çalarak kaldırımdan uzaklaşırken Lia gözlerini açtı ve doğrulmaya çalıştı.

"Kendimi iyi hissediyorum," dedi.

Sağlık görevlisi ateşini tekrar kontrol etti ve normaldi. Omuzlarını silkti.

Hastaneye vardıklarında Lia eski haline dönmüştü ve artık eve dönmek istiyordu.

"Hayati değerleri şu anda iyi olsa da, bizi aradığınıza göre, bunu takip etmemiz gerekiyor. Lia hastaneye yatırılacak ve nöbetçi doktor tarafından her şey yolunda denildikten sonra eve gitmesine izin verilecek."

Şoför kapıları açarken katılımcı, "En azından içeri girmeme izin verin," dedi.

"Hayır, küçük hanım sen olduğun yerde kal," dedi şoför, sedyeyi ve içindekini içeri taşımaya hazırlanırken, Samantha ve Sobo da onları takip ediyordu.

Samantha Sam'e bir güncelleme mesajı attı. Sam bir başparmak yukarı emojisiyle cevap verdi, tam da o sırada dışarı çıkmakta olan PJ ve Arden'ın ailesiyle karşılaştı.

"Uyandılar! Oğullarımız uyandı!"

"İkisi de mi?" Samantha, bu son bilgiyi yeğenini uyandırıp ona iyi haberi veren Sam'e aktarırken haykırdı.

"Hemen geliyorum!" E-Z bir taksi çağırdıktan sonra konuştu.

BÖLÜM 24
HASTANE

E-Z en iyi iki arkadaşını görmeye gidiyordu. Taksideyken zihni sürekli iyi haberi tekrarlayıp duruyordu. Çok şey olmuştu. Kaçırdıkları çok şey vardı. Onlara söylemesi gereken o kadar çok şey vardı ki. Onlara söylemek istediği.

Hemşire "Hangi oda olduğunu biliyor musunuz?" diye sordu.

Hayır dedi ve hemşire hemen odayı buldu. Ona teşekkür ettikten sonra asansörü yakaladı ve onlara bir şey alıp almayacağını düşünerek odalarına doğru ilerledi. Çiçek mi? Şeker. Bir şeye ihtiyaçları olup olmadığını sormaya karar verdi.

Kapılarının hemen önüne geldiğinde içeriden gelen sesleri duydu ve varlığını belli etmeden önce birkaç dakika kulak kabarttı. Sonra derin bir nefes aldı, duygularının onu ele geçirmesini engellemeye çalıştı - duygusal davranıp kendini utandırmak istemiyordu...

"İçeri gel seni koca yumuşak!" PJ dedi ki.

"Ahhhhh, bizi özledi!" Arden dedi ki.

"O kadar güzellik uykusundan sonra daha yakışıklı olmanız gerekmez mi? Bu arada, ikinizin de tıraşa ihtiyacı var!"

Arden, "Sizi gölgede bırakmak istemiyoruz ve ben de bıyıklarımın verdiği hisle yaşıyorum," dedi.

"İlgiyi sevdiğini biliyoruz! Gördüğüm kadarıyla şişe fırçanın da kesilmeye ihtiyacı var!"

Odaya yeni dönen PJ'in annesi E-Z'ye, sadece birkaç saattir uyanık oldukları için çocukların aşırıya kaçmalarını istemediklerini fısıldadı.

Kısa bir süre sohbet ettikten sonra E-Z her iki arkadaşına da sarıldı ve gitmesi gerektiğini söyledi. "Geri döneceğim," diye söz verdi, "ve gizlice bir iki hamburger atıştıracağım - hastane yemeklerinin gerçekten çok kötü olduğunu duydum."

"Yapmayacaksın!" Arden'in annesi de odaya döndüğünde "Yapmayacaksın!" dedi.

Sandalyesini geri çekti, Arden'in annesi ona bakıyordu, iki arkadaşı ellerini birleştirmiş, lütfen onlara yemek getirmesi için yalvarıyorlardı.

Koridorda ilerlerken onları ne kadar özlediğine ve ne kadar iyi göründüklerine inanamıyordu. Asansörle Acil Servis'e indi ve Samantha ile Sobo'yu orada buldu.

"Herhangi bir haber var mı?" E-Z sordu.

"İyiydi, öfkeliydi, onu kontrol etmek için kalmasını istiyorlardı," dedi Samantha. "Ama her şey yoluna girdiğinde ve buradan çıkabildiğimizde kendimi daha iyi hissedeceğim."

"Ben de," dedi E-Z. "Gidip bir bakayım." Koridor boyunca ilerledi. Kabul öncesi istasyonlar olduğunu düşündüğü perdeli bir alanın içindeki sesleri dinleyerek ilerledi. Sonunda içeriden Lia'nın sesini duydu ve içeri girdi.

"Lütfen dışarıda bekleyin," dedi Hemşire.

"Ama o benim kız kardeşim."

"Eve gitmek istiyorum - hemen!" diye bağırdı, sonra kollarını göğsünde kavuşturdu.

"Doktor taburcu edilebileceğinizi söyler söylemez taburcu edileceksiniz. Ve bir an bile erken değil."

"Nasılsın? Annem senin için endişeleniyor."

"İkinizi sohbet etmeniz için yalnız bırakayım," dedi hemşire. "Doktor çok yakında burada olur. Sakin kalmasını sağlayın."

"Ah, teşekkürler," dedi E-Z.

Hemşire gittikten sonra birbirlerine sarıldılar.

"Küçük Dorrit ve ben neredeyse güneşten yanıyorduk!" dedi. E-Z'ye her şeyi başından sonuna kadar olduğu gibi anlattı.

"Seni kurtaranın Francois olması ilginç."

"Nasıl bildi bilmiyorum. Küçük Dorrit ve ben öleceğimizi sanmıştık. Kesinlikle Öfkeliler'di. Bizi yakmak istediler! Yanıyorduk. Onlar korkunç, kötü cadılar!"

"Yılanlar var mıydı?" E-Z sordu

"Yılanlar ve kırbaçlar."

"Kulağa The Furies gibi geliyor." E-Z tereddüt etti. Konuyu değiştirdi. "PJ ve Arden'i duydun mu?"

Kadın başını salladı.

"Uyandılar!"

"Yok artık! Sence de garip bir tesadüf değil mi? Küçük Dorrit ve beni ortadan kaldırmaya çalışıyorlar, bu arada komadaki iki arkadaşımız uyanıyor."

"Haklısın, bence hepsi birbiriyle bağlantılı."

Samantha perdeyi geri itti, "Ne bağlantılı?" Kızına sarıldı. "Şimdi nasıl hissediyorsun bebeğim?"

"Ben bebek değilim," dedi Lia. "Ama kendimi daha iyi hissediyorum ve eve gitmek istiyorum. PJ ve Arden'i ziyaret ettikten sonra."

Sobo içeri girdi. Lia'ya sarıldı.

"Sana ne oldu?" diye sordu.

Lia yine her şeyi anlattı. Annesi bunu Sobo kadar iyi karşılamadı. E-Z koşarak geldi ve Sam'e bir bardak su doldurdu. Oysa Sobo'nun bir sürü sorusu vardı. "Mikrodalgada süt mü ısıtıyordun?"

Lia başıyla onayladı.

"Ve işte o zaman mutfaktan dışarı mı fırladın?"

"Evet, doğruca Küçük Dorrit'in sırtına. Küçük Dorrit onu çağırdığımı söyledi ama çağırmamıştım."

"Peki sonra ne oldu?" Sobo sordu.

"Şey, Küçük Dorrit uçuyordu ve sohbet ediyorduk ve ikimiz de nereye ya da neden gittiğimizi bilmediğimiz için geri dönmeyi düşünüyorduk. Sonra bir baktık ki, Küçük Dorrit ve ben geri dönecek gücümüz olmadan güneşe gittikçe yaklaşmaya zorlanıyoruz."

"Ama sen ve Küçük Dorrit Öfkeliler'in kriterlerine uymuyorsunuz. İkinize de dokunamamaları gerekir!" E-Z haykırdı.

Samantha, "Belki de bu sadece bir tesadüftür.

Sobo daha önceki tavsiyesini tekrarladı: "Asla bir düşmanı hafife alma."

Lia'nın eve gitmesine izin verildikten sonra, E-Z ile birlikte PJ ve Arden'a içeri gizlice soktukları çizburger ve patates kızartmalarıyla sürpriz yaptılar.

Samantha, Sobo ve Lia'yla birlikte taksiyle eve dönerken E-Z tek bir şey düşünüyordu, sadece tek bir şey. Öfkeliler Lia ve Küçük Dorrit'e saldırmış ve başarısız olmuşlardı. Sadece başarısız olmakla kalmamışlardı - Francois sayesinde - ama bir şekilde evren PJ ve Arden'ı geri göndermişti.

Tesadüf müydü? Hiç sanmıyordu. Bunun yerine, inanmak istediği şey, Öfkeliler'in görev alanlarının dışına çıktıklarında güçlerinin azalmasıydı.

Her iki durumda da, o ve ekibi bu durumdan faydalanmak için her an hazır olmalıydı.

Bu onların tek şansı olabilirdi.

Onların lehine olan tek avantaj.

BÖLÜM 25

SOBO

Herkes toplantı için içeri girmeden önce Sam E-Z'ye "Bir soru daha sormamgerekiyor ," diye sordu.

"Tamam, sor bakalım," dedi E-Z.

"Rosalie'nin Francois'dan neden haberi olmadığını merak ettim."

Brandy ve Lia mutfağa girmeden önce E-Z ancak "Ben," diyebildi.

"Bize aldırmayın," dedi Brandy, buzdolabını açıp portakal suyunu çıkardı ve kabı geri dönüşüm kutusuna atmadan önce bitirdi.

E-Z, "Önce onu durulamalısın," dedi ve Brandy de öyle yaptı. Sonra bir sandalyeye çöktü ve elinin tersiyle ağzını sildi.

"Özür dilerim, kabalık etmek istememiştim, biliyorsunuz aniden durdum. Sam Amca'nın endişelerini tartışmak için hepimizin burada olmasını istedim."

"Yeterince makul," dedi Lia, Brandy'nin yanına oturarak.

Diğerleri de birer birer gelip masanın etrafındaki yerlerini aldılar.

E-Z, PJ ve Arden'in mucizevi iyileşmeleri hakkında herkesi bilgilendirerek söze başladı ve bunu, henüz onlarla tanışmamış olanlar da dahil olmak üzere herkesin coşkulu alkışları izledi.

"Sıradaki gündem maddesi, ki bence bu iki konu birbiriyle bağlantılı olabilir, Lia ve Küçük Dorrit evden ayrılmaları için kandırıldılar ve hayatları tehlikeye girdi. Eğer Francois olmasaydı, sorumlu olduğunu düşündüğümüz Öfkeliler bunu başarabilirdi."

"Bravo Francois!" dedi Charles.

"Nasıl kandırıldınız?" Brandy sordu.

"Nerede oldu bu?" Lachie sordu.

"Lia, anlatmak ister misin?" E-Z sordu. Lia başını hayır anlamında salladı. "Eğer bir şey kaçırırsam atla," dedi. Devam etti ve neler olduğunu ve neden Öfkeliler'in sorumlu olduğunu düşündüklerini açıkladı.

"O zamandan beri Öfkeliler ve görevleri hakkında düşünüyordum. Bildiğimiz gibi, buna uymak zorundalar. Lia ve Küçük Dorrit'i öldürmeye çalıştıklarında kuralları çiğnediler. Lia'yı ya da Küçük Dorrit'i öldürmeye çalışmak için ne gibi bir sebep gösterebilirlerdi? Sadece görevlerine karşı gelmekle kalmadılar, aynı zamanda başarısız oldular. Şimdi tam olarak aynı anda olanları düşünün - yani elbette PJ ve Arden - komalarından çıktılar. Tesadüf mü? Bence değil.

"Ve zihnimde onları birbirine bağladıkça, Öfkeliler'in zayıflıyor olabileceğini daha çok merak ediyorum. Eğer haklıysam, şimdi onları alt etmemiz için doğru zaman olabilir."

"Bu mümkün," dedi Alfred, "ama okul günlerimde Einstein hakkında bir şeyler okuduğumu hatırlıyorum - bu da aksini kanıtlayabilir. Demek istediğim, Öfkeliler hiç de öyle olmayabilir. Uzay-zaman sürekliliğinde bir bozulma olabilir. Francois onları kurtarabildiğine ve hiçbirimiz bunun olduğunu bilmediğimize göre, araştırmaya değer bir olasılık gibi görünüyor, öyle değil mi?"

Sam adımlarını hızlandırdı. "Öfkeliler hakkında bildiklerimiz ve Einstein hakkındaki çalışmalarımdan hatırladıklarım göz önüne alındığında, uzay zaman sürekliliğini bükme şansına sahip olmak için Lia ve Küçük Dorrit'in ışıktan daha hızlı seyahat ediyor olmaları gerekirdi - saniyede 186.282 mil. Eğer o kadar hızlı gidiyor olsaydınız, zamanda ileri değil geri giderdiniz."

"Hızlı gidiyorduk ama o kadar hızlı değil," dedi Lia.

"Bize neler olduğunu tekrar anlat Lia. Kare kare. Francois'nın ortaya çıktığı ana kadar," dedi Alfred.

Lia'nın hikâyesi mutfakta başladı ve hastanede sona erdi.

Herkes elini kaldırarak Öfkeliler'in sorumlu olduğuna inandıklarını söyledi ama yine de kimse Francois'nın neden bildiğini ya da nasıl çağrıldığını açıklayamadı.

"Onu sen mi çağırdın?" E-Z sordu. "Yani, o nereden biliyordu? Bunu ona sormak niyetindeyim."

"Bu da beni bugün başladığımız yere geri getiriyor," dedi Sam. "Benim sorum da Rosalie'nin Francois'dan neden haberi olmadığı."

"Peki Küçük Dorrit nasıl?" Sobo sordu.

"Francois'yı bilmem ama bu sabah biraz ot almak için dışarı çıktığımda tek boynuzlu at uyuyordu."

"Ah, bu iyi," dedi Lia.

"Belki doktorların PJ ve Arden'in neden uyandıklarına dair bir açıklamaları vardır?" Sam sordu.

"Bu doğru, olabilir, ama bunun bizim için ne kadar önemli olduğunu anlamıyorum. Pek bir önemi yok. Asıl mesele şu ki, onlar uyandılar ve biz hâlâ onlardan Öfkeliler'in sorumlu olup olmadığını bilmiyoruz. Ancak elimizde diğer çocuklara yaptıklarına dair kanıtlar var ve öyle ya da böyle bunu onlara ödetmeliyiz. Ve onları durdurmak zorundayız."

"Belki de doktorların PJ ve Arden'in neden uyandıklarına dair bir açıklamaları vardır?" Sam sordu.

"Bu doğru, olabilir, ama bunun bizim için ne kadar önemli olduğunu anlamıyorum. Pek bir önemi yok. Asıl mesele şu ki, onlar uyandılar ve biz hâlâ onlardan Öfkeliler'in sorumlu olup olmadığını bilmiyoruz. Ancak elimizde diğer çocuklara yaptıklarına dair kanıtlar var ve öyle ya da böyle bunu onlara ödetmeliyiz. Ve onları durdurmak zorundayız."

"İşte! İşte!" Charles elini masaya vurarak şöyle dedi.

"Francois hakkında biraz daha konuşabilir miyiz?" diye sordu Brandy.

"Ya onu ekibin bir üyesi olarak kabul etmezsek bize hiçbir şey anlatmak istemezse?" diye sordu Charles.

"Charles haklı bir noktaya değindi," dedi E-Z. "Bunu Francois ile bir test olarak kullanmaya hazırım. Eğer bize bildiklerini anlatmazsa, o zaman belki de bizden biri olmaması gerekiyordur."

"Ya gerçekten iyi bir yalancıysa?" Brandy sordu. "Ve bazı insanlar mükemmel yalancılardır."

Lia, "Neden bir Zoom çağrısı yapmıyoruz? Hepimiz onunla sohbet edebilir, ne hakkında olduğunu görebilir ve sonra oylayabiliriz? Ben zaten evet oyu vermeye hazırım."

"Hayır," dedi E-Z. "Charles, Haruto, Lachie ya da Brandy hakkında bir şey bilmesini istemiyorum. Şu anda bildiği tek şey internette bulabildikleri."

"Ama yine de," diye araya girdi Sam, "Poppet evimize girmeyi başardı."

"Evet, o da var," dedi E-Z.

"Ayrıca, Küçük Dorrit'i ve beni kurtardı - yani onun hakkında bir şeyler biliyor."

"Dönüp dolaşıp aynı yere geliyoruz gibi hissediyorum," dedi Alfred. "Bu arada daha fazla çocuk ölüyor ve ölen başkalarına ait olan Ruh Yakalayıcılara giriyor," dedi Alfred. "Kitaptaki bilgileri deşifre ettikten sonra daha ileride olacağımızı umuyordum."

"Dur bir dakika," dedi E-Z. "Bugün Hadz ve Reiki'yi gören oldu mu?"

Kimse görmemişti.

E-Z'nin telefonu çaldı. PJ ve Arden'dan uzun bir mesaj geldi:

"Nasıl olduğunu sormayın ama The Furies'in size doğru geldiğini biliyoruz. Ve evet, bir planımız var. Onları gördüğünüz anda bilmemiz gerekiyor. Bize bir mesaj gönderin - ve Haruto'ya."

E-Z cevap verdi. "Ne????"

"Bize güven," diye mesaj attı PJ.

İkisi de başparmaklarını yukarı kaldırdı ve sonra Haruto ile diğerlerine durumu açıkladı.

Öfkeliler'in düşmanlarının topraklarında ve liderleri Eriel olmadan savaşa başlamaya hazırlandıklarını bilmek E-Z'yi endişelendiriyordu. Yine de PJ ve Arden sayesinde sürpriz yapma şanslarını kaybetmişlerdi.

Hâlâ oturup onların gelmesini beklemek pek de iyi bir strateji değildi.

Ama şimdi avantaj onlardaydı. Tek yapmaları gereken oturup beklemek ve umut etmekti.

BÖLÜM 26

BEKLENMEDIK ZIYARETÇILER

Herkesişine gücüne bakıyor, beklerken kendilerini meşgul etmeye çalışıyordu. Sonra, tuğla duvarlara rağmen, içinden çıkılmaz bir koku yayıldı.

"Bu da ne böyle?" Lia burnunu parmaklarıyla kapatarak bağırdı. "Kokusunu hâlâ alabiliyorum!"

Brandy de sağ eliyle aynı şeyi yapıyor, sol eliyle de odanın etrafına oda spreyi sıkıyordu; bu da kokunun gücünü azaltmak yerine havayı daha da yoğunlaştırıyor ve kokuyu artırıyor gibiydi.

"Hadi dışarı çıkalım!" Lachie söyledi. "Belki dışarısı daha iyidir?" Mantığı ona içerideki koku kötüyse dışarıdakinin daha kötü olması gerektiğini söylese de kapıyı açtı. İlk başta duyuları onu yanıltmış ve hiçbir koku almamıştı. Buna alışmaya mı başlamıştı? Öfkeliler evin içine koku bombardımanı mı yapıyordu?

Sonra yukarıda daireler çizen Küçük Dorrit ve Bebek'i gördü. "Burası daha iyi değil!" Bebek dedi ki.

"Nasıl gittiğimizin bir önemi yok!" Küçük Dorrit ekledi.

Sonra koku yüzüne bir tokat gibi çarptı ve bir an dengesini kaybetti. Çamaşır ipini ve mandalları gördü ve onlara doğru koştu. Birini burnuna bastırdı ve işte, hiçbir koku alamıyordu. Küçük Dorrit ve Baby'ye aşağı gelmeleri için el salladı ve onlar aşağı indiğinde, onlar da artık kötü kokuyu alamayana kadar gerekli mandalları (burunlarına birkaç tane gerekiyordu) uyguladı.

"Teşekkürler," dedi Küçük Dorrit ve Bebek yerden yükselirken. "Biz gözcülük yaparız."

Lachie onlara başıyla onay verdikten sonra bahçenin arkasındaki çitlere doğru giden patika yolda bir kargaşa olduğunu fark etti. Bir grup yaratık sanki toplantı yapıyorlarmış gibi bir çember oluşturmuştu. Bir Baykuş daldan havalanıp omzuna konduğunda ona doğru ilerledi.

"Merhaba," dedi baykuşun gözlerinin içine bakarak. "Daha önce tanışmış mıydık?" Baykuş başını salladı ve sonra kim olduğunu anladı. Bu Sobo'ydu. "Süper gücünün dönüşüm olduğunu söylediğinde seni böyle düşünmemiştim!"

"Haruto bilmiyor," dedi kadın. "En azından beni hatırladığını sanmıyorum - henüz." Yaratık grubuna geri uçtu, "Gelin bize katılın," dedi.

Lachie onların arasında yürüdü, Oboe adında bir geyik, Charlie adında bir rakun, Louise adında bir tilki, Lenny adında bir kuş (Blue Jay) ve Percy adında ikinci bir kuş (Kardinal) ile teker teker tanıştırıldı.

"Yardım etmeye geldik," dedi geyik Obua, "ama Öfkeliler'den çok korkuyoruz."

"Bırakın beni!" Rakun Charlie haykırdı. "Gözlerini oyacağım."

"Ben de boğazlarını parçalayacağım!" Tilki Louse bağırdı.

"Oha! Bekle bir dakika!" Lachie dedi ki. "Bu senin savaşın değil. Yardım etmek için ofisinizi takdir etsem de, neden önce bize bir şans vermiyorsunuz? Eğer yardımına ihtiyacımız olursa, ıslık çalarım ve sen de o zaman gelirsin?"

"O haklı," dedi Sobo. "Gerçi beni kastetmiyor." Varsayımlarının doğru olduğundan emin olmak için

Lachie'ye baktı ve başını sallayarak cevap verdi. "Torunumu ve diğerlerini korumam gerekiyor."

Diğer iki kuş Lenny ve Percy kendi aralarında cıvıldadı.

Sakin olan Sobo, şimdi çok düzensiz bir şekilde kanat çırpmaya başladı, "Kötü şeyler geliyor! Korkunç şeyler geliyor! Korkunç şeyler geliyor!"

"Şşşt, Sobo," dedi Lachie, onu sakinleştirmeye çalışarak. "Biz hazırız ve onların geldiğini bildiğimizi bilmiyorlar."

GÜM GÜM GÜM GÜM

GÜM GÜM GÜM GÜM

GÜM GÜM GÜM GÜM

Ayaklarının altındaki zeminin çıkardığı ses, göğsünden çıkmaya çalışan bir kalp gibi çarpıyordu.

Gümbürtüyü davul sesi takip etti.

Sonra da gümbürtü.

"Öfkeliler geliyor!

Öfkeliler geliyor!

Öfkeliler geliyor!"

Üstlerindeki gökyüzü çalkalanırken

Ve döndü.

Ve yandı.

Parlak bir maviden kanlı turuncumsu bir kırmızıya.

Komşular, komşuların yaptığı gibi, kötü kokunun ne olduğunu görmek için dışarı çıktılar. Bazı gürültücü park sakinleri duyuları bastırılınca bayıldılar ve bazıları da patlamış mısırlarını yemek ve izlemek için verandaya çıkardılar.

Kendilerine doğru gelen tehlikenin ne olduğu hakkında hiçbir fikirleri yoktu.

Yine de ipuçları vardı.

Gümbürdeyen fısıltılar.

Güm güm güm güm.

Yine de birçoğu evlerinin güvenliğine çekilmedi.

Bunun yerine, beklerken patlamış mısırlarını yediler ve gazozlarını içtiler.

BOŞLUK

KAÇMADAN.

Ayaklarının altındaki toprak

GÜM GÜM GÜM GÜM

GÜM GÜM GÜM GÜM

GÜM GÜM GÜM GÜM

Sonra gümbürtüyü davul sesi takip etti.

Sonra gümbürtü.

"Öfkeliler geliyor! Öfkeliler geliyor! Öfkeliler geliyor!"

✳✳✳

"Hadi dışarı çıkalım!" E-Z haykırdı. "Ve onlarla yüzleşelim!" Ön kapıyı ardına kadar açarak duvara çarpmasını sağladı.

Brandy, Lia, Haruto, Charles ve Alfred arkasındaydı ve kendilerine emir verildiği anda harekete geçmeye hazırdılar.

Omzunun üzerinden bakınca Sam ve Samantha'nın dışarı çıkmakta olduğunu gördü, "Sen değil," dedi. "Bebeklerin sana içeride ihtiyacı var. Bu işi bize bırakın."

Sam ve Samantha geri çekildi.

Şimdi dört asker ön bahçede yan yana durmuş bekliyorlardı. Bir yabancıya normal bir okul gününde okul servisinin gelmesini bekleyen bir grup çocuk gibi görünebilirlerdi. Ama bu normal bir gün değildi. Bu Mahşer günüydü.

Lia zihnini ararken, zihnini açarken, süper güçlerinin Öfkeliler'in zihinlerine erişmesine izin vereceğini umarken kolları titredi ve sarsıldı. Kendini ortaya koyup ekibine yardımcı olacak herhangi bir ipucu, herhangi bir bilgi bulabilmeyi umuyordu - ama zihni boş kaldı.

Alfred, "Ben çatıya uçacağım. Bakalım ne görebileceğim."

E-Z başını salladı. "Dikkatli ol. Bak bakalım Lachie ve Sobo'yu bulabilecek misin?" Tek boynuzlu at ve ejderhanın üzerlerinde uçtuğunu çoktan fark etmişti. Onlara başparmağıyla işaret etti.

Yüksek sesli bir ıslık ve Bebek aşağıya daldı, Lachie onun sırtına atladı ve birlikte çatıda Alfred'e katıldılar. Yanlarına bir baykuş kondu.

"Bu Sobo," dedi Lachie.

"Bir şey görüyor musun?" E-Z sordu.

Alfred kanatlarını çırptı, "Buzdağı büyüklüğünde devasa bir raf bize doğru geliyor ama çok hızlı hareket ediyor."

E-Z bunu zihninde canlandırmaya çalıştı ama yapamadı çünkü o ve ekibi böyle bir şeyi nasıl durduracaktı? Nasıl mı?

"Bize doğru bir tsunami gibi ilerliyor," dedi Alfred.

"Ama sudan yapılmış değil," dedi Lachie. "Kumdan yapılmış gibi görünüyor. Bir kum dalgası. Siyahlar giymiş üç kadını taşıyordu."

Bir kum dalgası, evet, şimdi gözünde canlandırabiliyordu. "ETA? Yani tahmini varış zamanı?" E-Z sordu.

"Söylemesi zor," dedi Alfred. "Dakikalar..."

Bu sırada ayaklarının altındaki zemin davul çalmaya devam ediyordu.

Ve gümbürdüyordu.

"Öfkeliler geliyor! Öfkeliler geliyor! Öfkeliler geliyor!"

"**İ**çeri girin!" E-Z meraklı komşulara bağırdı. "Kapıları kapatın, kilitleyin. Ve birisi sosyal medyaya bir duyuru koysun. Herkese içeride kalmalarını söyleyin. Benden izin alana kadar bir daha dışarı çıkmamalarını söyleyin! Şimdi gidin!"

SLAM.

SLAM.

Omzunun üzerinden Alfred, bir baykuş, Lachie ve Baby dışarıya bakıyor, Küçük Dorrit yukarıdan gözlerini dört açmış, el sallayarak The Furies ve ekibi arasındaki mesafeyi kapatırken onları izliyorlardı.

Bir plan yapmak için çok geçti. Rüzgâr onları savurup iterken ve yeryüzü kalp atışlarıyla eşzamanlı olarak gümbürderken hazır olduklarını ummaktan başka bir şey yapmak için çok geçti.

ÇATIRDAMA.

Arkasında, ön kapı kırıldı ve menteşelerinden uçtu. Sonunda düz bir zemine oturmadan önce sokak boyunca sekerek ve takırdayarak ilerledi.

Sam dışarı çıktı. E-Z gözlerine inanamayarak sandalyesini ona doğru çevirdi.

Sam bir kostüm ya da çeşitli kostümler hazırlamış, kendine ait bir süper kahraman karakteri yaratmıştı. Kafasında, maskesi yukarı doğru çevrilmiş bir şövalye miğferi vardı. İlerledikçe maske aşağı iniyor ve tekrar yerine oturtmak zorunda kalıyordu. Beyzbol oyuncularının gözlerinin altındaki parlamayı yok etmek için sürdükleri gibi gözlerine siyah sürmüştü. Gömleğinin altına kurşun geçirmez yelek giymiş gibi göğsü kabarıktı ve arkasında uzun siyah bir pelerin vardı. Alt tarafında ise siyah bir kot pantolon ve en sevdiği koşu ayakkabısı vardı.

Süper kahramanlar ekibi, o yanlarına doğru ilerlerken gülmemeye çalıştı ve süper kahraman adının - ADAM SAM - omuzlarındaki kumaşa dikilmiş olduğunu fark ettiler.

Küçük Dorrit aşağı atladı ve Brandy'yi sırtına attı. Ardından Lachie, Baby'nin sırtına atladı ve havalandı. Çatıya bir göz attı. Küçük Dorrit artık orada değildi.

Alfred ve baykuş çatıdan havalandı. Hepsi E-Z ve diğerlerinin yanına indi.

"Hepimiz birimiz için!" dediler. "Ve birimiz hepimiz için!"

"Ama benim Sobo'm nerede?" Haruto sordu.

Sobo omzuna uçtu ve hemen onun o olduğunu anladı. Sonra insan formuna dönüştü.

Çocuklardan oluşan ekip Amca Sam'in Adam Sam'e, Sobo'nun da baykuştan büyükanneye dönüştüğünü görmüştü ama hiçbiri bundan etkilenmemişti.

Çünkü ayaklarının altındaki toprak DÜMDEME devam ediyordu.

Ve TİTRİYORDU.

Ama kelimeler değişmişti.

"Öfkeliler neredeyse burada.

Öfkeliler neredeyse burada.

Öfkeliler neredeyse burada."

E-Z ve ekibi, limana yanaşan bir okyanus gemisine benzeyen devasa kum dalgasının sürüklenişini izledi. Ama bu şey sokakları yırtıp geçiyor, evleri, ağaçları ve yolu üzerindeki her canlıyı dümdüz ediyordu. Ve yavaşlamıyordu.

Havalanmaları için yeterli zaman yoktu, ayrıca bu şeyin büyüklüğü onları şaşkına çevirmişti. Durdu ve Öfkeliler üzerlerinde hüküm sürdü, gözlerini ilk kez düşmanlarına diktiklerinde sesleri kahkahalarla çığlık atıyordu.

"Bunlar gerçek mi?" Tisi sordu. "Üzerine basılmayı bekleyen minyatür bebeklere benziyorlar."

"Gördüğüm kadarıyla bir ejderhaları ve bir tek boynuzlu atları var. Ve bir kuğu. Aman Tanrım!" Ali çığlık attı.

"Neden burada olduğumuzu unutmayın," dedi Meg. "Şimdi siz ikiniz uslu durun, ben de aşağı inip liderle konuşayım. Adı neydi?"

"E-Zed," diye çığlık attı Tisi.

"E-Zed," diye bağırdı Ali.

Hep birlikte E-ZED, E-ZED, E-ZED dediler."

"Sana E-Z diyorlar," dedi Brandy tekme atarken.

"Hayır!" E-Z ağladı. "Siparişimi bekleyin!" Ama artık çok geçti, Küçük Dorrit ve Brandy çoktan uçmaya başlamışlardı ama fazla uzağa gitmeden çatıda bir yer buldular.

E-Z ve ekibin geri kalanı yerlerinde kaldılar.

"Neyi bekliyorlar?" Sam sordu.

Charles, "Kokularının işlerini göreceğini umuyorlar," dedi. O gülümsedi ve herkes güldü. Baykuş haline geri dönen ve Brandy ile Küçük Dorrit'in yanında çatıya uçan Sobo hariç herkes.

Kulakları çok iyi işiten, bir planı olan ve onu uygulamaya niyetli olan Öfkeliler, süper kahraman çocukların şakalarına maruz kalmaktan hoşlanmadılar ve teker teker havalandılar. Onlar yaklaştıkça, siyah cüppeleri esintide dalgalandıkça pis koku da artıyordu.

"Yakalayın!" Lachie ekibin her bir üyesine elbise mandalları fırlatarak seslendi.

Artık o kadar da kötü kokmayan cadılar, aşağıdaki çocukların onları daha ayrıntılı görebilmesi için daha yakına uçtular. Vücutlarının her yerinde sürünen ve kayan yılanlar nedeniyle gerçek anlamda hayattan daha büyüklerdi. Çatal dilli, tükürük saçan yılanlara, olağanüstü bir psikolojik savaş gösterisiyle kırbaç sesleri eşlik ediyordu.

Orijinal plana uygun olarak buzları kıran Meg oldu ve çığlık attı: "Eriel nerede? Onun sizde olduğunu biliyoruz! Onu bize ver, ŞİMDİ."

Meg'in feryadının tiz sesi çocukların kulaklarını tıkamasına neden olurken, sokak lambaları, sundurma ışıkları, pencereler ve hatta dolaplardaki camlar gibi camdan yapılmış eşyalar kilometrelerce paramparça oldu.

Meg'in artık konuşmadığından emin olduğunda (çünkü ağzı kapalıydı) E-Z cevap verdi, "Orası hainlerin tutulduğu yer. Artık üçünüz de sürünerek çıktığınız deliğe geri dönebilirsiniz!" Ve konuşmasını bitirdiğinde yerden havalandı, onu Alfred, Sobo, Küçük Dorrit ve Brandy Baby ile Lachie takip etti.

"Burası bizim bölgemiz. Bunlar bizim insanlarımız - ve sizin burada işiniz yok. Aslında, sizin bu dünyada hiçbir işiniz yok. Hiçbir zaman da olmadı. Buraya ait değilsiniz," dedi E-Z. "Ve biz sizin manipülasyonlarınızdan bıktık. Elinizi fazla zorladınız. Güçlerinizi kötüye kullandınız. Aşağılıksın. Ve sana bunun hesabını soracağız."

"Senin gibi küçük bir çocuk bize ne yapacak?" Meg'in yanına taşınan Tisi, "Bizi ezip geçecek misin?" diye bağırdı.

Onun kahkaha tufanı havayı doldurdu ve ekibin geri kalanının ayaklarının altındaki zeminin yarıklara ayrılmasına neden oldu. Lia, Haruto, Charles ve Sam güvenlik için boşlukların arasında birbirlerine sokuldular.

Meg de isim takma eğlencesine katıldı: "Belki kuğu bizi gıdıklayarak öldürür? Tabii ki onu koparabilir ve öğle yemeği niyetine yiyebiliriz!"

Ekibin uçamayan üyeleri birbirlerine daha da sıkı sarıldılar. Haruto, dönerek uzaklaşabilecekken korkusundan hareket edemiyordu. Onları yutmakla tehdit eden topraktaki açık boşluklardan uzak durmaya çalışıyordu.

"Ve sen küçük kız," dedi Alli Lia'ya. "Seni güneşte eritmeye çalıştık. O sefer kaçmayı başardın. Ama şimdi bize ne yapacaksın? Ellerinle bize bakıp bizi bir heykele mi dönüştüreceksin?"

Fury'ler yine kahkahalarla çığlık atarken, altlarındaki toprak sanki bir şey doğurmaya çalışıyormuş gibi büzüldü.

"Artık sıkıldım," dedi Meg.

Diğer iki kız kardeş alışılmadık derecede sessizdi, sanki bir sonraki hamlelerinin ne olması gerektiğinden emin değillerdi.

"Meg ellerini kalçalarına koyarak E-Z'ye biraz daha yaklaştı, "Burada vaktimizi boşa harcıyoruz! Bugün sizinle savaşmaya gelmedik. Liderimiz olmadan olmaz. Tek bilmek istediğimiz, o nerede? Bırakın onu. Bırakın gitsin - şimdi. Biz de savaşı başka bir güne saklayalım."

"Bu hoşuna giderdi, değil mi!" Alfred bağırdı.

Bu da Alli'yi çılgına çevirdi.

"Bana gel küçük swanny swanny. Kazan seni bekliyor - seni tüylü ucube!"

"O bir kuğu, kaz değil, seni aptal!" dedi Brandy, Küçük Dorrit'i ona doğru yönlendirirken.

E-Z, PJ ve Arden'den gelen mesajla dikkatinin dağılmasından mutlu oldu ve Haruto'ya baş parmağıyla onay işareti verdi.

Haruto kendini görünmez yaptı ve hastaneye doğru hızla koştu, orada zaten oyunun içinde bekleyen PJ ve Arden ile buluştu. Şimdi her biri bir av yaptı. Haruto geldiğinde iki kişiyi daha öldürdüler.

Furies'in daha fazla çocuk ruhu için açgözlülüğü, özlerini oyuna gönderdi.

"Seni yakaladık!" diye bağırdı üç tanrıça.

"Şimdi!" Arden USB'ye KAYDET tuşuna bastığında PJ bağırdı ve kaydedildiğinde EJECT tuşuna bastı. USB'yi maskeleme bandıyla kapattı, sonra da hava geçirmez bir torbaya koydu.

"Bunu E-Z'ye götür!" Arden söyledi.

Haruto yere indi, büyükannesine işaret etti, o da USB'yi gagasıyla kaptı ve E-Z'ye götürdü.

PJ mesaj attı. "Furies'in özleri USB'nin içinde."

E-Z USB'yi güvenli bir şekilde kot pantolonunun cebine yerleştirdi ve The Furies'e bir sonraki bakışında Raphael'in gözlüğündeki görüntü değişmişti. Üç kız kardeşin bedenleri bir görünüp bir kayboluyordu ama yılanlar kaybolmamıştı. İşte o zaman Aşil Topuklarının ne olduğunu anladı. "Yılanlar onları hayatta tutuyor!" diye bağırdı. "Yılanları yok etmeliyiz."

Brandy çoktan Alli'ye saldıracak kadar yaklaşmıştı. Ne yazık ki, Alli'nin yılanının onu ısırmasına da yetecek kadar yakındı - ki ısırdı da. Yere yığıldı ve Küçük Dorrit kaçmaya başladı ama artık çok geçti, Brandy çoktan ölmüştü.

"Çıkarın onu buradan!" E-Z bağırdı ve Küçük Dorrit hıçkıra hıçkıra ağlayarak gökyüzüne doğru havalandı.

"O iyi olacak," dedi E-Z.

"Hiç sanmıyorum," diye güldü Alli. "Bizim yılanlarımız bu dünyadan değil. Eğer bunlardan biri tarafından ısırılırsan, hangi güce sahip olursan ol işe yaramaz. Ama istersen burada kalıp bekleyebiliriz. Geri dönmediğinde de ekibinizin geri kalanını paramparça ederiz!"

"Sizi kaltaklar!" E-Z haykırdı.

Sobo harekete geçti, saldırdı ve yılan gözlerini teker teker çıkarıp yere düşürdü. Alli'nin işini bitirdikten sonra önce Meg'e, sonra da Tisi'ye saldırdı. Görevini tamamladığında, büyükanne torununun yanına inip insan formuna dönmekten başka bir şey yapamayacak kadar bitkin düşmüştü.

"Ama Sobo," dedi Haruto, "ben de savaşmak istiyorum."

"Bırak gerisini onlar halletsin," dedi. "Seni taşıyamayacak kadar yorgunum."

Sobo ve Haruto, ekibin geri kalanının yılanların işini bitirmesini izledi.

Fury'ler ağızlarını açıp tekrar kapattılar ama hiçbir ses çıkmadı. Sessiz ve solgun olmalarının yanı sıra, damarlarındaki kan damla damla akarken vücutları ayakta kalmaya çalışıyordu.

E-Z'nin tekerlekli sandalyesi altlarında hareket ediyor, damlacıkları yakalıyor ve The Furies'in kanını topladığı diğer örneklerle karıştırıyordu.

"Öldüler," diye onayladı E-Z, Öfkeliler'in boş cüppeleri siyah hayaletler gibi yere doğru süzülürken.

Ama henüz her şey bitmemişti.

E-Z'nin arkasındaki kum dalgası başını kaldırdı ve etrafındaki delinmiş gözleri - tüm çocuklarının gözlerini - görünce tüm yılanların anası yavaşça canlandı.

Hareketi ilk fark eden Sam, "Dikkat et E-Z!" diye bağırdı ve seslenişi duyulmayınca Lia, Charles, Haruto ve Sobo da ona katıldı.

Lachie onların çığlıklarını duydu ve yılanın E-Z'ye doğru süzüldüğünü gördü. Yılanın gözlerinin içine baktı ve "HAYIR!" dedi.

Bir iki saniyeliğine anne yılan hareket etmeyi bıraktı ve Lachie'nin komutunu duymuş ve anlamış gibi görünüyordu, sonra gözünde bir titreşim fark etti. "Eğil E-Z!" diye bağırdı, Bebek ağzını açıp E-Z'ye ve anne yılana doğru ateş ederken.

E-Z'nin saçları tutuşmuştu ve onu sıvazlayarak söndürdü, ardından sandalyesi yere düştü.

Bebek, dev anne yılan cayır cayır yanana kadar ona ateş püskürtmeye devam etti. Havayı Öfkeliler'in yaydığı pis koku yerine, arka bahçelerdeki barbekülerde rastlanabilecek türden bir tavuk kokusu kaplamıştı.

E-Z parmaklarını saçlarının ortasında gezdirirken, "Bebeğe ve herkese teşekkürler," dedi. Kıla benzeyen kısmı dışarı çıkmıştı.

Ayaklarının altındaki toprak bir kez daha yeşermeye başlarken Sam, "Tekrar büyüyecek," dedi.

THRUM

VE DAVUL

E-Z'nin tekerlekli sandalyesi kendi iradesiyle yerden kalktı ve yerde açılan kraterlere kan damlacıkları yağdırmaya başladı.

"Neler oluyor?" Alfred sordu.

Altındaki tekerlekli sandalye onu oradan oraya savururken kan akmaya devam ediyordu. "Küçük bir damlacık burada ve küçük bir damlacık orada," diye zihninde tekrarladı. Yerdeki ekibi de onun kafasında dönüp duran aynı sözleri söylüyordu: "Küçük bir damlacık burada ve küçük bir damlacık orada," sonra birlikte şiiri bitirdiler, "küçük bir damlacık, her yerde," sonra her şeye yeniden başladılar. Başını salladı... Hepsi onun aklını mı okuyordu?

Ayaklarının altında toprak devam ediyordu.

DRUMMING

ZORLAYICI.

KONVÜLSİYON.

DARALTAN.

Lia yerden kalktı, kollarını açabildiği kadar açarak başını geriye attı ve gözlerini gökyüzüne dikti. Ve onun üzerinde gökyüzü yırtıldı. Yağmur yağmaya başladı, ama kaldırıma vurduklarında lekeler kırmızıydı. Lia ipsiz bir kukla gibi havada sallanıp bükülürken gökyüzü kanlı gözyaşları döküyordu.

Baby ve Lachie hariç diğerleri kanlı yağmurdan kaçmak için verandaya koştular, hâlâ asılı ve trans halinde olan Lia'ya bir şey yapamadılar.

"Biz onun düşmemesini sağlarız," dedi E-Z, "geri kalanınız siper alın."

PULSING.

İTME.

Sonra şimşek çaktı.

Onu gök gürültüsü izledi .

Başmelek Mikail bariyeri aştı ve E-Z'nin yanına gelene kadar aşağı uçtu.

"Anladığım kadarıyla durumu kontrol altına almışsın," dedi Michael.

"Evet, Furies'in özleri bu USB'nin içinde."

"Onu bana at," dedi Michael.

E-Z ikinci kaleye beyzbol topu atar gibi USB'yi Michael'a doğru fırlattı, o da uzanıp yakaladı ve buzla kapladı. "Ben Eriel'in misafirleri olacak," dedi Michael. "Sonsuzluğun geri kalanında hepsi buzun üzerinde kalacak. Oh, bu arada, herkese aferin!" Sonra geldiği gibi hızla uçup gitti.

"Peki ya Lia?" E-Z bağırdı ama Michael cevap vermedi.

Öfkeliler artık üzerinde olmamasına ve gökyüzünden ya da tekerlekli sandalyesinden kan akmamasına rağmen yeryüzü nabız gibi atmaya ve bükülmeye başladı.

Lia hâlâ gözlerini gökyüzüne dikmiş süzülüyordu, gökyüzü kanlı gözyaşlarından maviye dönüşürken ayaklarının altındaki toprak kraterleri çimenlerle, ağaçlarla, çiçeklerle iyileşiyordu.

Sonra her şey sessizleşti, Lia hala trans halindeyken tekrar yere indi. Kollarını iki yana açmış, yere secde ederken sırtındaki çimenleri hissetti ve küçülüp gerçek yaşı olan dokuz buçuk yaşına dönerken yorgunluktan g ülümsedi.

"İyi misin?" Tilki, mavi alakarga, rakun, kardinal ve geyik etrafına toplanırken E-Z sordu.

Lia gözlerini açtı ve gözlerinden dışarısını görebiliyordu. Ellerine baktı ve eskisi gibi olduklarını gördü.

Lachie kalkmasına yardım ederken, "Ben iyiyim," dedi.

Sam kızının kıyafetlerinin artık ona uymadığını hemen fark etti. Süper kahraman pelerinini çıkardı ve kızının omuzlarına sardı.

"Teşekkürler baba," dedi Lia.

Ona ilk kez böyle hitap ediyordu ve Sam yanağından bir damla yaş süzülürken hiç bu kadar gurur duymamıştı.

Gökyüzündeki mavi, gündüz olmasına rağmen yıldızlar gözlerini kırpıştırıyormuş gibi daha parlak görünüyordu ve yerdeki çimenler güneş ışınlarında elmas çiği içeriyormuş gibi dans ediyor gibiydi.

Ne E-Z ne de ekibinden herhangi biri konuşabiliyordu. Kimse sessizliği bozmak ya da tanık oldukları güzelliği bozmak istemiyordu.

FISILTI.

FISILTI FISILTI.

FISILTI FISILTI FISILTILAR.

Rüzgârda savrulan yapraklar. İnsana benzer bir ses çıkarıyor. Ama bu rüzgar değildi, dünyanın dört bir yanında yeniden doğan çocukların sesiydi.

Öfkeliler tarafından kaçırılanlar, bedenlerini toprağın dışına ittiler ve seslerinin geri geldiğini gördüler.

Çocuklar yürümeyi, koşmayı ya da emeklemeyi yeniden öğrendi ve çığlıkları tüm dünyada yankılandı:

"Annemi istiyorum!" diye bağırdı çocukların yeniden doğmuş ama ruhsuz bedenleri.

"Babamı istiyorum!" diye haykırdı dirilen çocuklar tek bir sesle:

"WAH, WAH, WAH!"

"WAH, WAH, WAH!"

"WAH, WAH, WAH!"

Ruhsuz küçükler kenarlara doğru hareket ettiler, bir yerlere gittiler, feryat etmeye devam ederken hareketleri ışık hızından daha hızlıydı:

"Annemi istiyorum!"

"Babamı istiyorum!"

"WAH, WAH, WAH!"

"WAH, WAH, WAH!"

"WAH, WAH, WAH!"

Ölüm Vadisi'nde, Ruh Yakalayıcıların tutulduğu ve saklandığı yerde,

POP

POP

Kapılar kollar gibi açıldı ve ruhlar dışarı çıktı, hala olmaları gereken bedenleri aradılar ve çocukların çığlıklarını takip ettiler.

"Annemi istiyorum!"

"Babamı istiyorum!"

"WAH, WAH, WAH!"

"WAH, WAH, WAH!"

"WAH, WAH,WAH!"

Ruhlar çocuktan çocuğa uçtu. Ait oldukları evi arıyorlardı. Her bir ruh doğduğu bedenin üzerine gelip içine girerken, bu bir kovalamaca oyunu oynayan çocukları izlemek gibiydi. Ruhlar ve bedenler yeniden bir olurken.

SHHHHHH.

Küçükler bir anlığına yeniden mutlu çocuklar oldular ve sevinç sesleri havayı doldurdu.

Ölüm Vadisi'ne geri döndüklerinde Hadz ve Reiki, kendi Ruh Yakalayıcıları olmadığı için saklanmakta olan dünyanın dört bir yanındaki evsiz ruhları yeniden yönlendirdiler. Ruhlar teker teker içeri girdi ve dünya kendini iyileştirmeye başladı.

Samantha evden çıktı, bebekleri Jack ve Jill'i kucağında taşırken onlara usulca "Sus küçük bebek ağlama" diye şarkı söylüyordu.

POP.

POP.

Hadz ve Reiki ortaya çıktı, "Başardık!"

E-Z ve ekibi kollarını birbirlerine doladılar. Ağladılar, güldüler. Sonra takımlarından birini kaybettikleri için tekrar ağladılar. Kendilerinden birini kaybettikleri için: Brandy için.

Lia'nın telefonu çaldı. Brandy'den bir mesajdı, "Alışveriş merkezine geldim - yine! Umarım herkes iyidir ve o cadıları yeneriz!"

"Brandy yaşıyor!" Lia açıkladı, sonra geri mesaj attı, "Kesinlikle başardık! Ayrıntıları sonra anlatırım."

"AHRHHRGHHH!" Charles Dickens ağladı. Vücudu titriyor ve sarsılıyordu. Titremesi durduğunda yüzünde ifadesiz bir ifade ve avuç içleri yukarı bakacak şekilde uzatılmış elleriyle trans halindeydi.

"El gözlerimi mi alıyor?" Lia sordu.

Bir kitap -o güne kadar gördükleri en büyük ciltli kitap- gökyüzünden düşüp Charles'ın kollarına indiğinde, kitabın gücü neredeyse Charles'ın ayaklarını yerden kesecekti. Devasa kitap kendini açıp, kitabın içinden bir ses yükselene kadar kendi sayfalarını çevirirken Charles kendini dengeledi:

"Ben Alternatif Dünyalar Seyahatnamesi'yim."

Ses kitabın içinden gelmesine rağmen, Charles Dickens'ın dudakları her kelimeyle eşzamanlı olarak hareket ederken, arka planda çocukların çığlıkları hala çınlıyordu:

"WAH, WAH, WAH!"

"WAH, WAH, WAH!"

"WAH, WAH, WAH!"

"Annemi istiyorum!"

"Babamı istiyorum!"

"WAH, WAH, WAH!"

"WAH, WAH,WAH!"

"WAH, WAH,WAH!"

"Acıktım!"

"Susadım!"

Bir zamanlar E-Z'nin evine en yakın oturan çocuklar yan yana eve doğru yürüdüler.

"Şimdi beni dinleyin!" Alternatif Dünyalar Seyahatnamesi soliloquized.

"Bu sadece bir kereye mahsus bir teklif.

Eğer seçilirseniz, seçim yapmak zorundasınız.

Sadece bir kez, kazanın ya da kaybedin.

Bu fırsatın kaçmasına izin vermeyin.

Çünkü başka bir gün, bir daha olmayacak."

Sayfalar önce ileri, sonra geri çevrildi. Önce ileri sonra geri. Çevirme işlemi bir bölümde durdu. Alfred başlıklı bir bölüm. Ve onun, ailesiyle birlikte çekilmiş fotoğrafları vardı. Hepsi yaşlı. Hepsi sağlıklı ve iyi. Artık fotoğraflardaki trompetçi kuğu Alfred değildi. Baba Alfred'di, koca Alfred'di, erkek Alfred'di.

Alfred gözlerinde yaşlarla E-Z'ye baktı. Aralarında paylaştıkları bakış her şeyi anlatıyordu. Gitmek zorundaydı. E-Z başıyla onayladı.

Sonra Alfred Lia'ya döndü. O da başını salladı, Alfred'in gitmesi gerektiğini biliyordu.

Trompetçi kuğu Alfred kendi adını taşıyan bölüme adım attı ve tekrar bir insana dönüştü. Ve Alternatif Dünyalar Seyahatnamesi'nin sayfaları arasından arkadaşlarına el salladı.

Şimdi Alternatif Dünyalar Seyahatnamesi'nin sayfaları kitabın başına dönüyordu. Sayfalar tekrar tekrar karıştırıldı, ileriye, geriye, geriye ve ileriye, sonunda yeni bir bölümde durdu. Lachie'nin adını taşıyan bir bölüm.

Fotoğrafta Lachie bir bebekti. Ailesi onu hastaneden eve götürüyordu. Fotoğraftaki bebek, Lachie'nin gerçek adının Andrew olduğunu gösteren bir hastane bileziği takıyordu.

"Hayır, teşekkür ederim," dedi Lachie. "Bebeğim ve ben yakında eve gideceğiz."

Alternatif Dünyalar Seyahatnamesi öyle bir güçle kapandı ki Charles neredeyse düşüyordu. Kendini toparladı ve birkaç dakika sonra kitap yeniden dönmeye başladı. Geriye, ileriye. Haruto adlı bölüme gelene kadar sayfaları bir deste ya da kart gibi karıştırdı. Fotoğrafta annesi ve babasıyla birlikteydi.

Haruto hemen, "Hayır, teşekkür ederim," dedi. Sobo'nun elini tuttu ve Lachie'ye, "Eve dönerken bizi Japonya'da bırakabilir misin?" dedi.

Lachie başını salladı, "Arkadaşlık için memnun oldum."

Kitap kapanmadan önce bu kez içinden alevler fışkırdı ve Charles neredeyse kitabı düşürüyordu.

Çocukların cevapsız çığlıkları devam ediyor, E-Z'nin evine yaklaştıkça daha da yükseliyordu:

"Annemi istiyorum!"

"Babamı istiyorum!"

"Acıktım!"

"Susadım!"

"WAH, WAH, WAH!"

"WAH, WAH,WAH!"

"WAH, WAH,WAH!"

Charles gözlerini kapattı.

"Bu kadar mı? E-Z sordu.

"Peki ya biz?" Lia sordu.

Charles'ın kolları titremeye başladı. Sanki kitabın ağırlığı kollarına baskı yapıyordu. Sonra kitap öyle bir şiddetle kapandı ki tökezleyerek öne doğru yürüdü ve oturdu. Bir bacağını diğerinin üzerine attı ve kitabı göğsüne yasladı.

Charles'ın gözleri gibi kitap da tekrar açıldı ve sayfalar bir kez daha okyanus tabanındaki deniz çayırları gibi hareket etti. Tekrar kapandı. Sonra sırt üstü ters çevrildi. Kitabın ortasında bir çerçeve belirdi. Önce boştu, sanki bir şey bekliyormuş gibiydi. Sonra bir film başlarken yanıp söndü.

Dodger Stadyumu'nda bir beyzbol maçı başlamıştı bile. Dodgers, Brewers'la oynuyordu. Ve E-Z Dickens yakalayıcıydı. Kalenin arkasındaydı ve bir profesyonel gibi oynuyordu. Tribünlerde, yedek kulübesinin hemen üzerinde, ona tezahürat yapan ailesi vardı.

DÜNYA DURAKLAMASI.

Ophaniel gökyüzüne fırlayıp onlara doğru ilerlerken güneş ışığı birkaç saniyeliğine engellendi.

"E-Z, kararını vermeden önce sana şunu söylemek istiyorum, yapmaya ya da yapmamaya karar verdiğin her şeyin başkaları için sonuçları olacaktır."

"Ne gibi?" diye sordu, artık içinde hareket etmiyor olsalar da gözünü kendisinin ve anne babasının çerçevelenmiş halinden ayırmadan.

"Kazayı düşün... Annenle baban hiç ölmemiş olsaydı dünyada neler olmazdı? Bacaklarını kullanmayı hiç kaybetmeseydin?"

Sam amcasına, sonra Samantha'ya, Lia'ya ve ikizlere baktı. Kaza olmasaydı hiçbiri tanışamayacaktı. İkizler asla doğmayacaktı.

"Eğer gidip hayallerimi gerçekleştirmeye karar verirsem, burada ne olacak?"

"Bu almanız gereken bir risk ve size veremeyeceğim bir cevap. Ama şunu biliyorum ki, sen katalizör ve yapıştırıcısın."

"Tamam, haber verdiğiniz için teşekkürler."

TOPRAK DEVAM

Ophaniel ayrıldı.

"Ah, hayır teşekkürler," dedi E-Z.

Kendisinin ve ailesinin gözden kayboluşunu izledi. Ekran karardı. Çerçeve kayboldu ve kitap yükselmeye başladı. Yukarı, yukarı, Charles'ın kollarından dışarı.

Charles hâlâ kitabı tutuyormuş gibi duruyordu. Önünde hiçbir şeye bakmıyordu.

Çok yukarılarına çıktığında kitap alevler içinde kaldı. Kalıntıları rüzgâr tarafından kaldırılabilecek kadar küçülmeden önce cızırdadı ve pis bir koku yarattı. Ve Alternatif Dünyalar Seyahatnamesi artık yoktu.

Çocuklar toplu halde E-Z'nin sokağına geldiklerinde Charles kendine döndü.

"Annemi istiyorum!"

"Babamı istiyorum!"

"Acıktım!"

"Susadım!"

"WAH, WAH, WAH!"

"WAH, WAH,WAH!"

"WAH, WAH,WAH!"

"Onlara bir hikaye anlatabilir miyim?" Charles sordu. "Zararı olmaz," dedi Lia.

Charles Üç Kaya masalını yeniden anlatmaya başladı. Çocuklar hareket etmeyi bıraktılar, onun her bir kelimesine asılırken ağlamalarını durdurdular - ta ki aniden durana kadar.

"Ah, kahretsin!" diye bağırdı, sanki yeryüzü onun sinyalini iletmekte zorlanıyormuş gibi her parçasının solup gittiğini fark etti.

"Bekle!" E-Z dedi ki. "Bir yazar arkadaşına tavsiyen var mı?"

"Öyle kitaplar vardır ki, en iyi kısımları arkaları ve kapaklarıdır - sizinkinin onlardan biri olmasına izin vermeyin. Hepinizi özleyeceğim!"

Bazıları tam o anda bir ışık huzmesinin indiğini, onu yerden kaldırdığını ve Charles Dickens'ı gökyüzüne taşıdığını söyler. Bazıları ise Küçük Dorrit'e binip gittiğini ve ikisinin de bir daha görülmediğini söyler. Kesin olarak bildikleri tek şey, Charles Dickens'ın o gün onları terk ettiği ve bir daha asla görülmediğiydi.

"WAH, WAH, WAH!"

"WAH, WAH,WAH!"

"WAH, WAH, WAH!"

FIZZLE POP

Bir Ruh Yakalayıcı geldi. Kapısını açtı ve havaya fişekler fırlattı.

Bazı bebekler bu sesten korktu, bazıları ise çok sevdi ama her durumda ağlamayı bıraktılar.

Renkleri havaya fırlatırken, aşağıdakileri söylemek için birlikte eridiler:

DIŞARI ÇIK DIŞARI ÇIK

NEREDE OLURSANIZ OLUN!

"Ne istiyor bu?" E-Z sordu. "Ya da KİM istiyor mu demeliydim?"

"Beni mi?" Sobo sordu.

"Hayır, benim için," dedi arkalarından bir ses. Bu Rosalie'nin sesiydi.

Hepsi bir hayalet ya da ruh görmeyi umarak bir şeye doğru döndü, ama gördükleri şey bu iki şeyden hiçbiri değildi. Rosalie'nin özüydü... tek bildikleri buydu.

"Güle güle sevgili Rosalie!" Sobo seslendi.

E-Z ve ekibi Rosalie'nin özünü bağırarak, el sallayarak, öpücükler atarak ve tezahüratlarla uğurladılar. Sevgili dostları Ruh Yakalayıcı'nın içine girip uçup giderken, onun onlar için ifade ettiği her şeyin gerçek bir kutlamasıydı bu.

Charles gittiğinden beri çocuklar ağlamaya devam ediyorlardı,

"WAH, WAH, WAH!"

"WAH, WAH, WAH!"

"WAH, WAH, WAH!"

Arka planda yeni bir ses vardı. Ayak sesleri, birçok ayak, koşuyordu - hızlı.

E-Z'nin sokağına aktıklarında, anneler, babalar ve çocuklar sevdiklerine kavuştu ve bu kavuşma tüm dünyada gerçekleşti.

"Bravo!" E-Z ekibine seslendi.

Lachie, Baby, Haruto ve Sobo uçup giderken el sallayarak vedalaştılar.

Artık sadece E-Z ve Lia kalmıştı.

ZAP!

İlk Poppet geldi.

BONJOUR!

Onu Francois izledi.

"Ah, çok geç kaldık," dedi. "Her şeyi kaçırdık!"

Evin içinden Samantha'nın çığlıkları duyuldu. "Olamaz, bebeklere bir şey oluyor!"

Herkes içeri, bebeklerin odasına koştu. Jack ve Jill mışıl mışıl uyuyorlardı.

Sam kolunu karısına doladı. "Bana iyi görünüyorlar," diye fısıldadı.

"Ama iyi değiller!" Samantha öyle dedi.

"Her şey yoluna girecek," dedi Sam.

"Bana da iyi görünüyorlar," dedi E-Z.

"Sen sadece bekle," dedi Samantha. "Sadece bekle ve göreceksin. Eğer..." dedi ve düşecekmiş gibi sallanmaya başladı.

Herkes izledi ve bekledi. On, on beş, yirmi, hatta otuz dakika boyunca hiçbir şey olmadı.

Sonra aniden bir şey oldu.

Jack ve Jill'in minik bedenlerinden sarı bir ışık ve yeşil bir ışık yayıldı.

"Hadz? Reiki mi?" E-Z haykırdı.

POP.

POP.

Jack ve Jill daha büyük bebeklerin yapabileceği gibi doğrulup oturdular. Jack ve Jill henüz bunu yapamıyordu.

Samantha bayılırken Sam onu yakaladı.

"Siz ikiniz ne halt ediyorsunuz?" E-Z talep etti. "Çıkın oradan - hemen!"

Hadz, "Ödül olarak insan olmak istedik." dedi.

"Reiki, "Ve bize beden lazım" dedi.

"Ah kardeşim," dedi E-Z, ön kapı çalınırken.

"Evde kimse var mı?" PJ ve Arden sordular.

EPILOG

E-Z kelimelerini yazdı: SON. Dört kitaplık bir seriyi tamamlama başarısından memnun bir şekilde dizüstü bilgisayarını kapattı.

"Acele et E-Z!" diye bağırdı arkasındaki bir adam.

E-Z yakalayıcı maskesini çıkardı ve etrafına bir göz attı. Kalenin arkasındaydı ve Los Angeles Dodgers için yakalayıcılık yapıyordu. Hakem kaleyi fırçalıyordu. Ayağa kalktı ve sahadan çıkan son oyuncu olduğu için yedek kulübesine doğru ilerledi.

Yedek kulübesine doğru ilerlerken birkaç oyuncuyu tanıdı ve arkalarından yakından takip etti.

Parmaklarını tamamen sarı olan saçlarında gezdirdi. Daha önce hiç olmadığı kadar kısaydı ve daha yakın kesilmişti. Ve daha uzundu, kesinlikle 1.80'in üzerindeydi.

Ne haltlar dönüyordu? Uyuyor muydu? Kendini çimdikledi. Acımıştı.

"Sıra sende, E-Z!" diye bağırdı vuruş koçu.

Bir monitör buldu ve yansımasını kontrol etti. Sanki bir yabancıymış gibi kendine baktı.

"Dünya'dan E-Z'ye," dedi koçu.

"Özür dilerim Koç," dedi E-Z, yedek kulübesine doğru ilerlerken. Sopası ve diğer tüm teçhizatı etiketlenmişti. Sopasını giydi ve saha içi çemberine adımını attı.

Dirsekliklerini ayarladı ve ilk atış için kendini hazırladı. Sahadaki takım arkadaşıyla birlikte birkaç deneme atışı yaptı. Beklerken yedek kulübesinin arkasındaki tribünlerde bir hareket dikkatini çekti. Annesi ve babası.

Babası "Git, hakla onları oğlum!" diye bağırdı.

Anne ve babasına başparmağıyla onay verdikten sonra takım arkadaşının tek atıp güvenli bir şekilde birinci kaleye ulaşmasını izledi.

E-Z vurucu kutusuna adım attı, zaman istedi, tekrar dışarı çıktı ve birkaç derin nefes aldı.

Kendini topla, dedi kendi kendine. Takımı hayal kırıklığına uğratmak istemiyorum. Odaklan. Konsantre ol.

Hakeme hazır olduğunu bildirmek için kolunu kaldırdı, sonra kaleye döndü.

"Hadi E-Z!" diye seslendi annesi.

Konsantre oldu ve ilk atışın geçişini izledi. Muhtemelen saatte yüz milin üzerindeydi. İkinci atış için kendini hazırladı. Savurdu ve ıskaladı. Takım arkadaşı bir kale çaldı ve güvenli bir şekilde ikinci kaleye indi.

Bu çok fazla. Hazır değilim. Uyanmak zorundayım. Uyanmalıyım - ŞİMDİ.

İkinci atış uçup gitti. Savurdu ama tutturamadı. Üçüncü atış geldi ve topla buluştu. Takım arkadaşının üçüncüye gitmeye çalışmasını ama dışarı atılmasını izledi. Neredeyse zamanında birinci atışa ulaşacaktı ama diğer takım ikili oyun kazandı. İki kişi dışarıdayken, yakalayıcı kıyafetlerini giymek için yedek kulübesine geri döndü.

"Bir dahaki sefere yakalarsın!" dedi babası.

Kaleye geçememiş olsa da, rüyasının içindeydi. Hayalini yaşıyordu. Ama nasıl? Alternatif Dünyalar Seyahatnamesi'nden gelen teklifi reddetmişti.

Çıkarın beni buradan! Bu şekilde olmasını istemiyorum! Sam Amca nerede? Lia nerede? İkizler nerede?

Yere düşerken kafası kahkahalarla doluydu ve düşmeye devam etti. Ta ki ahşap bir zemine, bir kulübeye ya da barakaya güm diye inene kadar. Yere inişinden birkaç saniye sonra alevler içinde kaldı.

Odanın karşısında küçük bir kız oturuyordu. İlk başta onun Lia olduğunu düşündü ama bu kızın kızıl saçları vardı. Onu uyandırmaya çalıştı ama kız kıpırdamadı.

Arkasında, ön kapı menteşelerinden fırladı. Karanlık, kefenli bir figür, yanında daha kısa boylu, kapüşonlu bir figürle içeri girdi. İkisi birlikte kızı dışarı taşıdılar.

"Yardım edin!" diye bağırdı.

"Kendine yardım et!" dedi bir kadın sesi, iki figürden daha uzun olanı, duvarlar etrafına çarpmaya başlarken.

Stadyuma geri dönmüştü, yerde sırt üstü yatıyordu ve ailesinin gözlerinin içine bakıyordu.

"İyi olacaksın," diye mırıldandılar.

TEŞEKKÜRLER!

Sevgili okurlar:

E-Z Dickens Serisi'nin sonuna gelmiş bulunuyoruz. Umarım okurken benim yazdığım kadar eğlenmişsinizdir.

Bu seri boyunca benimle birlikte olduğunuz için.

Son TEŞEKKÜRÜM siz okurlarıma. Harikasınız!

Her zamanki gibi Mutlu okumalar!

Cathy

YAZAR HAKKINDA

Cathy McGough yaşıyor ve yazıyor
Ontario, Kanada'da kocası, oğlu, kedisi ve köpeğiyle
birlikte yaşıyor.

AYRICA

YA

A Mathematical State of Grace Complete Series

CHILDREN'S

Jump Series

The Three Boulders

Billie Shakespeare/Billy Shakespeare

The Cat Who Said Hello

Clap Series

NON-FICTION

103 Fundraising Ideas For Parent Volunteers With Schools and Teams (3RD PLACE BEST REFERENCE 2016 METAMORPH PUBLISHING)

FICTION

Interviews With Legendary Writers From Beyond (2ND PLACE BEST LITERARY 2016 METAMORPH PUBLISHING)

9 781999 865156